JENS LOSSAU / JENS SCHUMACHER

mit einem Nachwort von MATTHIAS BAUER und Bildbeigaben von H.R. GIGER

Entitäten

13 unangenehme Geschichten

▲-Verlag

ZUM BUCH

Entitäten vereint 13 Erzählungen aus den Bereichen Dark Fantasy, Horror und Science Fiction, die nicht auf einzelne konzeptuelle Muster beschränkt sind, sondern sich formal zwischen Kürzestgeschichte und Novelle bewegen; das stilistische Spektrum erstreckt sich von gotischer Schauerromantik über fabelartige und psychologische Texte bis hin zu expliziten Horrorstories.

Um die Rezeption der Texte nicht in Erwartung bestimmter Vorlieben des jeweiligen Autors einer unbewußten Beeinflussung zu unterwerfen, wurde auf eine namentliche Kennzeichnung der Geschichten verzichtet. Es entsteht ein homogenes Ganzes von erschreckender Intensität, wie sie im deutschen Sprachraum fraglos ihresgleichen sucht.

DIE AUTOREN

Jens Lossau – Geboren 1974 in Mainz. Aufgewachsen in Alzey. Mehrere Jahre Schulbesuch im Odenwald. Anschließend Rückkehr nach Alzey. Heute im Buchhandel tätig.

Mehrere Kurzgeschichtenveröffentlichungen in Anthologien und Zeitschriften, regelmäßige Berichterstattung für lokale Zeitungen.

1996 Veröffentlichung der Erzählungssammlung *Kanon der Melancholie* (zusammen mit J. Schumacher, NITZSCHE Verlag, Kaiserslautern).

Nominierung für den SFCD-Literaturpreis 1997.

Beendete kürzlich die 1994 aufgenommene Arbeit an seinem Debutroman.

Jens Schumacher – Geboren 1974 in Mainz. Aufgewachsen in Alzey. Anschließend Studium der Literaturwissenschaft in Mainz. Heute wohnhaft in Mainz.

Zahlreiche Kurzgeschichtenveröffentlichungen in Zeitschriften und Anthologien. Redaktionelle und literaturkritische Arbeiten für verschiedene Magazine.

1996 Veröffentlichung der Erzählungssammlung *Kanon der Melancholie* (zusammen mit J. Lossau, s.o.).

11. Platz beim Internationalen Jungautorenwettbewerb der RSGI 1996.

1997 Roman *Das Lied vom Untod* (▲-Verlag, Mainz).

Arbeitet seit geraumer Zeit an einem episch angelegten phantastisch-grotesken Thriller.

Für H.R.G. – einen wahren Freund der schaurigen Kunst

INHALT

Der Hunderttausendjährige

In dem Haus, in dem ich seit kurzem lebe, stehen viele Wohnungen leer, was ich mir wirklich nicht erklären kann; die Zimmer sind sauber und wunderschön möbliert, die Heizung ist im Winter heiß, die Ventilatoren, die von jeder Decke hängen, werden an den heißen Tagen des Sommers eingeschaltet. Des Nachts wird die Straße vor dem Fenster von gelben Straßenlaternen ausgeleuchtet, die ob ihrer Lichtintensität jedwedes Diebesgesindel vertreiben und dennoch die warme Dunkelheit in den gemütlichen Zimmern mit ihren holzvertäfelten, duftenden Wänden zu wahren wissen und so den Schlaf eines jeden in Sicherheit wiegen. Die Nachbarn sind freundlich und zurückhaltend, wie ich es liebe. Bislang beschwerten sie sich nicht über das laute Geklapper meiner alten Schreibmaschine, an der ich bis spät in die Nacht an meinem neuen Roman arbeite.

Ich wohnte seit zwei Wochen in diesem Haus, das mir wie die so lang gesuchte Zuflucht und Arbeitsstätte zugleich erschien. Endlich hatte ich jene Fusion von Aktion und friedlicher Ruhe entdeckt, und ich konnte mich dem Schreiben mit ganzer Seele hingeben, ohne stets wütende Fußtritte auf dem Boden aus der Wohnung über mir vernehmen zu müssen, weil die Zeiger der Uhr die Zwölf längst hinter sich gelassen hatten und meine Finger noch immer auf die Tastatur hämmerten, während der Inhalt meines Gehirns aus ihren Spitzen lief und sich auf dem weißen Papier manifestierte.

Seither bewohne ich ein Appartement im vorletzten Stock des Hauses. Die Schräge des Daches zeichnet sich zwar schon in meinen Wänden ab, doch über meinen Räumlichkeiten befindet sich noch eine Speicherwohnung. An jenem Abend vor rund zwei Monaten glaubte ich mit einem Mal, über mir Schritte zu vernehmen. Ich hatte mich schon umgezogen, saß mit einer guten Tasse Karameltee und einer dampfenden Pfeife voll aromatischem Vanilletabak im Bademantel in meinem Lieblingssessel im Wohnzimmer und lauschte der wunderbaren Musik Edvard Griegs, als das Schlurfen über meinem Haupt einsetzte. Es ertönte oberhalb der mir gegenüberliegenden Wand, wanderte quer durch das Zimmer und wieder zurück ... und wieder vor und wieder zurück und wieder vor und wieder zurück ...

Es war kurz nach halb zwei. Ich hatte an diesem Abend über 6000 Wörter zu Papier gebracht, gab mich, innerlich ausgelaugt, Griegs herrlicher Morgenstimmung aus der Suite No. 1 op. 46 hin und befand mich schon im Begriff des

Eindösens, als ich plötzlich ein lautes Quietschen und Rumpeln von droben vernahm. Der nächtliche Schlurfer hatte offenbar angefangen, seine Möbel zu verschieben!

Ich fragte mich, welcher bemitleidenswerten Person außer mir ebenfalls der Segen versagt blieb, in Morpheus' Arme zu finden. Ein rascher Blick aus dem schrägen, mit Eisblumen überzogenem Fenster zu meiner Linken überzeugte mich von der Richtigkeit meiner Vermutung, daß ein riesiger, weißer Vollmond am Himmel stand und die kalten Straßen fast heller als die Straßenlaternen beschien. Möglicherweise war mein Obermieter einer jener Menschen, auf die der Mond eine starke Wirkung ausübt. Ich beschloß, mich nicht zu beschweren, denn schließlich hatte auch er sich nicht bei mir über meine fürwahr nicht unauffällige Klapperei beklagt, die ich mit meiner alten Schreibmaschine erzeugte.

Ich stellte meine Tasse auf dem hölzernen Couchtisch ab und wollte mich gerade erheben, als das Licht ausging. Ich fand mich in blauer Dunkelheit sitzend wieder.

Es war nun mühselig, mir durch das Wohnzimmer, in dem noch allerlei unausgepackte Umzugskartons herumstanden, einen mehr oder weniger abenteuerlichen Weg in die Küche zu bahnen und einen Kerzenstummel in einer der Schubladen zu finden. Nach einigen Stolperern, die mir ein paar schmerzhafte Prellungen beibrachten, hatte ich es geschafft und stand mit dem Beleuchtungskörper in der Hand, ein bescheidenes Lichtlein verstrahlend, in der stillen, dunklen Küche.

Ich mußte meine Wohnung verlassen, da sich der Stromsicherungskasten draußen am anderen Ende des Korridors befand. Auf dem Flur angelangt, mußte ich feststellen, daß anscheinend im gesamten Haus die Sicherungen herausgeflogen waren, denn auch das Drücken des Schalters im Flur führte keine Änderung der lichtlosen Situation herbei. Die nackten Birnen, die von der Decke baumelten, ließen sich nicht reanimieren. Ich wartete eine Sekunde lang, ob vielleicht ein anderer Hausbewohner den Stromausfall ebenfalls bemerkt hatte, mir zuvorkommen und mich somit von meiner leidigen Aufgabe befreien würde. Offensichtlich schlief jedoch jeder Rechtschaffene – bis auf den Speicherbewohner, der trotz der Finsternis, die auch bei ihm dort oben herrschen mußte, nicht aufhörte, seine Möbel von der einen in die andere Ecke zu schieben.

Mit einem mulmigen Gefühl im Magen schlich ich auf den Gang hinaus und ertappte mich dabei, wie ich die Hand instinktiv zur Faust ballte. Ich fragte mich, ob ich den Stromausfall nicht einfach als ein Zeichen sehen sollte, endlich ins Bett zu gehen, aber ich war fest entschlossen, mir noch die Schallplatte mit Griegs

Kompositionen zu Ende anzuhören. Ich schalt mich selbst einen Angsthasen, setzte einen Fuß vor den anderen, schritt über knarrende Bohlen, vorbei an schwarzen Türen, als plötzlich das verzerrte Gesicht mit dem riesigen Unterkiefer neben mir auftauchte und eine röchelnde, alte, kranke Stimme erklang:

„Du verdammtes Ding, dir hau' ich gleich was auf den Kopf!"

Ich schrie laut auf und stolperte erschrocken einen Schritt zurück.

Im Schein des matten Kerzenlichtes nahm ich wahr, daß es sich bei den verzerrten Zügen um das Antlitz eines weißbärtigen Mannes handelte, dessen regengrüne, feuchte Augen mich nun durch runde Brillengläser verdutzt musterten. „Nanu", sprach der Greis leise. „Sie sind ja nur ein Mann!"

Ich bemerkte, daß er einen großen, ovalen Gegenstand in den zitternden, faltigen Händen hielt – es war ein schwerer Aschenbecher aus Marmorgestein. Sein Atem ging schnell, und sein Gesicht war selbst für einen alten, möglicherweise kränkelnden Mann zu weiß. Er sah zu Tode erschrocken aus, und nachdem er in tiefster Verwirrung ‚Jetzt wird er runterkommen, jetzt wird er runterkommen' gefaselt hatte, breitete sich in seinem Gesicht endlich Erleichterung aus, und er ließ den zum Schlag erhobenen Gegenstand sinken.

„Entschuldigen Sie", sprach er mit heiserer, sich verhaspelnder Stimme. „Entschuldigen Sie bitte vielmals, aber ich dachte, es sei der Hunderttausendjährige, und ich ..."

„Beruhigen Sie sich doch", sagte ich besänftigend, trat einen Schritt näher und hob die Kerze, damit ich sein und er mein Antlitz besser erkennen konnte. Er lachte gekünstelt über sich selbst.

„Nochmals, lieber Herr, Entschuldigung bitte! Bin etwas eingeschüchtert, muß ich zugeben, bin wohl nicht mehr der Jüngste! Können auch Sie nicht schlafen? Es kommt hier des öfteren zum Stromausfall, das ist nichts Ungewöhnliches, daran sollten Sie sich gewöhnen. Die Leitungen in diesem Haus ... sie sind alt. Ich ... ich hab' ganz einfach die Nerven verloren, entschuldigen Sie bitte!"

Nachdem sich der auf den zweiten Blick durchaus sympathische Herr noch ein gutes Dutzend Mal bei mir entschuldigt hatte, brachte ich endlich seinen Namen in Erfahrung. Er hieß Albert Sawyer, stammte aus Südengland und lebte ebenfalls noch nicht allzu lange in diesem Haus. Er war Professor der Komparatistik und dozierte an der städtischen Universität über angloamerikanische Literatur. Nachdem ich ihm – nicht ohne einen leicht arroganten Anflug von Stolz – meinen Namen verraten hatte, freute er sich sichtlich, ausgerechnet mich als Nachbarn haben zu dürfen, mehr noch, er war, um es prosaisch auszudrücken, ganz aus dem Häuschen! Er beteuerte mir, daß ihm mein nächtliches Gehämmere auf der Schreibmaschine nichts ausmache, da er jetzt wisse, daß es nur das Rumpeln eines Motors sei, durch dessen Wirken der Welt letztendlich neue, wunderbare Romane geschenkt werden würden. Peinlich berührt schlug ich ihm vor, erst einmal die Sicherungen zu wechseln und die Unterhaltung in meinem Wohnzimmer weiterzuführen, wenn er Lust dazu habe.

Er hatte.

Fünf Minuten später brannten die Lampen wieder, und wir saßen in meinem Appartement, tranken Karameltee und lauschten Griegs Impressionen (zufälligerweise war Grieg auch Alberts Lieblingskomponist).

Albert stellte mir unzählige Fragen, allesamt höflich, nichts zu Persönliches, vorsichtig und weise formuliert. Unsere Konversation dauerte bis fünf Uhr morgens an, und wir gossen uns insgesamt drei volle Kannen Tee über die vom Reden trockenen Zungen in die Kehlen. Als die von Grieg angekündigte Morgendämmerung dann tatsächlich hereinbrach, verabredeten wir uns zum Abendessen in einem Lokal, das sich in unserer Straße befindet und das laut Albert wärmstens zu empfehlen war – ich kann das nicht beurteilen, bis zum heutigen Tag habe ich dort nicht gespeist.

„Es war nett, Sie kennengelernt zu haben", sagte der alte Mann mit den intelligenten, melancholisch-regengrünen Augen eines Kindes. „Leben Sie wohl!" Und damit drehte er sich um und verschwand hinter der Biegung des Korridors.

Wissen Sie, ich mochte Albert auf Anhieb. Ich erkannte, daß er nicht nur Interesse an mir zeigte, weil ich sein Lieblingsautor war (ich hatte ihm mein neues, im Handel noch nicht erhältliches Buch signiert und geschenkt, woraufhin seine Augen wie bei einem kleinen Schuljungen zu leuchten begonnen hatten), sondern weil wir in jener Nacht feststellten, daß sich zwei Wesen begegnet waren, denen das tiefe Bedürfnis nach innigem Gedankenaustausch gemeinsam war.

Sicher, er war ein wunderlicher alter Kauz – beispielsweise teilte er sein Appartement mit 26 (!) Angorakatzen, die er sozusagen sammelte! Zudem vertrat er die Auffassung, daß ‚Edvard Grieg' als eigenständiges Unterrichtsfach in den Stundenplan der Gesamtschulen aufgenommen werden sollte. Aber wissen Sie, das war für mich im Nachhinein nicht das eigentlich Sonderbare – auch nicht seine dramatischen Abschiedsworte; sonderbar war, daß mich in jener Nacht ein ernstzunehmender, erwachsener Mann für etwas gehalten hatte, das hunderttausend Jahre alt sein sollte.

Um viertel nach fünf in der Früh begann mein Obermieter wieder, seine Möbel herumzuschieben, doch ich war zu erschöpft, um mich darüber zu entrüsten.

Um halb sechs wog mich Morpheus in seinen warmen Armen. Den freundlichen alten Mann mit Namen Sawyer sah ich nie wieder.

Ich hatte einen merkwürdigen Traum, den ich an dieser Stelle festhalten möchte. Ich befand mich erneut mit einer nervös flackernden Kerze im Flur des Hauses, weil sämtliche Sicherungen durchgeflogen waren. Ich fand den Sicherungskasten jedoch nicht und lief orientierungslos in die falsche Richtung, entgegen seinem Standort.

Am Ende des Ganges befand sich eine Tür. Sie stand weit offen und ermöglichte den Blick auf eine kurios anmutende Treppe, die steil in die Höhe führte. Der Aufstieg war sehr schmal gebaut, höchstens 40 Zentimeter breit, aus brüchigem Holz. Die wenigen Stufen, die zu einer rotlackierten Pforte hinaufführten, lagen extrem weit auseinander, jeweils einen guten Meter, so daß sie ein Mensch kaum besteigen konnte.

Unsicher schritt ich auf die Konstruktion zu, als neben mir das vor Angst verzerrte Antlitz von Albert Sawyer aus dem Nichts auftauchte. Er sah so aus wie in der Nacht, da ich ihm das erste Mal begegnet war. Nur der Eindruck seines eingefallenen Gesichtes wurde durch das Fehlen seiner künstlichen Zähne zusätzlich verstärkt. Auf dem Arm hielt er eine flauschige, graue Katze. Auf ihrem goldenen Halsband stand der Name ‚Peter Pan'. Sie schnurrte und blickte mich aus halb geschlossenen Augen gelangweilt an.

„Verschwinden Sie aus den Mauern", nuschelte Albert mit seltsam gequetschtem Timbre, während hinter der roten Holztür am Ende der unbegehbaren Treppe das Geräusch ertonte, das anscheinend vom Verschieben großer, schwerer Möbel herrührte.

„Aus den Mauern verschwinden?" Ich starrte in Alberts Mund, der wie ein ausgefranstes Loch aussah und der auf- und zuschnappte wie bei einem sterbenden Fisch an Land. Als er weitersprach, schien etwas seine Luftröhre zuzuschnüren.

„Er schiebt keine Möbel durch seine Wohnung! *Wohnung*? Haben Sie sich dieses Gebäude mal genau angesehen?"

„Albert, ich ..."

„Er *bewegt* sich, lieber Herr! Verschwinden Sie aus diesen Mauern, bevor es zu spät ist! Dort oben geschehen ... Dinge!"

„Was befindet sich hinter dieser Tür?" Mit der Kerze deutete ich zu dem extrem schmalen Aufstieg und hielt mich mit der anderen Hand am Treppengeländer fest, während mich die Augen von Peter Pan zu hypnotisieren versuchten.

„Sie müssen es mir versprechen", krächzte der alte Mann atemlos. Seine schimmernden, grünen Augen waren weit aufgerissen. „Versprechen Sie es mir – gehen Sie niemals dort hinauf, so sehr Ihnen das Schlurfen auch den Verstand raubt! Ich bitte Sie aus tiefstem Herzen! Dort oben haust der Hunderttausendjährige! Verlassen Sie die Mauern, bevor er Ihr Unterbewußtsein riechen kann und ..." Seine Stimme brach. Das Schlurfen und Poltern wurde lauter. Ich richtete meinen Blick erneut auf die Tür, die sich etwa drei Meter über uns befand.

„Der Hunderttausendjährige", wiederholte ich träge. Das Kaleidoskop der tiefgründigen Katzenaugen vermengte sich mit dem Regengrün hinter Alberts nervösem Schulbubenblinzeln und dem schwarz-schlundigen Loch seines Mundes. Untermalt wurde all das vom Quietschen des Möbelrückers.

„Was ... ist der Hunderttausendjährige?"

Das schwarze Loch und das Regengrün in Alberts Antlitz vergrößerten sich, und der alte Mann fing in offensichtlich resignierender Hoffnungslosigkeit bitterlich an zu weinen. Ich stand vor ihm und wußte nicht, was ich tun konnte, um ihn zu trösten.

„Er läßt uns nicht fort", heulte er.

... Kaleidoskopaugen der Katzen ... Regengrün, wunderbar melancholisch ... gefangen in einem schwarzen, ausgefransten Loch der Vergänglichkeit ...

Der Traum begann allmählich zu verschwimmen.

Albert lehnte sich mit dem Rücken gegen die merkwürdige steile Treppe und ließ die graue Katze zu Boden gleiten. Sie landete geschmeidig auf den Dielen und huschte sogleich davon. Der alte Mann versuchte, sich die Tränen von den Wangen zu wischen. Dabei fiel seine Brille wie im Zeitlupentempo von seiner Nase und verschwand unter den grotesk anmutenden Stufen. Er begann, sich in stakkatischen Bewegungen rückwärts die eigentlich unbegehbare Konstruktion hinaufzuziehen.

„Der Hunderttausendjährige läßt uns nicht fort", wiederholte er. „Ich wollte Sie ... warnen ... aber ich darf ... nicht denken ... aber ich dachte ..." Tränen befeuchteten seine Wangen, und als ich meine Hand ausstreckte, um ihm tröstenden Zugriff zu gewähren, trat er einen hektischen Stolperschritt die Treppe hinauf.

„Ich darf nicht!" greinte er. „Darf nicht denken, sonst bewegt er sich ..."

Möbel wurden mit einem zornigen Rumpeln verschoben.

„Albert! Was ... macht er ... dort oben!" Mir war schwindlig, und ich war außerstande, einen klaren Gedanken zu fassen. Die kleine Kerzenflamme flackerte. Alberts Augen fraßen meinen nüchternen Verstand.

„*Er nährt sich*", flüsterte er erstickt, drehte sich um, kroch die Stufen zur rotlackierten Tür hinauf. „Verlassen Sie die Mauern!"

Ich beobachtete seinen Rücken. Merkwürdige Muskeln bewegten sich unter dem schweißgetränkten Hemd. Das Möbelgeräusch verstummte plötzlich, und benommen vernahm ich, wie eine Türklinke heruntergedrückt wurde. Ich versuchte, Albert zu folgen, doch ich fand mich auf den abartigen Stufen nicht zurecht, stolperte und hatte alle Mühe, die Flamme der Kerze am Leben zu erhalten. Ich bekam noch mit, daß sich ein langgezogener Schatten von droben über das Holz erbrach. Er sah aus, als werfe ihn ein sehr dünner Körper, auf dem ein winziger Kopf saß.

In diesem Moment erlosch die Kerze, und Dunkelheit umfing mich. Aus Alberts Richtung vernahm ich plötzlich einen hellen, quiekenden Schrei, wie von einem Schwein, das zur Schlachtbank geführt wird. Ich wurde von den grauenhaften Tönen verschluckt, von der Finsternis fortgerissen. Ich war eingeschlossen im melancholischen Regengrün seiner weinenden, alten Augen, beengt von einem schwarz-schlundigen Abgrund, und ich wußte, daß der Schrei von meinem neuen Freund stammte.

Ich erwachte gegen 14 Uhr aufgrund eines lauten Polterns über meinem Haupt mit Muskelkater in den Beinen. Mein kurioser Obermieter war nach wie vor damit beschäftigt, seine Möbel von der einen in die andere Ecke zu schieben.

Während sich der Mantel des Schlafes allmählich von meiner Seele löste, fragte ich mich benommen, woher die lauten, schmatzenden Geräusche kommen mochten, die meine Räumlichkeiten erfüllten; wahrscheinlich von der Heizung. Schließlich quälte ich mich aus dem Bett, um mich zu duschen und zu rasieren. Am Abend begab ich mich direkt zu dem von Albert angepriesenen Lokal.

Lange stand ich vor der gemütlich dreinblickenden Gaststätte in der Kälte, krempelte den Kragen meines Lodenmantels hoch, rieb die Hände gegeneinander, um sie zu wärmen und betrat letztendlich die gut besuchte Kneipe; von Albert fand ich jedoch keine Spur.

Um kurz vor halb acht gab ich hungrig jedwede Hoffnung auf, daß er noch kommen würde und kehrte nach Hause zurück, wo ich gedachte, ihn direkt in seiner Wohnung aufzusuchen.

Ich klingelte bei ihm. Als auf dieses eindeutige Zeichen hin niemand reagierte, wurde ich unverhofft von einer tiefgreifenden Sorge um meinen neuen Freund erfüllt und klopfte energisch gegen die Holztür. Albert war, wie er selbst gesagt hatte, nicht mehr der Jüngste; es war möglich, daß er aufgrund eines Schwächeanfalls in seiner Wohnung zusammengebrochen war und auf dem kalten Fußboden lag, während das heiße Leben aus seinen allmählich absterbenden Gliedern strömte.

„Albert!" rief ich laut, schlug mit der flachen Hand gegen das Holz und fing mir einen Splitter ein. „Albert, sind Sie zu Hause?"

Ich überlegte gerade, ob ich die Polizei oder zumindest den Hausmeister anrufen sollte, damit dieser die Tür öffnen würde, als auf einmal ein maunzendes Geräusch zu meinen Füßen ertönte und etwas Warmes, Flauschiges um meine kalten Waden strich.

Ich blickte hinab.

Es war Peter Pan, der graue Kater aus meinem Traum. Mit steil aufgerichtetem Schwanz stolzierte er schnurrend über den Dielenboden und köpfte meine Beine nach Art der Katzen freundlich an. Ich beugte mich zu ihm hinab und streichelte ihn hinter den Ohren. Plötzlich rannte Peter Pan los, den Flur entlang. Ich folgte ihm, während ich mich fragte, ob mir Albert im Verlauf unseres vergangenen nächtlichen Gesprächs den Namen des Katers verraten hatte oder ob ich mir nur im Nachhinein einbildete, ihn im Traum gelesen zu haben.

Ich bog um die Ecke und betrat jenen von mir bisher unerforschten, düsteren Bereich des Flures. Ich gelangte zu einer geschlossenen Tür in der Seitenwand des Ganges, vor der Peter Pan nun hockte und andächtig in die Höhe zu einer weiteren Pforte aus rotlackiertem Holz starrte. Ich stand vor der grotesken, unbegehbaren Treppe, die Albert in meiner Nachtvision hinaufgekraxelt war. Von dort droben klangen die allgegenwärtigen quietschenden Möbelgeräusche an meine Ohren. Ich beschloß, diese sinnlose Konstruktion hinaufzuklettern, um mich meinem Obermieter höflich vorzustellen und ihn zu bitten, nicht die gesamte Nacht lang seine Einrichtung herumzuschieben ... vielleicht hatte ich ja Glück, und Albert befand sich bei ihm oder ihr!

Ich berührte das Treppengeländer, blickte zur rotlackierten Tür, spürte wie auf einmal tausend kleine haarige Spinnen über die schwitzende Haut meines Rückens zu kriechen schienen und bewegte mich nicht. Ich trug noch immer meinen Mantel und meinen Hut. Mir war heiß, so daß mir der Schweiß in die juckenden Augen lief. Ich vernahm die zerkratzte Musik einer alten Schellackplatte aus den zwanziger Jahren, die aus einer Wohnung zu meiner Linken erscholl. Ich stand vor Peter Pan, starrte die Stufen hinauf, transpirierte und dachte an das melancholische Regengrün in Alberts Augen.

Diese Treppe! Worin lag nur ihr Sinn? Gab es eventuell noch einen anderen Aufgang zum Speicher (denn wie hätte mein Obermieter ansonsten seine schweren Möbelstücke da hinaufbekommen können)? Ich wunderte mich über die Tatsache, daß ich in meinem Traum schon so viel über das von mir noch unerforschte Gebäude gewußt hatte, wunderte mich, daß ...

„Er läßt uns nicht weg!" erklang in diesem Moment eine heisere Stimme direkt neben meinem linken Ohr. Erschrocken ruckte ich mit dem Kopf herum und stolperte beinahe über meine eigenen Füße. Peter Pan miaute und rannte davon.

Aus einer der Türen in der Dunkelheit war ein dünner Mann gekommen, ungefähr Mitte 30, mit langem, weißem Gesicht und schwarzem, buschigem Schnurrbart. Seine Haare glänzten ölig, und aus seiner riesigen Nase voller Unebenheiten und Mitesser lief träger Rotz. Seine Augen schimmerten gelbbraun, wie Kuhseiche.

‚In diesem Haus haben die Menschen die Begabung, sich an Ahnungslose heranzuschleichen und sie zu Tode zu erschrecken', dachte ich mit einem wild klopfenden Herzen, das sich nicht mehr beruhigen wollte.

„Entschuldigung", sprach ich, um ein vertrauenerweckendes Lächeln bemüht. Oben schien ein Kleiderschrank umzukippen. „Sie haben mich ganz schön erschreckt, hab' Sie gar nicht gesehen. Was sagten Sie?"

Der seltsame Kerl trat einen hektischen Stolperschritt auf mich zu, so daß ich mich zwingen mußte, nicht fluchtartig vor ihm zurückzuweichen. Er blieb wenige Zentimeter vor mir stehen.

„Er läßt uns nicht weg!" wiederholte er.

Ich betrachtete sein Gesicht, auf dessen Stirn Schweißperlen glitzerten. Seine Wangen bebten über krampfhaft zuckenden Muskeln.

„Nein!" lachte er hysterisch auf. „Er läßt uns nicht weg! Das tut er nicht!"

„Wer ... wer läßt Sie nicht weg?"

„Der Hunderttausendjährige! Von oben! Der durch die Flure wandelt! Können Sie ihn denn nicht hören?"

Ich blickte den Mann, der offensichtlich nicht mehr Gebieter seines Verstandes war, aus großen Augen an.

„Wenn Sie am Morgen aufwachen und beschließen, diese Mauern für immer zu verlassen, werden Sie das Quietschen hören, wenn sich die rote Tür dort oben aufschiebt! Er kommt zu Ihnen ins Zimmer, und Sie wissen ja selbst, was das bedeutet!"

Langsam schüttelte ich den Kopf.

„Und es wird immer schlimmer", fuhr der Mann unbeirrt fort. Auffallend gelber Speichel rann aus seinem Mundwinkel. „Vielleicht wachen Sie eines Morgens auf und beschließen nur im *Unterbewußtsein*, daß Sie die Mauern an diesem Tag unter gewissen Umständen für alle Zeiten verlassen *könnten*. Auch dann wird der Hunderttausendjährige die Treppe herabkommen und Sie essen. Nur wenn Ihr Innerstes rein ist und Sie es niemals wagen, ihn zu verlassen, wird er Sie – vorerst – verschonen. Aber das wissen Sie doch schon längst!"

‚Großer Gott!' dachte ich. ‚Meine Wohnung befindet sich auf dem gleichen Flur wie die eines komplett Wahnsinnigen!'

Der skurrile Kerl legte seinen Kopf zurück und stieß plötzlich ein widerliches, schrilles Lachen aus, wobei sich sein Gesicht zu verändern schien. Seine gelben Zähne und Augen traten hervor, seine Wangen fielen ein, und seine Stirn wurde merklich höher. Aber wahrscheinlich war dieser Eindruck nur eine auf das spärliche Licht zurückzuführende Sinnestäuschung.

„Hören Sie diese Geräusche?" fragte er. Ich lauschte dem Poltern und Krachen und nickte. Innerhalb meiner Luftröhre fing ein Kloß an, sich zu verdicken.

„Er bewegt sich. Und manchmal schleicht er durch die Gänge, um sich zu nähren!"

Ich spürte, wie eine neue Spinnenarmee einen Spaziergang über die Haut meines Rückens unternahm. Der Mann starrte mich immer noch mit unverwandt aufgerissenen Augen an.

„Er nährt sich?" stieß ich heiser hervor. Meine Stimme gelangte lediglich in meine Kehle und erstarb dort jämmerlich, so daß nur noch ihr Nachhall nach außen drang. Die Gesichtszüge des Mannes verformten sich erneut, und eine schreckliche Sekunde lang war ich mir nicht mehr sicher, ob sie dies bloß aufgrund der Zwielicht verbreitenden, schwachen Glühbirne taten. Ein äußerst unangenehmes Schweigen trat ein, das nur vom Poltern des Möbelrückers erfüllt wurde. Also sagte ich das Erstbeste, was mir in den Sinn kam, um eine menschliche Stimme zu vernehmen, auch wenn es die eigene, krepierende war.

„Warum macht der ... Hunderttausendjährige ... denn so etwas?"

Der Mann blickte mich aus dem Augenwinkel heraus an, und ein mokantes Lächeln stahl sich auf seine blutleeren, schmalen Lippen. Seine Wangenknochen standen meines Erachtens viel zu weit nach außen.

„*Warum*, fragen Sie? Was für eine naive Frage! Wie von einem Kind. Warum? Nun, ich möchte mit einer Gegenfrage antworten: Wäre ein Gott nicht etwas Erbärmliches, wenn er sich von einem Menschengehirn begreifen ließe?" Er schüttelte seinen schweren Kopf. Oben krachte etwas laut auf den Fußboden. Spinnen marschierten.

„Ein Gott", preßte ich mühsam hervor. Meine Gedanken wirbelten in einer chaotischen Charybdis in meinem Schädel durcheinander.

„Ein Gott", bestätigte der Mann mit den grotesken Wangenknochen.

„Und ein Gott lebt auf dem Speicher eines alten Mietshauses?"

„Wo steht geschrieben, daß er *nicht* dort lebt? Und wie kommt es überhaupt, daß Sie behaupten, daß sich dort oben ein Speicher befindet? Haben Sie sich das Gebäude mal genau angesehen?"

Ich starrte den Mann an.

„Wenn – ich betone: *Wenn* sich dort oben ein Raum befindet, was zugegebenermaßen möglich ist, so mißt er gewiß gute drei, vier Meter in der Höhe, aber doch höchstens einen Meter in der Breite, da das Dach sehr spitz zusammenläuft. Sie sehen doch, daß schon in diesem Stockwerk die Schrägen einsetzen! Haben Sie darüber mal nachgedacht?"

Ich konnte weiterhin nur starren.

„Nun, ich habe schon viel zuviel geplaudert! Gehe jetzt besser! Schließen Sie sich ein, wenn er durch die Gänge wandelt! Verlassen Sie das Haus nicht! Denken Sie nicht einmal daran! Er würde Sie finden!"

Und damit drehte sich der Wangenknochenmann um und verschwand in seiner Wohnung, wo ein Plattenspieler einen alten, vergessenen Schlager reproduzierte.

Tiefe Verwirrung erfüllte mich, während ich verloren auf dem Korridor stand. Ich hatte nur noch einen Wunsch – Albert zu finden, mich mit ihm in meine Wohnung zu begeben und ihm von der sonderbaren Begegnung zu berichten, damit er mich sogleich beruhigen würde, so wie ich ihn vergangene Nacht beruhigt hatte, bis wir über diesen schwachsinnigen Kretin lauthals lachen würden.

In diesem Moment blinkte etwas zwischen den merkwürdigen Stufen der unbegehbaren, unsinnigen Treppe auf, die zu der knallroten Tür des Speichers führte. Ich beugte mich hinab und verengte die Augen zu Schlitzen.

Es waren die geputzten Gläser einer Brille, die das spärliche Deckenlicht reflektierten.

Alberts Brille!

Der Sauerstoff entwich meinen Lungen, und ich stolperte einen Schritt zurück. Von droben erklangen plötzlich wieder laute Schmatz- und Sauggeräusche, die sogar das mittlerweile enorme Poltern übertönten. Schreckenstränen schossen mir in die Augen, Gedankenfetzen durchjagten die Synapsen meines verunsicherten Gehirns.

„… ich dachte, es sei der Hunderttausendjährige …“

„… streift manchmal durch die Gänge, verlassen Sie das Haus nicht, denken Sie nicht einmal daran …“

„… und manchmal streift er durch die Korridore, um sich zu nähren …“

„… haben Sie sich das Haus einmal genauer betrachtet haben Sie sich das Haus einmal genauer betrachtet haben Sie sich das Haus einmal genauer betrachtet haben Sie sich das Haus einmal genauer betrachtet …“

Langsam wurde die verrostete Klinke der Tür von innen nach unten gedrückt. Sie schwang auf, und ein großer Schatten, der aussah, als gehöre er einer gekreuzigten Vogelscheuche, die sich auf einem Maisfeld im Wind aus unerklärlichen Gründen vollkommen selbständig zwischen den sich hin- und herwiegenden Kolben bewegt, erschien im Rahmen.

Da drehte ich mich um und rannte panikerfüllt den Gang entlang, stolperte die Treppe hinunter, aus dem Haus hinaus auf die Straße, wo ich an einer flimmernden Laterne atemlos Halt fand.

Ich blickte zu dem Gebäude hinauf, zum ersten Stock, wo ein paar Fenster erleuchtet waren, weiter hinauf zum dunklen zweiten, dritten, vierten, in dem sich meine Wohnung befindet, zum Dach, zu den Ziegeln, zum Speicher …

Natürlich! Natürlich war es theoretisch möglich, daß sich dort droben noch eine Räumlichkeit befand, doch mußte sie dann unsäglich schmal sein, da das Dach in der Tat *sehr* spitz zusammenlief! Dort oben konnte sich niemand längere Zeit aufhalten, es sei denn, er stand immer stocksteif in der Mitte des Raumes … oder er kroch wie eine Echse!

In diesem Moment überschwemmte mich ein zuvor nie erfahrendes Grauen. Tränen rannen mir über die Wangen, meine Bein- und Schließmuskeln gaben nach, sie schienen zu implodieren und in einem glühenden Nichts zu verpuffen.

Ich dachte an meinen merkwürdigen Traum und wußte plötzlich nicht mehr, ob ich Albert nach unserer ersten Begegnung und der mit wunderbaren Gesprächen angefüllten Nacht noch ein zweites Mal begegnet war. Inwieweit hatte sich das wahrhaft Erlebte mit meinem kuriosen Nachtmahr vermengt?

Alberts Brillengläser funkelten in meinem Kopf wie Diamanten …

Ich stieß einen leisen Schrei aus, der ungehört in der Schlucht der verlassenen Straße verhallte, und hielt mir die Ohren zu. Ich konnte die Freßgeräusche vom Speicher sogar hier draußen in der Kälte hören!

Und ich höre sie noch immer! Wochen sind vergangen. Vernehme ab und an, daß der Hunderttausendjährige die Stufen hinabsteigt. Höre ihn über meinem Haupt poltern und krachen und schlürfen und saugen und fressen. Lausche gebannt seinem Sich-Nähren. Manchmal macht mich das Quietschen der roten Tür und das Knarren der Holzstufen, die zu meinem Korridor herunterführen, völlig irr. Aber zumindest existiert mein Verstand noch! Manche Leute behaupten, niemand könne mit Sicherheit feststellen, ob man bei Verstand sei oder nicht, aber da bin ich ganz anderer Meinung!

Brauchte natürlich eine ganze Weile, um zu begreifen und zu akzeptieren. Und die Lösung erscheint so simpel, die Lösung, die da lautet: Ein Gott wäre etwas gar Erbärmliches, wenn er sich von einem Menschengehirn begreifen ließe!

Begegnete Albert vergangene Nacht erneut im Traum. Wir standen im Flur. Hielt eine gerade erloschene Kerze in der Hand, als die rote Speichertür aufgestoßen wurde! Etwas kam blitzschnell heruntergestolpert und verharrte direkt vor unseren schreienden Gesichtern!

„Albert!" kreischte ich wie ein kleines Kind. „Albert, er hat ja gar keinen Kopf!"

Vielleicht erwachte ich in jenem Moment. Möglich. Alles ist möglich, denn ich kann nicht mehr unterscheiden zwischen Traum und Wirklichkeit!

Die gräßlichen Töne werden von Tag zu Tag lauter, härter, unmittelbarer. In meinen schlaflosen Nächten kommt es mir manchmal so vor, als versuche der Hunderttausendjährige, die Bodendielen zu durchstoßen, um durch meine Decke in meine unsicheren Räumlichkeiten zu gelangen.

Um sich zu nähren.

Warum ich wieder in das Haus zurückgekehrt bin? Ich weiß es nicht! Wahrscheinlich wollte mein rational denkendes Innerstes die Präsenz eines Gottes nicht so ohne weiteres hinnehmen, und andererseits ... nun, andererseits ... vielleicht ahnte ich, daß die Vogelscheuche mein Unterbewußtsein riechen und zu mir kommen würde, um mir ihre widerwärtigen, weichen Stroharme voller Spinnen auf die Schultern zu legen. Ich weiß es nicht, und das ist die Wahrheit!

Blickte eben durch das Schlüsselloch nach draußen auf den Flur, da ich eine quietschende Tür zu vernehmen glaubte. Hörte knarrende Geräusche, als käme wieder jemand die rote Treppe herunter. Sah kurz so etwas wie einen Schatten, der mit ausgestreckten, hageren Armen über den Korridor rennt!

Sah keinen Kopf.

Die schmatzenden, schlürfenden Geräusche sind verstummt. Merkwürdige Grunzgeräusche unmittelbar vor der Tür. Meiner Tür!

Werde heute Abend bei meiner Schwester in der Stadt schlafen; habe sie schon angerufen, geht alles klar. Morgen werde ich verschwinden.

Für alle Zeiten!

Verschwinden.

Blickte eben auf.

Der Türknauf bewegt sich ganz langsam.

Etwas kommt ...

Natürlich werde ich hier bleiben, denn dieses Haus ist wunderschön! Es ist – verzeihen Sie mir den Vergleich – ein Gottespalast. Ich habe nicht vor, wegzuziehen!

Ich habe ein paar Leute aus dem ersten Stock kennengelernt: Wilma Wenders, eine sympathische, rundliche Frau, die ein vortreffliches Soufflé zubereiten kann, und ihren interessanten Gatten Wolfgang, einen deutschen Akademiker. Zusammen füllen wir die langen Nächte mit stundenlangen Gespräche.

Zwei Appartements neben dem meinen wohnten bis vor kurzem Marek und Rosina Wietowsky. Sie liebten die klassische Musik und verehrten Mozart ... und Edvard Grieg!

Doch gestern hat sich der Hunderttausendjährige an Rosina genährt. Marek verzweifelte, da er sein Unterbewußtsein nicht unter Kontrolle halten konnte – wer kann das schon? – und erhängte sich heute Morgen in der Waschküche mit einem Ledergürtel.

Wir alle wissen, daß der Hunderttausendjährige die Treppe hinuntergeeilt kommt, sobald einer seiner Schößlinge das alte Gebäude zu verlassen gedenkt. Und er stattet dem betreffenden Menschen einen Besuch ab, auch wenn der Fluchtplan nur in seinem tiefsten, verborgensten Inneren als vage Möglichkeit aufblinkt. Das ist in der Tat faszinierend!

Der Hunderttausendjährige steht in seiner schmalen Räumlichkeit auf dem Speicher. Zu dem allgegenwärtigen Poltern gesellt sich ab und zu das feuchte Schmatzen – ich habe mich längst daran gewöhnt. Ich habe ihn noch nie in voller Statur gesehen, doch heute Abend will mir Wolfgang Polaroidfotos zeigen, die er vor ein paar Nächten auf dem Flur geschossen hat. Ich bin gespannt, wie die Vogelscheuche aus der Nähe aussieht. Aus Wolfgang ist seit seiner Begegnung leider kaum noch ein vernünftiger Ton herauszubekommen.

Ich muß es noch einmal niederschreiben, um meiner Freude Platz einzuräumen, damit ich nicht von Glückseligkeit zerrissen werde – dieses Haus ist herrlich! Die Zimmer sind sauber und wunderschön möbliert, die Heizung ist im Winter heiß, die Ventilatoren, die von jeder Decke hängen, werden an den heißen

Tagen des Sommers eingeschaltet. Nachts wird die Straße vor dem Fenster von gelben Straßenlaternen ausgeleuchtet, die aufgrund ihrer Intensität jedwedes Diebesgesindel vertreiben und dennoch die warme Dunkelheit in den gemütlichen Zimmern mit ihren holzvertäfelten, duftenden Wänden zu wahren wissen und so den Schlaf eines jeden in Sicherheit wiegen.

Nein, ich habe nicht vor, wegzuziehen.

Ich denke nicht einmal daran.

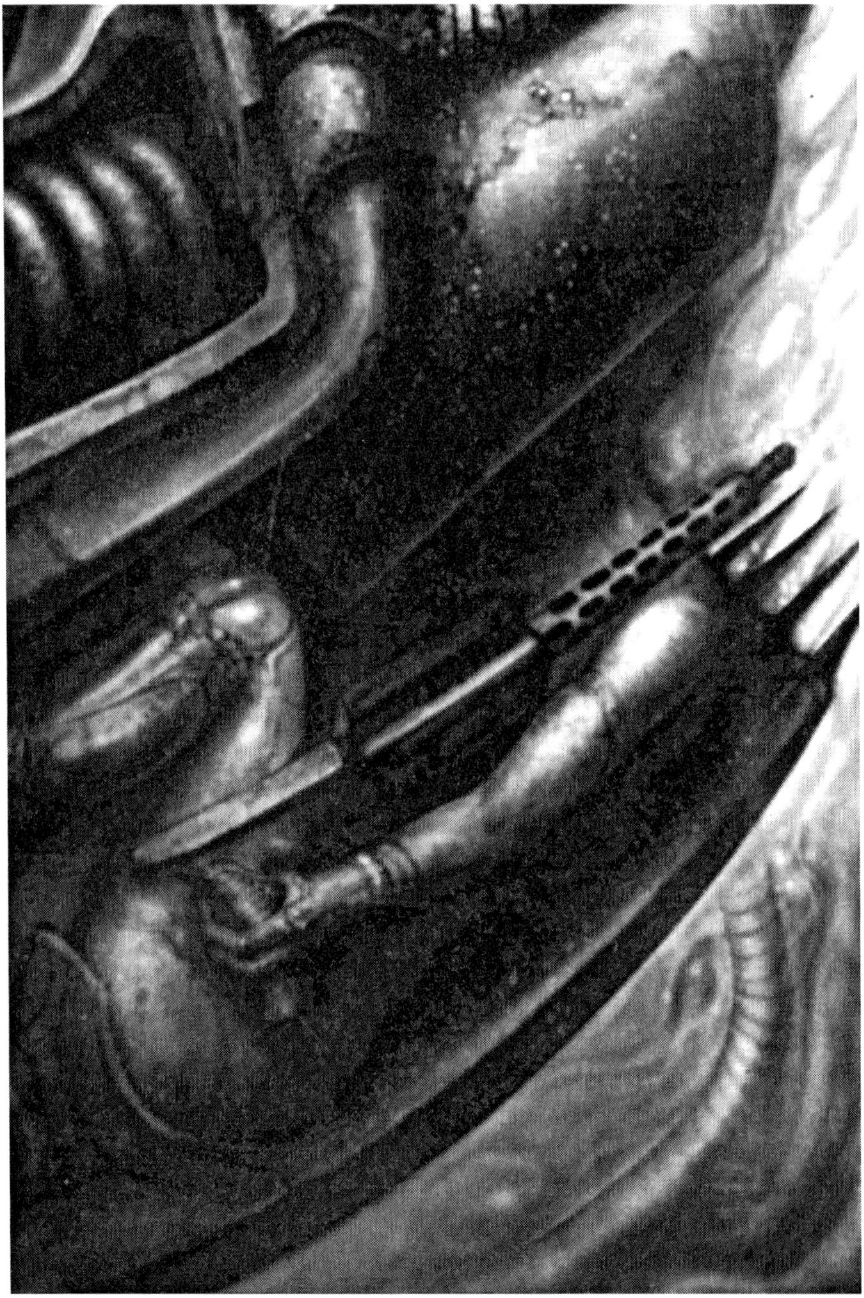

Die Wut des Steins

Und ich sage mir, da ist ein Riese im Haus. Ein seltsamer und schrecklicher Riese. Ganz grau ist er, wie die Steine des Gebäudes. Und er hat einen Steinknüppel so groß wie ein Baum. Und er ist groß, größer als Sie, zweimal so groß. Und mit dem Knüppel tötet er. Doch nur, wenn Sie nahe herangehen.

(F. Leiber, *Der Schatz im Walde*)

Daß sich hinter oftmals nur allzu trivial erscheinenden Simplizitäten des Alltags nicht immer ausschließlich dasjenige zu verbergen pflegt, was man als rational denkender Bürger vermuten sollte, daß zuweilen gar noch solch traditionsbelastete Dinge wie ein städtisches architektonisches Wahrzeichen Geheimnisse und Schrecken jenseits jeglicher Vorstellungskraft zu beherbergen vermögen, wurde mir einmal mehr bewußt, als ich vor gar nicht allzu langer Zeit ein Gespräch mit einem der ältesten Bürger unserer kleinen Stadt, Herrn Johann Sebastian Schalcken, führte.

Jener Herr Schalcken, zum damaligen Zeitpunkt immerhin stolze 96 Jahre alt, hatte einen nicht unbeträchtlichen Teil seines Lebens in Alzey verbracht. In jungen Jahren war er zum Zwecke des Gelderwerbs der Profession des Schuhmachers nachgegangen; als seine Augen jedoch zu schwach und seine Hände zu gichtig für die Ausübung dieses Berufes wurden, ging er notgedrungen in Rente und widmete sich dem akribischen Sammeln und Archivieren historischer Daten und Fakten, die die Stadt oder das Umland betrafen. Dieser Beschäftigung kam er, seiner lächerlich geringen Rente zum Trotz – von der er nach dem frühen Verscheiden seiner Frau nun seine Einzimmerwohnung in der Sankt Georgenstraße und einige wenige Lebensmittel für sich selbst finanzieren mußte – mit viel Enthusiasmus und geradezu kindlich anmutender Faszination nach. Kein Wunder also, daß er nach einigen Jahren zu einer wahren Koryphäe, einem wandelnden Geschichtsbuch geworden war.

Eher schon wunderlich mutete vielen Leuten eine seiner Vorlieben an, die er neben dem Interesse für faktische Datierungen von mehr oder weniger gewöhnlichen und belegten Ereignissen auch – und vor allen Dingen – für verschiedene eher zweifelhafte Überlieferungen und Zusammenhänge hegte, welche, wie er selbst sich ausdrückte, „der Allgemeinheit besser verborgen bleiben". Und um genau solch eine nebulöse, auf den ersten Blick groteske Geschichte handelte es sich bei derjenigen, die der Alte mir seinerzeit an einem golden-sonnigen Sonntagnachmittag im Frühherbst bei einer Tasse Tee in seiner winzigen, von kryptisch verwinkelten Bücherregalen durchzogenen Wohnung erzählte, wo ich ihn einmal mehr auf einen kurzen Schwatz besuchte. Sie betraf nichts Geringeres als das langjährige Wahrzeichen der Stadt – den fast schon legendären Wartbergturm.

Die eigentliche Historie dieses zyklopischen Bauwerkes, das bereits seit dem 15. Jahrhundert von seinem Sitz auf der Kuppe des Wartberges die Stadt zu seinen Füßen überblickt, war mir bestens bekannt – so glaubte ich zumindest. Wohl wußte ich um die rettende Funktion, die der Turm der Legende nach im zweiten Weltkrieg gespielt haben soll, als er in der nebligen Morgendämmerung des achten Januar 1945 angeblich alliierte Bombergeschwader dazu verleitete, ihre tödliche Last anstatt über dem Stadtkern über dem damals wie heute unbewohnten Wartberg herniederregnen zu lassen – offenbar in dem Glauben, bei dem aus dem Dunst aufragenden Obelisken handele es sich um den zentral am Marktplatz gelegenen kirchlichen Uhrturm. Auch das Wissen um die seiner totalen Zerstörung nachfolgende zweimalige Restauration – die letzte davon erst vor wenigen Jahren – war mir nichts Neues. Als Herr Schalcken jedoch zum Verkünden eines weniger bekannten, fast schon geheimnisvoll zu nennenden Umstandes schritt, der den Zeitraum zwischen dem ersten Wiederaufbau 1961 und dem darauffolgenden Einsturz im Februar des Jahres 1970 betraf, mußte ich doch meine diesbezügliche Unkenntnis eingestehen.

Nachdem der Turm in den Jahren, in denen die Wirren der Nachkriegszeit sich wieder weitestgehend gelegt hatten, aus seinen eigenen Trümmern aufs Neue errichtet worden sei, so wußte mein ältlicher Informant zu berichten, habe er – nach annähernd neun Jahren der Ruhe – im Jänner 1970 erstmals auf gräßliche Weise ein Todesopfer gefordert. Sogleich vermutete ich, dem ja die Tatsache solchen Vorkommnisses gänzlich neu war, einen Todesfall durch mangelnde Sicherheitsvorkehrungen, den Absturz eines Besuchers beispielsweise aus den immerhin gut fünfundzwanzig Metern Höhe, die der Turm damals wie heute maß – höchstwahrscheinlich aufgrund einer fehlenden Sicherheitsreling oder etwas ähnlichem. Schalcken jedoch schüttelte lediglich den Kopf und schenkte sich Tee nach.

Der Tote sei, so erklärte er mir, keineswegs außen, am Fuße des Turmes aufgefunden worden, sondern in seinem Inneren. Der Leichnam des Mannes, der es sich ganz offensichtlich in jener schicksalhaften, sternklaren Nacht in den Kopf gesetzt hatte, die umliegende Gegend von der Spitze des zu dieser Zeit auch nachts unverriegelten Turmes aus zu inspizieren, wurde exakt auf halber Höhe des Turmes im Treppenhaus aufgefunden, sein Körper derart deformiert und verunstaltet, daß es zunächst unmöglich war, ihn zu identifizieren.

Ungläubig, daß ein solcher Vorfall seinerzeit nicht Eingang in die Tagespresse beziehungsweise in auch heute noch zugängliche historische Werke gefunden haben sollte, spitzte ich die Ohren und erfuhr, daß die Polizei in diesem Mordfall – es handelte sich unzweifelhaft um einen solchen, konnte sich der bedauernswerte nächtliche Turmbesteiger seine unzähligen Knochenbrüche doch kaum selbst zugefügt haben – zunächst in höchstem Maße ratlos gewesen war. Kluge Köpfe mutmaßten bei dem Opfer zwar sofort einen beträchtlichen Alkoholpegel und einen dadurch bedingten Sturz durch das Treppenhaus aus großer Höhe, jedoch ergab eine Untersuchung der Blutwerte des Mannes, daß er zum fraglichen Zeitpunkt keineswegs alkoholisiert gewesen war; auch die Art seiner Verletzungen schloß einen Sturz mit ziemlicher Sicherheit aus, da eher unrealistisch war anzunehmen, ein Treppensturz – egal, aus welcher Höhe – könne für einen viermaligen Bruch der Wirbelsäule verantwortlich gemacht werden. Was die Mordtheorie des die Untersuchung leitenden Oberkommissars mit Namen Werth seinerzeit letztlich erheblich unterstützte, waren die auffällig großen Blutflecken, die überall auf der Höhe des Treppenhauses, wo der Tote aufgefunden wurde, die backsteinernen Wände verunzierten. Man schloß somit, daß das Opfer just im Inneren des Treppenhauses von einem oder mehreren weiteren Turmbesuchern angegriffen worden sein mußte, die ihm mit verschiedenen stumpfen, äußerst schweren Gegenständen die fürchterlichen Verletzungen zugefügt hatten, welche man an seinem Leichnam feststellte. Vornehmlich von der schier animalischen Brutalität des Verbrechens waren die ausführenden Beamten entsetzt; man hatte den wehrlosen, unschuldigen Mann buchstäblich zu Brei geschlagen.

Ich mußte schlucken und lehnte Schalckens freundliches Angebot, mir noch von den Biskuits zu nehmen, dankend ab. Statt dessen drängte ich ihn, mit seiner Erzählung fortzufahren, denn seinem bedeutungsvollen Blick bei der Erwähnung des ersten Todesopfers in der Geschichte des Wartbergturmes glaubte ich entnehmen zu können, daß dies nicht das einzige Mysterium sein würde, wovon er mir zu erzählen hatte. Und so war es auch.

Die zweite Leiche wurde nur acht Tage darauf gefunden, diesmal auf der obersten Plattform des Turmes. Und diesmal war das Opfer zum Zeitpunkt der Tat auch nicht allein gewesen, es handelte sich im Gegenteil um ein Mitglied einer Clique von vier jungen Männern, die sich den Turm zum Austragungsort einer kleinen abendlichen Feier auserkoren hatten. Während drei von ihnen am Fuße des Turms ein kleines Feuerchen entfachten, um sich die kalte Februarnacht ein wenig gemütlicher zu gestalten, und verschiedene Spirituosen aus ihrem Fahrzeug ausluden, ließ es sich ein Bursche namens Mansinius nicht nehmen, voreilig und ohne auf die anderen zu warten, den unverriegelten Turm auf eigene Faust zu erkunden. Die drei Zurückgebliebenen hörten noch seine Schritte über die gewundene Treppe hallen, dann war kein Laut mehr zu vernehmen.

Kaum zwei Minuten später, die Freunde waren mit dem Herrichten des Platzes am Fuße des Gebäudes soeben fertig geworden und wollten sich anschicken, die ersten Flaschen zu öffnen, da vermeinten sie, am Boden zu ihren Füßen ein leichtes Beben wahrzunehmen, ein dezentes Vibrieren oder Grollen in der tiefsten gerade noch wahrnehmbaren Tonlage. Schlagartig wurden alle drei von einem starken Gefühl des Unwohlseins befallen, besonders, als sie feststellten, daß jenes Grollen und Zittern des Bodens sich verstärkt verspüren ließ, je näher man den düster-kalten Mauern des Turmes stand. Da ertönte plötzlich aus der Höhe über ihnen ein fürchterlicher Schrei, der ihnen das Blut in den Adern gefrieren ließ, gefolgt von einem höchst widerwärtigen, knirschenden Geräusch. Dann herrschte absolute Stille.

Die jungen Männer zögerten kurz, dann beeilten sich zwei von ihnen, den Turm emporzusteigen, in banger Erwartung dessen, was sie zu finden gezwungen sein würden. Und ihre Befürchtungen waren berechtigt!

Die Leiche des Mansinius war, wie die Polizei unter Leitung von Kommissar Werth später feststellte, mit enormer Gewalt in der unteren Körperhälfte deformiert und zusammengedrückt worden. Knochensplitter ragten geborsten und gespalten zu beiden Seiten aus der formlosen Masse seiner Beine und der Hüften, wobei letztere an der schmalsten Stelle derartig zerquetscht worden waren, daß man sie durch eine nur spaltweit offenstehende Türe hätte schieben können. Das Antlitz des Leichnams war in kaum vorstellbarer Weise von Entsetzen entstellt, die Augen aufs Gräßlichste aufgerissen, und erneut fand man an den Mauern, die den Tatort umgaben – diesmal denjenigen der Umrandung der Aussichtsplattform und jenen des in deren Mitte aufragenden Sockels für den Fahnenmast –, große, schmierige Blutflecke. Der Kommissar konnte letztlich nicht umhin zu folgern, daß erneut ein Angriff stattgefunden haben mußte, in dessen Verlauf das Opfer vehement von einer Seite des Turms auf die andere geprügelt worden war, dabei wechselweise gegen die äußere und innere Wandung der Balustrade prallend. Die übrigen drei Burschen glaubten zwar mit absoluter Bestimmtheit sagen zu können, daß niemand, wirklich absolut *niemand* – und schon gar nicht eine ganze Gruppe von Männern mit schweren Keulen und Schlaginstrumenten – in der verschwindend kurzen Zeitspanne zwischen dem Ertönen von Mansinius' Todesschrei und ihrem eigenen Besteigen des Turmes denselben verlassen haben konnte, jedoch mußte genau dies geschehen sein, ließ sich der Mord doch beim besten Willen nicht anders erklären, wie Werth resignierend feststellte.

Es dauerte nun nicht lange, bis zahlreiche Gerüchte die Runde unter der Bevölkerung machten und Vermutungen unrealistischsten Inhaltes laut wurden – all dies trotz der verzweifelten Geheimhaltungsversuche der Polizei. Deren Mühen zum Trotz drangen vermehrt Details der schrecklichen Vorfälle nach außen, und alsbald erzählten sich gar die Kinder auf den Schulhöfen Schauermären von einem riesigen schwarzen Mann, der nachts mit einer monströsen Keule den Turm bewache und jeden gnadenlos erschlüge, der es wage, ihm zu nahe zu kommen. Aber auch andere Erklärungsversuche keimten auf, wobei sich diejenigen, die eine Gruppe raubmordender Zigeuner mutmaßten, am kürzesten halten konnten, waren doch beide Leichen im Vollbesitz ihrer Barmittel und Wertgegenstände gewesen.

Eine Aura der Furcht umgab von nun an den Turm, und die ohnehin schon geringe Zahl von Besuchern, die ihn am hellen Tage bestiegen hatte, verringerte sich in der Folgezeit verständlicherweise nochmals erheblich. Erst recht wagte niemand mehr, das Gebäude des Nachts zu betreten, und so wurde es zunächst wieder ruhiger. Zwei Wochen lang gab es keine weiteren ungeklärten Vorfälle zu beklagen.

Die Gerüchte und Spekulationen hatten sich fast vollständig gelegt, nur die Polizei war nach wie vor vergeblich um die Klärung der beiden Verbrechen bemüht, da fand man eines Morgens am Fuße des Turmes die vollständig zertrümmerte Leiche eines Wanderers.

Keine zehn Meter vom Eingangsportal des Gebäudes entfernt lag er, ein auswärtiger Mann mittleren Alters, der, mit Rucksack und Wanderstab ausgestattet, offenbar erst nach Einbruch der Dunkelheit den Weg über den Wartberg in Richtung Alzey gefunden und dabei seine Schritte unmittelbar am Wartbergturm vorbeigelenkt hatte. Seine obere Körperhälfte war vollständig gegen den Boden gequetscht, keine Handbreit erhoben sich die Überreste seines Rumpfes mehr über den verharschten Grund. Und schlagartig kochten die Gerüchte wieder hoch; so hieß es unter anderem, der schwarze Mann mit der Keule habe den Turm verlassen und suche sich seine Opfer nun auch außerhalb dessen Mauern.

Die Polizei, allen voran Kommissar Werth, bedauerte inständig, nichts zur Zerstreuung solcher die Allgemeinheit beunruhigenden Schauergeschichten unternehmen zu können. Aber so sehr sich der Kommissar auch anstrengte, die Indizienlage versetzte ihn nach wie vor nicht in den Stand, sich auch nur im Entferntesten vorstellen zu können, wer oder was für die unmenschlichen Morde verantwortlich sein könnte. Zwar scheute er sich als logisch denkender Mann, auch nur einen Gedanken an eine irgend anders als rational geartete Lösung des Falles zu verschwenden, dennoch ertappte er sich wiederholt dabei, wie er am Abend in seiner Stammkneipe unbewußt dem Gemurmel und Getratsche lauschte, welches unter den Bürgern kursierte. Mit hochrotem Kopf zahlte er umgehend seine Zeche und fuhr nach Hause.

Als er auch im Laufe des folgenden Tages keine neue Eingebung gehabt, der Lösung des Rätsels noch immer keinen Schritt nähergekommen war, fuhr er am frühen Abend noch einmal auf den Wartberg hinauf. Bei ihm war sein achtjähriger Sohn Richard, den er von einem Spielkameraden abgeholt hatte, und den er eigentlich nach Hause hatte bringen wollen. Einer spontanen Eingebung folgend, hatte er dem Jungen jedoch ein im Wagen gefundenes, altes Wurstbrötchen zur Überbrückung des ausstehenden Abendbrotes zu essen gegeben und war mit ihm an den Ort der drei gräßlichen Verbrechen gefahren; was ihn zu diesem Schritt bewog, wußte er später selbst nicht mehr genau zu sagen, vielleicht war es die Hoffnung auf die unvoreingenommen naive Beobachtungsgabe, welche Kindern bekanntermaßen eigen ist.

Als sie gemeinsam im letzten Schein der untergehenden Februarsonne am Fuße des Turmes standen, die abweisenden, steinernen Mauern emporsahen und sich klein und bedeutungslos fühlten vor der Masse Stein, die hier, den Elementen trotzend, monumental vor ihnen aufragte, sagte Richard mit vollem Mund:

„Ist das der Turm, in dem der große schwarze Mann mit der Keule wohnt?"

„Nun ... ja, mein Junge, das ist der Turm, von dem momentan überall die Rede geht, aber selbstverständlich wohnt in ihm *kein* großer schwarzer Mann mit einer Keule – sonst hätte ich dich doch nicht mit hier herauf genommen, du Dummerjan!" Er gab seinem Sohn einen liebevollen Klaps auf den Hinterkopf.

„Ach so." Der Junge aß schweigend.

„Hier wohnt überhaupt niemand, mußt du wissen. Der Turm ist kein Wohngebäude, er ist ... eine Art Denkmal."

Sein Sohn nahm einen weiteren Bissen von dem für seine Verhältnisse eigentlich viel zu dick belegten Pausenbrot.

„Und wer hält dann das Türmchen auf der Aussichtsplattform immer frei vom Schnee und malt es rot an?“ Der Arm des Jungen deutete steil nach oben.

Der Kommissar folgte zögernd mit seinen Augen der Hand des Knaben und gewahrte etwas an dem meterhohen, steinernen und überaus breiten Fahnenmastsockel über der Turmplattform, das er nicht recht einzuordnen wußte. Denn tatsächlich schien jene Spitze das einzige in weitem Umfeld zu sein, worauf nichts mehr von dem Schnee lag, der vor zwei Tagen so eindringlich gefallen war. Und ... wahrhaftig: Das Gestein des Turmes sah an dieser Stelle ganz so aus, als sei es kürzlich frisch gestrichen worden – in einem leuchtenden Rot!

Werth stutzte, dann kam ihm eine garstige Vermutung in den Sinn. Während sich die Härchen in seinem Nacken elektrisierend aufrichteten, drängte er seinen widerstrebenden Sohn ins Auto und raste mit überhöhter Geschwindigkeit nach Hause, wo er das Kind in der Obhut seiner Frau zurückließ. Von dort fuhr er mit ebenso halsbrecherischer Geschwindigkeit ins Revier, um von dort telefonisch seinen Assistenten Blattner zu verständigen. Die frische rote Farbe auf dem Dach des Turmes konnte unmöglich ein neuer Anstrich sein – jetzt, mitten im Winter. Nun, wo er sich das Bild der schmierigen, ungleichmäßig getönten Fläche und ihres roten Glitzerns im kalten Restlicht des Tages nochmals vor Augen führte, gab es für ihn keinen Zweifel mehr: Es handelte sich um einen riesigen, verschmierten Blutfleck! In Werths Gedanken rotierte es, seine Unterarme wurden von einer prickelnden Gänsehaut überzogen. Der Wanderer war doch *am Boden* zerquetscht worden – das Blut konnte unmöglich so hoch gespritzt sein! Das ließ eigentlich nur einen Schluß zu ... und der würde die mysteriösen Tode der anderen beiden Männer auf eine zwar kaum glaubhafte, aber um so erschreckend logischere Weise ebenfalls erklären!

Als der Kommissar wenige Stunden später endlich erneut, diesmal mit Blattner, am Fuße des Turmes stand, wußte er nicht genau, ob er vor Furcht beben oder lieber lauthals über sich selbst lachen sollte. Aber die einzige Möglichkeit, seinen irrwitzigen Verdacht zu bestätigen oder aus der Welt zu räumen, bestand darin, den Turm selbst bei Nacht aufzusuchen und zu hoffen, daß er sich entweder täuschte oder ...

Schalcken räumte an dieser Stelle ein, daß er einige der vorhergehenden sowie alle der nun folgenden Details einem alten Tagebuch Kommissar Werths entnommen habe, den er selbst nie persönlich kennenzulernen Gelegenheit gefunden hatte. Die Aufzeichnungen waren ihm vor Jahren im Zuge einer Nachlaßversteigerung in die Hände gefallen. Er war überzeugt, daß der Kommissar sie niemals irgendjemandem gezeigt hatte, ließ sich ihnen doch weit mehr entnehmen als die endgültige Lösung jener seinerzeit als „ungelöst" ad acta gelegten Todesfälle.

Vielleicht lag es an seiner Erwartungshaltung, die ja etwas in höchstem Maße Unnatürliches zu passieren antizipierte, auf alle Fälle vermeinte Kommissar Werth intuitiv einen gewissen unheilvollen Einfluß, eine Art böswilliger Präsenz zu verspüren, die ganz eindeutig von den totenkalten Mauern des gewaltigen Bauwerkes vor ihm ausging; Blattner indes, den er flüsternd dahingehend befragte, nahm nichts derartiges wahr.

Als jedoch kaum zwei Sekunden darauf ein gewaltiges, grollendes Donnern einsetzte, ein über alle Maßen starkes Vibrieren des Bodens unter ihren Füßen, konnte auch der Assistent nicht umhin, seine diesbezügliche Wahrnehmung zuzugeben. Zurücktaumelnd richteten beide den Blick nach oben, wo sich die Spitze des Turmes weit entfernt wie ein Scherenschnitt vor dem eisklar und weiß erstrahlenden Rund des nahezu vollen Mondes abzeichnete. Und ... es war eindeutig! Die dichtgefügten, alten Mauern *zitterten*!

Dann überstürzten sich die Ereignisse:

Schneller, als das menschliche Auge sehen kann, schien mit einem Mal die Spitze des Turmes, die eben noch so klar vor dem leuchtenden Himmelskörper erkennbar gewesen war, zu *stürzen*, auf die beiden Kollegen zuzufallen, mit nahezu unglaublicher Geschwindigkeit! Erst, als sie den Boden schon fast erreicht hatte, als Blattner aufschrie wie ein Ferkel, das von den Zitzen der Muttersau gerissen wird, erst als die steinerne Faust, die sich da vom Himmel senkte, den schreckensstarren Assistenten beinahe berührte, realisierte der Kommissar, daß da nichts herab*stürzte* – es waren nirgendwo Bruchstellen zu sehen, Risse oder ähnliches –, sondern daß sich die Kuppel des Turmes zu ihnen *herabbog*!

Da hatte die Plattform mit ihrem Fahnenmast seinen Nebenmann auch schon erreicht. Mit einem donnernden Krachen, das den Boden in weitem Umkreis erbeben ließ, senkte sich die monolithische Keule exakt dort knietief in den vereisten Boden, wo soeben noch die Silhouette des in einen knöchellangen Mantel gehüllten Mannes aufgeragt hatte. Der brechende Mast zischte davon, Schnee stob in die Luft, aber kein Schrei war zu hören, kein Geräusch zu vernehmen außer dem brachialen Auftreffen der Turmspitze auf dem Boden. Entsetzt hechtete Werth einige Meter zurück – keinen Moment zu früh! Mit einem satten Schmatzen löste sich die Kuppel aus den sterblichen Überresten Blattners, dabei einen erheblichen Krater im Grund zurücklassend, und fuhr mit unfaßbarer Behendigkeit wieder in die

Höhe, wobei sie eine unheimlich anmutende Drehung beschrieb, als orientiere sie sich in diesem Moment aufs Neue.

Der Kommissar schüttelte mühsam das Entsetzen, die Starrheit seiner Glieder ab, versuchte zu rennen, möglichst viel Abstand zwischen sich und den sich nun wie wahnsinnig gebärdenden Turm zu bringen. Schlangengleich fuhr die obere Hälfte des Gebäudes erneut herab, schlug nur wenige Meter links von ihm in den Boden ein, riß sich wieder daraus empor und schwang abermals herum. Im Laufen erspähte Werth, wie sich die Wände des Turms auf ganzer Länge konvulsivisch zusammenzogen und wieder entspannten, und schlagartig dämmerte ihm, auf welche Weise die bedauernswerten ersten Opfer ums Leben gekommen sein mußten! Da schlug die Spitze von neuem auf dem Boden auf, diesmal keine zwei Schritte hinter ihm, zermalmte eisigen Mutterboden und abgestorbene Vegetation und kleinere Felsbrocken zu Staub und raste beständig wieder nach oben. Das Gemäuer zitterte und bebte, wurde dabei noch übertönt von einem ohrenbetäubenden Grollen, einer Art urzeitlichem Gebrüll, das dem Kommissar das Hirn aus dem Schädel zu treiben drohte. Er sprang weiter über abgebrochene Turmstücke, wich umherspritzenden Felsbrocken beim erneuten Aufschlag der Spitze aus, rannte um sein Leben. Wie in Trance nahm er das Eingangsportal des Gebäudes wahr, das sich rhythmisch zuckend wie eine gewaltige graue Vulva knirschend öffnete und schloß, *öffnete und schloß* – es war eine Einladung, ganz deutlich spürte Werth, wie der Turm ihn rief, ihn *rief, komm, komm herein*, und er spürte, wie seine Schritte träger wurden, steifer, seine Beine sich weigerten, ihn aus dem todbringenden Radius des tobenden Gemäuers zu bringen! Doch da stolperte er über ein am Boden liegendes, mannsgroßes Trümmerstück, schlug hart mit der Brust auf den Boden auf und hatte, während er sich mühsam wieder aufrappelte, eine lichte Sekunde: sah sich selbst mit seinem Sohn am Fuße dieses fluchbeladenen Bauwerkes stehen – wie hatte er Richard nur derart rücksichtslos einer solch tödlichen Gefahr aussetzen können? Schon gewann seine Wut über sich selbst die Oberhand, er spürte, daß er leben wollte, leben *mußte*, um diese fürchterliche Dummheit wieder gutzumachen – *sein Sohn hätte sterben können* –, und er rannte schneller, beschleunigte, flog über Steine, Erde, Feld, wie er selbst zu seinen besten Zeiten beim Einstellungstest der Polizeischule nicht gerannt war.

Und dann war er aus dem Wirkungskreis des Turms heraus.

Er blickte sich keuchend um und sah die monströse Peitsche im Licht des gleißenden Mondes auf und niederfahren, in sinnloser Wut in den Grund dreschen, sich dabei immer mehr auflösend. Bei jedem ihrer gewaltigen Schläge platzten mehr der substanzgebenden Backsteine aus dem Rund der Turmspitze, immer größer wurden die Trümmerbrocken, die bei jedem Auftreffen durch die Luft wirbelten. Der Kommissar beeilte sich, noch mehr Abstand zu dem unbeschreiblichen Schauspiel zu gewinnen. Die gräßlichen Schluckbewegungen, die den Schaft des Turmes auf- und abliefen, wurden schneller, hektischer, ein letztes Mal donnerte der mittlerweile fast zur Gänze auseinandergebrochene Fahnenmastsockel der Plattform in den Schnee, dann sank das Gebäude in einer haushohen Staubwolke nahezu lautlos in sich zusammen.

Schalcken leerte seine Tasse und lehnte sich in seinem Sessel zurück. Ich schwieg, wie ich es bereits seit ungezählten Minuten getan hatte. Doch er war noch nicht ganz am Ende. In den Trümmern des Gebäudes, dessen Einsturz man später keineswegs der Tatsache zuschrieb, daß der Turm sich selbst und seiner ohnehin nicht mehr ganz neuen Bausubstanz letztlich bei der Jagd auf die ihm entflohene Beute den Garaus gemacht hatte (auch Kommissar Werth ließ nie anderes verlauten, wahrscheinlich im Hinblick auf seinen Ruf als Staatsbeamter), sondern ganz offiziell mit einem schwächlichen, zufälligerweise später in der nämlichen Nacht aufkommenden Sturm begründete, fand man am nächsten Tage, wie Schalcken zu berichten wußte, die Leichen mehrerer Arbeiter – die eines Maurers, eines Zimmermannes und eines Schmieds. Denn was zu Zeiten der Restaurierung des Turmes geheimgehalten worden war, und was auch später nie ans Licht der Öffentlichkeit drang (Schalcken selbst hatte es lediglich aus dem Tagebuch des Kommissars, der bei dem grauenerregenden Fund ebenfalls zugegen war), war die Tatsache, daß beim Wiederaufbau des Turmes seinerzeit drei Menschen durch ein unglückliches Versehen, eine peinliche Unachtsamkeit des Bauleiters, auf grausame Weise zu Tode gekommen waren. Um Komplikationen zu vermeiden, hatte man die Körper der Verunglückten kurzerdings mit ins Fundament des Bauwerkes eingemauert, wo sie bis zu seinem Einsturz im Jahre 1970 nahezu unversehrt, abgeschlossen von Luft und Feuchtigkeit, gelegen hatten!

Gerne hätte ich meinen Gastgeber damals noch zu gewissen Einzelheiten befragt, was denn aus dem Kommissar Werth und seiner Familie geworden sei oder wie man das wahre Ende des Turms so glücklich vor der Öffentlichkeit habe verbergen können, aber Schalcken war ermattet vom langen Erzählen und bat mich zu gehen. Wenige Wochen darauf starb er an Altersschwäche, was sehr schade ist, denn gewiß hätte er noch die eine oder andere merkwürdige Geschichte zu erzählen gehabt.

Die Wut des Steins

Und jedesmal, wenn ich seither mit dem Auto in den geisterhaft illuminierten Nächten des zunehmenden Mondes über den Wartberg nach Kichheimbolanden unterwegs bin, sich die geisterhafte Silhouette des seit 1989 von neuem errichteten Bauwerkes aus grauer Vorzeit dem Firmament entgegenreckt und sich wie vormals, einem Scherenschnitt gleich, vor dem helleren Hintergrund abhebt, gedenke ich des alten Schalcken. Ich gedenke seiner Geschichte und frage mich zweifelnd, ob dies das letzte gewesen sein wird, was man vom Wartbergturm, der nun wieder von seinem Platz auf der Kuppe des Wartberges auf die schlafende Stadt zu seinen Füßen herunterblickt, gehört haben wird?

Recherche

Es war lange her, daß ich zum letzten Mal in Prag gewesen war. Gerne und häufig hatte ich in der Vergangenheit die „hunderttürmige Stadt“ an der Moldau bereist, hatte topographische wie architektonische Details studiert, geschichtliche Fakten recherchiert und es genossen, in meinen daraus resultierenden Erzählungen von dem konnotativen Feld zu profitieren, das Leser mit auch nur minimalem literarischem Rezeptionshorizont bei der Erwähnung „verwinkelter Prager Gäßchen“ im „Judenghetto“ sogleich zu assoziieren pflegen. Zugegeben, es mochte feinfühligere Methoden geben, Atmosphäre in belletristischen Texten zu evozieren, doch sowohl mein derzeitiger Lektor als auch die gut 75.000 Leser, die meine erste Erzählungssammlung und die beiden folgenden Romane gelesen hatten, schätzten exakt diese Art mystisch-romantischer Schwelgerei aufs Äußerste.

Ich fand es demnach nur recht und billig, mir die wenigen reellen Fakten, die ich für die Ausarbeitung meiner Geschichten benötigte, vor Ort zu beschaffen und mich im weiteren von jener Saat unterstützen zu lassen, die Perutz, Meyrink, Čapek und so viele andere schon lange vor meiner Zeit ausgebracht hatten.

Der Grund meiner diesmaligen Rückkehr in die Stadt, der ich in ihrer literarisch verarbeiteten Form mittlerweile ein durchaus feudales Häuschen am Mittelrhein zu verdanken hatte, war denn auch ähnlich wie meine vormaligen Besuche bedingt; da mich eine innere Rastlosigkeit während der letzten Tage und Wochen – ebenso wie mein erheblich übermotivierter Agent – antrieb, etwas Neues hervorzubringen, endlich wieder etwas zu schreiben und zu veröffentlichen (mein letzter Roman, *Die Abkommen der Wachen*, lag mittlerweile immerhin fast eineinhalb Jahre zurück), hatte ich mich entschlossen, wieder in eine der unnachahmlichen Herbergen der Prager Altstadt einzukehren und mich von der stimmungsvollen Aura dieses Viertels inspirieren zu lassen.

Eine konkrete Idee, zu deren Ausarbeitung ich vor Ort hätte recherchieren und Eindrücke sammeln können, wie ich es beispielsweise vor gut drei Jahren aus Anlaß meines im Entstehen begriffenen Debutromans *Löws Vermächtnis* getan hatte, trug ich zugegebenermaßen noch nicht in mir. Genauer gesagt, plagte mich bereits seit geraumer Zeit eine bisher ungekannte Einfallslosigkeit, und ich hoffte, daß mich ein mehrtägiger Aufenthalt in jener Stadt, deren Lokalkolorit meine vorherigen Bücher zu Verkaufserfolgen gemacht hatte, vielleicht auf andere Gedanken, am Ende gar auf eine lohnenswerte neue Idee für einen guten Plot bringen könne.

Ich hatte geplant, mich für eine knappe Woche in einer mir bekannten, ruhig gelegenen Pension in der Nähe des St. Agnes-Klosters abzusetzen, viel spazierenzugehen und in der Nationalbibliothek nach interessanten historischen, die Stadt betreffenden Fakten zu forschen, welche sich eventuell für einen spannenden, nicht allzu anspruchsvollen Roman verwenden ließen.

Ich kam am späten Nachmittag in der Stadt an, verließ den Masarykovo nádraží-Bahnhof nach Ankunft meines Zuges aus Wien, nur leicht bepackt mit meinem obligatorischen Aktenköfferchen, einer kleinen Herrenreisetasche und einem langstieligen Regenschirm, in nordwestlicher Richtung und bog zunächst von der ausladenden Revolučni- in die überschaubarere Dlouhá-Straße ein. Dieser folgte ich ein gutes Stück in westlicher Richtung, als mir plötzlich von einer rußgeschwärzten Tonziegelmauer zu meiner Rechten eine grobe Schmiererei ins Auge sprang:

דײַן טזיט איז נאַחע

„*Dajn tojt iz nahe*" – sehr einfallsreich. Bei genauerem Hinsehen stellte ich fest, daß es sich bei der Farbe, mit der dies auf die Wand gebracht ward, entgegen meiner ersten Einschätzung nicht um Kohle, sondern vielmehr um eine merkwürdig zerlaufene, glänzende Farbe zu handeln schien, vielleicht einen aufgesprühten Metalliclack. Es war beileibe nichts ungewöhnliches, in dieser Stadt jiddische Graffiti in hebräischer Schrift anzutreffen, wenngleich sich dieselben gemeinhin eher mit geringfügig gehaltvolleren, nicht selten politischen Themen beschäftigten. Ich zuckte die Achseln und ging weiter.

Alsbald hatte ich mich in der ebenso gemütlichen wie stilvollen Pension *Zur Alraune* in einer Seitengasse der Dlouhá eingemietet und die wenigen mitgeführten Habseligkeiten auf mein Zimmer gebracht. Da die Abendstunde schon weit vorangeschritten war, verzichtete ich darauf, noch an diesem Tag einen Spaziergang oder einen Abstecher in die Bibliothek zu unternehmen, fand mich statt dessen umgehend im Speiseraum ein, nahm ein leichtes Abendessen zu mir und ging, rechtschaffen ermüdet von der strapaziösen Reise, früh zu Bett.

Am nächsten Tag erwachte ich zeitig und ausgeruht und nutzte das strahlende Frühlingswetter, um nach einem raschen Frühstück einen ausgedehnten Rundgang durch die umliegende Altstadt zu machen. Um die Mittagszeit kehrte ich in meinem Lieblingslokal *Bei Balthasar* ein, wie ich es bei jedem meiner bisherigen Pragaufenthalte mindestens einmal getan hatte, und verwöhnte mich mit einem hervorragenden Schmorkohlgericht. Anschließend schickte ich mich an, den Weg in Richtung Fluß, genauer: zum Klementinum einzuschlagen, wo neben der Universitäts- auch die Nationalbibliothek und die Bibliothek der Technischen Hochschule Prags untergebracht sind. Hierzu folgte ich wiederum der Dlouhá-Straße, diesmal in südwestlicher Richtung. Ich war bereits eine Weile unterwegs, als ich auf der gegenüberliegenden Straßenseite einer auffälligen Kritzelei gewahr wurde, die, just wie jene vom Vorabend, mit glänzendem Lack auf eine hell getünchte Mauer gesprüht worden war, von wo sie kraß ins Auge stach. Ich konnte sie aufgrund der Größe ihrer Ausführung von meinem gegenwärtigen Standpunkt aus deutlich erkennen:

VEXILLA REGIS PRODEUNT INFERNI!

Aha. Soweit mich meine Italienischkenntnisse und meine Erinnerung an Dantes *Divina Commedia* nicht gänzlich trügten, handelte es sich um einen Ausspruch Vergils aus einem der letzten Höllengesänge, der ins Unreine übersetzt soviel heißen mochte wie „Des Höllenkönigs Banner rücken vor!". Wenigstens belesen schien er zu sein, der Urheber jener Schriftzüge, sofern ich aufgrund der identischen Machart der beiden Inschriften davon ausgehen konnte, daß es sich bei deren Verfasser um ein und dieselbe Person handelte; immerhin schien der Duktus ja inhaltlich nicht unähnlich. Ich mußte mir eingestehen, daß der unbekannte Graffiteur mein Interesse geweckt hatte, und da ich mir einbildete, erste Anzeichen einer Inspiration zu einem Plot für mein neues Werk in mir aufkeimen zu spüren, nahm ich mir vor, am kommenden Tage auf derselben Strecke bewußt die Augen offen zu halten, ob der Sprüher sich in der Nacht erneut verewigen würde – vielleicht konnte mir der Unbekannte ohne sein Wissen ja auf diese Weise über meine derzeitige Ideenlosigkeit hinweghelfen?

Für den Augenblick setzte ich jedoch meinen Weg fort und besuchte wie geplant die Prager Nationalbibliothek. Ich verbrachte einen mehr oder weniger ereignislosen und nicht sonderlich ergiebigen Tag zwischen den endlosen Regalen und Lesenischen dieses altehrwürdigen, kryptischen Gebäudekomplexes; doch so malerisch und atmosphärisch die Stadt auch sein mochte, in ihren Annalen ließ sich scheinbar nichts aufstöbern, was in irgendeiner Weise einen Aufhänger für einen auch nur halbwegs spannenden Romanplot hätte bieten können. Enttäuscht kehrte ich gegen Abend heim.

Als ich am nächsten Morgen meine Schritte einmal mehr die Dlouhá entlang in Richtung Altstadtzentrum lenkte, stieß ich wenige Dutzend Meter vor dem Punkt, wo sich die Straße zum Rathausplatz hin öffnet – ehe ich noch recht begonnen hatte, darauf zu hoffen –, auf eine wiederum frisch gesprühte Zeile, exakt in der Handschrift der vorherigen:

Satan will have your
immature guts for breakfast!

Ich konnte mir ein Grinsen nicht verkneifen. Mein multilingual begabter Freund schien eine ausgesprochene Vorliebe für makabre Späße zu haben, und allmählich vermochte ich mich dem Reiz seiner Äußerungen, die von einem gleichermaßen gebildeten wie humorvollen Intellekt zeugten, nicht mehr zu entziehen.

Ich zog meiner Wege, ging lange spazieren, besuchte die Karlsbrücke in der vergeblichen Hoffnung auf die inspirierende Wirkung der Prager Architektur und brachte abermals fruchtlose Stunden in der Bücherei zu. Abends kehrte ich, reichlich desillusioniert, in die Pension zurück – noch immer hatte mich keine nennenswerte Idee besprungen, noch immer hatte ich der Historie der Stadt nichts entreißen können, was sich in irgendeiner Form zu einem auch nur annäherungsweise interessanten Romanstoff hätte ausbauen lassen. Es war zum Auswachsen!

Ich schritt am folgenden Tag, nach einem in kreativer Hinsicht wenig erbaulichen Besuch der Salvator-Kirche, auf ein neues die Dlouhá entlang, vorbei an wie geisteskrank blökenden und winkenden Zeitungsjungen, da erfreute mich mein unbekannter Freund unvermittelt erneut mit einem gesprühten Ausspruch gewohnter Couleur, diesmal zur Abwechslung in gut verständlichem Deutsch:

Es stirbt als Knabe,
wen die Götter lieben.

Ich mußte nicht lange nachsinnen, um hierin ein frühes Zitat des 1884 verstorbenen deutschen Dichters und Literaturwissenschaftlers Emanuel Geibel zu erkennen, eine Äußerung, die er relativ jung, noch lange vor seinen (in meinen Augen ziemlich primitiven und epigonenhaften) häufig volksliednahen Dichtungen getan hatte. Und endlich, ganz so, als habe die Lektüre dieses sicherlich gänzlich aus dem Zusammenhang gerissenen Zitats einen verborgenen Kontakt in meinem Hirn umgelegt, eine synaptische Verbindung im logistischen Zentrum meines Bewußtseins geschaltet – wie auch immer, mit einem Mal jedenfalls hatte ich sie, die Idee für meinen neuen Roman! Ich jauchzte vor Erleichterung und Glück. An was es jetzt lediglich noch fehlte, war ein gehöriges Maß an Recherche, da der Plot des Werkes den Bereich der phantastischen Erzählung, welchen ich in meinen vormaligen Werken zumindest tangiert hatte, gänzlich verlassen würde ...

Es kostete mich lediglich einen Nachmittag, um diverse Geschäfte im Zentrum zu durchstreifen, auf der Suche nach verschiedenen Gerätschaften, die ich für meine in den kommenden Tagen angestrebten Forschungszwecke benötigen würde. In einem kleinen Spezialbedarfsladen, geführt von einem senilen alten Greis mit Namen Wašek, wurde ich schließlich fündig. Den Abend widmete ich dann, nach einem raschen Abendessen in einem mir zuvor unbekannten Lokal mit Namen *Duwaldius*, der Recherche; ich begab mich bis zur Stunde ihrer abendlichen Schließung in einen von mir vormals noch nie genutzten Teil der Universitätsbibliothek und konsultierte verschiedene naturwissenschaftliche Bände anspruchsvoller Fachliteratur. Anschließend machte ich auf dem Heimweg, der mich durch malerische Hohlwege und Gassen abseits der großen, hell erleuchteten Hauptstraßen führte, weitere interessante, höchst inspirierende Beobachtungen, wobei ich penibel sämtliche Erkenntnisse auf meinem wie stets mitgeführten Diktiergerät festhielt.

Ich traf spät in der *Alraune* ein und fiel augenblicklich in tiefen, erschöpften Schlaf, der mich bis in die Morgenstunden umfangen hielt.

Nach einem fulminanten Frühstück, nach welchem ich mir ausgiebig Zeit für eine köstliche Zigarre ließ, von der Art, wie man sie hier offenbar seit kurzem neben allerlei Köstlichkeiten für die Gäste feilbot, machte ich mich auf in die Stadt. Ich ignorierte wie üblich die Zeitungsjungen, die überall herumstanden und in gewohnt marktschreierischer Manier das Morgenblatt anpriesen und von der Neuwahl des Prager Oberbürgermeisters sowie dem bestialischen Mord an einem elfjährigen Knaben kündeten, und schlug schnurstracks den Weg in die Dlouhá ein. Doch zu meiner Enttäuschung hatte mir meine unbekannte Muse in der letzten Nacht nicht den Gefallen getan, eine neue Botschaft an einer der Hauswände zu hinterlassen; auch nach zweimaligem Abschreiten der Straße auf gesamter Länge fiel mir keine Sprüherei auf, die sich nicht schon tags zuvor dort befunden hätte. Achselzuckend marschierte ich weiter zur Bibliothek, verschanzte mich wiederum in besagter Abteilung und brachte den Tag damit zu, dicke

Kompendien voller fremdsprachiger Fachtermini zu wälzen. Als spät abends geschlossen wurde, erbat ich mir die Ausleihe eines besonders interessanten Werkes, das ich am folgenden Tage zurückzugeben beabsichtigte, und verließ mit dem Buch in meinem Aktenköfferchen das Gebäude. Später führte ich meine Recherchen in einem anderen schattig-verwinkelten Stadtviertel vor Ort weiter, gewann neue Einsichten und besprach eine weitere Bandcassette meines Diktiergerätes.

Als ich gegen Mitternacht heimkehrte, war ich rechtschaffen müde.

Auch der nächste Morgen erfüllte meine Erwartungen hinsichtlich eines neuen Graffito entlang der Dlouhá-Straße nicht; zwar saß ich auf meinem vormittäglichen Rundgang kurz der Täuschung auf, hinter einem der allgegenwärtigen mit der Tageszeitung wedelnden Burschen einen dunklen Schatten an einer brüchigen Steinfassade wahrgenommen zu haben, jedoch, es handelte sich lediglich um einen unförmig großen Rußflecken. Um den unsanft zur Seite beförderten kleinen Schreihals zu besänftigen, kaufte ich ihm den Morgenkurier ab, der auf der Titelseite vom erneuten Mord an einem Knaben kündete und sich in unappetitlichen Details bezüglich des Zustandes der zerstückelten Leiche erging. Ich warf die Zeitung ungelesen in eine nahestehende Mülltonne.

Mittags aß ich erneut bei *Duwaldius*, das sich allmählich zu meinem neuen Lieblingslokal entwickelte und zu alledem ausgesprochen günstig war. Nach einem hervorragenden gedünsteten Fasan mit Rotkraut machte ich einen ausgedehnten Spaziergang über den alten Judenfriedhof, um auf einem Umweg zur Bibliothek zu marschieren, wo ich nochmals zwei Stunden mit emsigem Lesen zubrachte; unklugerweise hatte ich das tags zuvor entliehene Werk in der Pension liegengelassen und würde anläßlich dessen für heute ausgemachter Rückgabe später noch einmal wiederkehren müssen. Nichtsdestotrotz reifte in mir allmählich die Überzeugung, annähernd genug über die meinem neuen Roman zugrundeliegende Thematik in Erfahrung gebracht zu haben. Ich beschloß daher, am kommenden Tag die Heimreise anzutreten. Lediglich ein letztes Mal noch wollte ich mich nach Einbruch der Dunkelheit im Mondenschein in den verträumten Prager Winkelgäßchen umtun und meine Recherchen so in befriedigender Weise abrunden.

Ich habe das *Bei Balthasar* gegen zehn Uhr dreißig verlassen, meine Aktentasche im Gepäck, und mir zunächst entlang der Dlouhá etwas die Beine vertreten, in der zugegeben naiven Hoffnung, hier vielleicht trotz der noch nicht sonderlich weit fortgeschrittenen Nachtstunde den Erschaffer der auf mich so inspirierenden Graffiti bei der Arbeit anzutreffen; immerhin wäre ich ohne seine Hilfe sicher niemals auf die Idee eines im Herzen der Prager Altstadt umgehenden, kalten Sinns nach allen Regeln medizinischer Kunst sezierenden Kindsmörders gekommen.

Natürlich traf ich ihn nicht.

Ich kehre mit Beaunis *Précis d'anatomie et de dissection* zurück zur Bibliothek, die bereits geschlossen hat, und bugsiere den sperrigen Einband in den ausladenden Briefkasten; dann verlagere ich das ungewöhnlich langschneidige Skalpell, das ich bei Wašek erstanden habe, von meinem Aktenköfferchen in die Innentasche meines Übermantels und mache mich ein letztes Mal in die Seitenstraßen davon.

Was wird das für ein Buch werden!

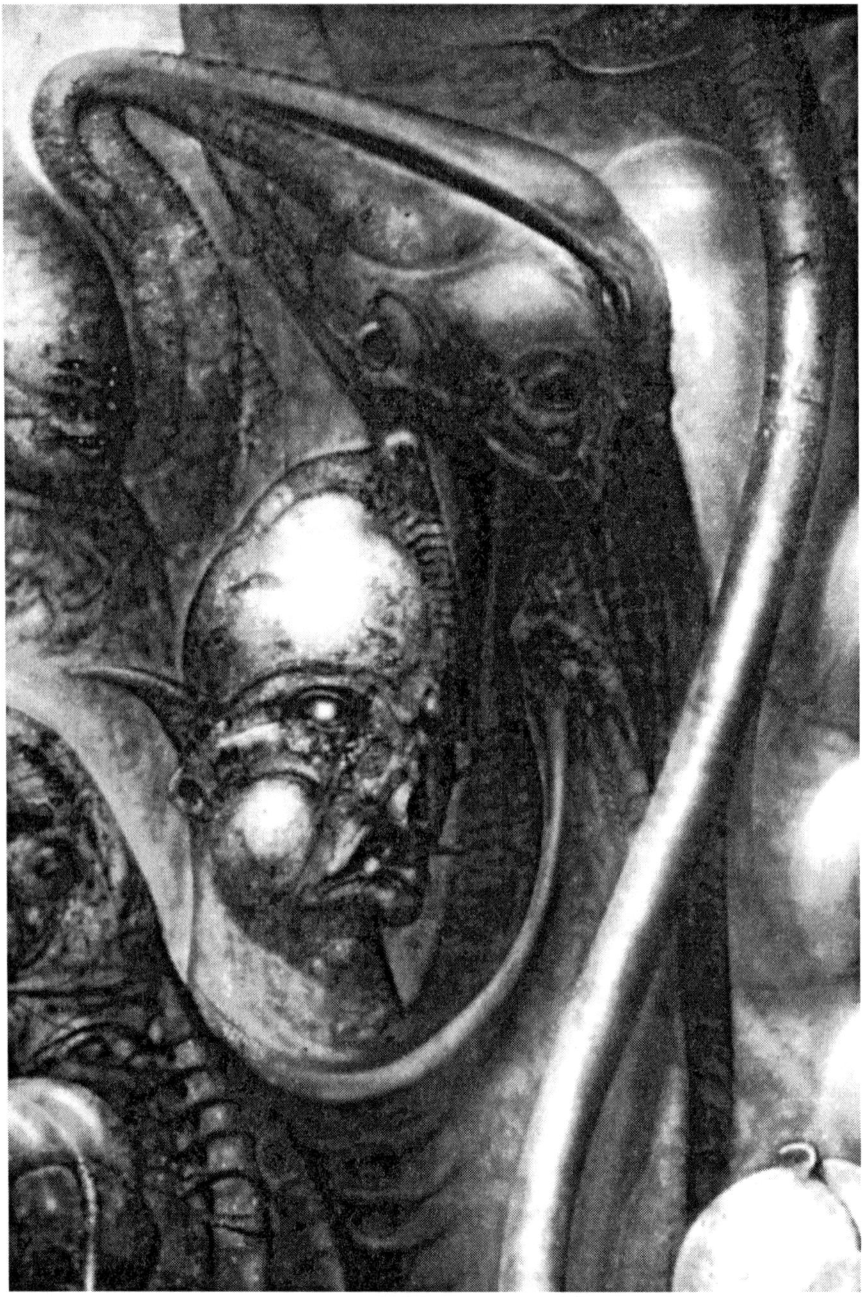

Der alte Mann und der See

Wenn im klammen Winter Nebel über das Alzeyer Weinland hereinbrach, war der See wie Adam und seine Frau – voller Einsamkeit und Tod.

Es war ein Freitag im Dezember, an dem die Kreaturen zurückkehrten, und man sah kaum die Hand vor Augen.

An diesem Freitag kniete Adam Forg auf dem hart vereisten, knirschenden Boden, dort wo die dicke Eisdecke des Stausees auf das braune Land traf, und betrachtete die weißen Wölkchen, die beim Ausatmen wie etwas Lebendiges aus seinem sich kalt und trocken anfühlenden Mund stoben.

„Elisabeth", flüsterte er immer wieder, während lautlose Tränen aus seinen sanften Augen zu fließen begannen. Er fragte sich, ob sie wohl auf seiner Wange gefrieren könnten. „Elisabeth ... man vergißt so viel! Als ich ein kleiner Junge war, bin ich manchmal nachts aufgewacht und hatte die Gesichter meiner Eltern vergessen ... kannst du dir das vorstellen? Bin dann immer zu ihnen ins Schlafzimmer gehuscht, um alles wieder richtig zusammenzubekommen. Aber, Elisabeth, ich wünsche mir, bei Gott, ich wünsche mir sehnlichst, ich könnte dich vergessen! Könnte vergessen, daß dein Grab seit fast 700 Tagen den Launen der Natur ausgesetzt ist. Daß dein Körper von wuchernden Zellen zerfressen wurde und ich deinen raschen Zerfall hilflos hinnehmen mußte! Daß ich deine Hand hielt, als du deinen letzten Atemzug nahmst! Ich wollte, ich könnte vergessen, daß du nach 76 Jahren mein Leben verlassen hast, in dem es nun nichts mehr wirklich Bedeutsames gibt! Weißt du, was für mich gute Tage sind? Wenn die Schmerzenswellen, die die Arthrose aussendet, nicht zu hoch schlagen; wenn ich aufs Klo gehen kann, ohne zu denken, daß es mir die Eingeweide zerfetzt. An guten Tagen schlafe ich lange, tief und traumlos ..."

Adam zog die Nase hoch, wischte sich die gefrierenden Tränen von den faltigen Wangen und erwiderte das Winken einer einsamen, schwarzgekleideten Gestalt, die sich auf der Eisfläche in der Nähe der beiden kleinen Inseln befand. Sie hüpfte ein paarmal auf und ab, schlitterte dann souverän los, erreichte das sichere Land und rannte mit wehenden Haaren davon.

Wenn man leben kann, kann man auch sterben, dachte Adam und erhob sich mühsam. Er bildete sich ein, dabei das Krachen seiner Gelenke hören zu können, die in ihren rostigen Schanieren protestierten. Er stöhnte und blickte auf die nunmehr verlassene, grauweiße Eisfläche, auf der sich normalerweise Dutzende von Leuten tummelten.

„Elisabeth", flüsterte er erneut und lauschte dem stolpernden Pochen des Herzens, das in seiner Brust begraben lag. „Elisabeth, der Tod, das sind Winter lange vor unserer Zeit."

Vorsichtig hob Adam ein Bein und setzte einen Fuß auf die dicke Eisdecke. Er testete einen Moment lang ihre Stabilität und marschierte dann unsicher los, ein alter Mann im braunen Mantel, mit langem, weißem Gesicht und grauen, nackenlangen Haaren, umschlossen von der Eisamkeit des erfrorenen Wintersees.

Sie würden mich nicht finden, dachte er, wenige Meter vor einer der mit kahlen Büschen überwucherten Inseln stehenbleibend. *Wer würde schon einen uralten, vergessenen Tabakhändler vermissen? Und der See wird erst in einigen Wochen wieder auftauen! Du mußt nur eine instabile Stelle finden, alter Knabe, ein Loch in die Decke schlagen und die Luft anhalten! Die Kälte wird dich betäuben, dich umschließen, und du wirst die Tür aufstoßen, die den Weg öffnet in den schützenden, schwarzen Mantel ewigen Schweigens, in dem das Leid und die Qual nur Legenden der trostlosen, fernen Menschheit sind.*

„Elisabeth ..."

Adam legte den Kopf in den Nacken und blickte in den leeren weißen Himmel. Der Wind zerrte an seinen Kleidern, während der Schmerz des Alters in seinen Muskeln und entzündeten Knochen lauerte. Er inhalierte die scharfe Luft, die irgendwie nach toten Tieren und verbranntem Holz schmeckte.

Tod und Einsamkeit, Einsamkeit und Tod, Winter lange vor und nach seiner Zeit ...

Elisabeth ...

Leise begann das Eis unter seinen Schuhsohlen zu knirschen.

Ein zartes Lächeln stahl sich auf sein Gesicht. Er sah zwischen seine schwarzen, ausgetretenen Herrenschuhe. Ein kleiner, weißer Riß war in der Eisdecke entstanden.

Du bist zu alt zum Leben, dachte er. *Wenn du ißt, quält dich dein alter Magen, wenn du dich bewegst, quälen dich deine alten Knochen, wenn das Wetter umschlägt, quälen dich deine alten, wetterfröschigen Knie, wenn du denkst, quälen dich deine alten Erinnerungen, und wenn du schläfst, quälen dich deine Träume. Dein Jahrhundert war zu lang! Du bist 97 Jahre alt, Adam! 97 Jahre! Zeit zu gehen!*

Adam schloß seine wäßrigen Augen und ließ sich nach einer kurzen Sekunde des Zögerns steif nach vorne fallen! Hart schlug er auf, so daß er einen Moment lang glaubte, seine gläsernen Knochen würden zerstieben. Er spürte die kalte, rauhe Fläche unter seiner furchigen Wange, schmeckte Eis an seinem Mund.

Langsam öffnete er seine Augen.

Niemand hörte seinen entsetzten Schrei. Es war zu kalt, niemand ging an diesem Nachmittag am See spazieren, kein Kind spielte mehr hier, und hätte ein Kind diesen Schrei gehört, es wäre mit Sicherheit sofort erschrocken davongelaufen.

Niemand hörte Adam, der über das Eis kroch, sich auf seine Beine quälte und zu laufen begann.

Nach einigen Schritten, die er zu hastig nahm, so daß er sein unsicheres Gleichgewicht kaum halten konnte, blieb er schwer atmend, zitternd stehen. Sein altes Herz prügelte schmerzhaft gegen seinen Brustkorb.

Jemand ist im Eis eingebrochen! dachte er hysterisch. *Jemand ist im Eis eingebrochen und ertrunken ...!*

Adam schloß die Augen. Der Wind fuhr mit scharfen Krallen in sein Gesicht. Ein paar Elstern, die den weißen Himmel durchschnitten, lachten ihn höhnisch aus.

Ganz ruhig, alter Knabe, ganz ruhig! Das sah merkwürdig aus ... dieses Gesicht ... entstellt ... aber sie quellen im Wasser auf, das weißt du doch ...

Aber es hat sich bewegt *...!*

Natürlich, du hast mit deinem Sturz ja auch eine Erschütterung ausgelöst ...

Ich sollte dort unten liegen ... vielleicht war es ein Kind, großer Gott, ein Kind, das beim Schlittschuhlaufen im Eis eingebrochen und ertrunken ist ...!

Langsam drehte sich Adam um und setzte einen Fuß vor den anderen, immer schneller, bis er die Stelle erreichte, wo der frische weiße Riß die gleichmäßig gemaserte Eisdecke zerschnitt.

Es hat gegrinst, *wieso, zum Teufel, hat es gegrinst?*

Zitternd beugte sich Adam hinab. Er spürte nicht mehr die Kälte, vernahm nicht mehr das kreischende Lachen der Elstern. *Elisabeth liegt dort unten*, dachte er einen unangenehm wirren Augenblick lang ernsthaft. *Sie ist aus ihrem Grab gestiegen und in den See gefallen, und nun versucht sie vergeblich, sich durch die unnachgiebige Eisdecke zu kratzen, um zu mir zurückzukommen!*

Adam verengte die Augen zu schmalen Sicheln und hielt sich unbewußt mit einer Hand die Nase zu, wie er es immer tat, wenn ihn etwas erschreckte.

Die Leiche klebte unter der Eisdecke, weiß und aufgequollen und nackt. Im ersten Moment spürte Adam eine bizarre Erleichterung, als er erkannte, daß es zumindest kein Kind war.

Seine Muskeln verkrampften sich jäh, seine Blase schien sich tief in seinen Unterleib zu flüchten, ein leiser Stöhnlaut entwich seiner rauhen Kehle. Seine Finger zerquetschen seine rote Nase. Es mußte an der Verzerrung, an der Lichtbrechung des Eises liegen! Und an dem Zustand der Leiche, die vielleicht schon seit Tagen unter der Oberfläche vor sich hindümpelte.

Es war nicht zu erkennen, ob es eine Frau oder ein Mann war, denn offensichtlich besaß das nackte Geschöpf keinerlei Geschlechtsorgane. Der Torso erschien anatomisch *falsch* – aufgequollen, verdreht, verwachsen – doch das war es nicht, was Adam aus der Fassung brachte.

Es war der Kopf des Toten!

„Das kann nicht sein", hauchte der alte Mann, während heißer Urin an der Innenseite seiner versteinerten Schenkel herablief. „Das ... Elisabeth ... das k-k-kann doch nicht sein ... Elisabeth ..."

Der Kopf des weißen Wesens hatte die Form eines breiten Ambosses. Seine Oberfläche war platt, unbehaart und viel zu breit. Die Nase verlor sich wie bei einem Affen in sich selbst. Ohren gab es nicht. An der Stelle, wo sie sich hätten befinden müssen, saßen die Augen! Irgendwo, tief im schwarzen Inneren ihrer Höhlen, glomm etwas so hell, daß es sogar das milchige Weiß der Eisdecke durchbrach! Etwas Lebendiges!

Adam hatte sich nicht getäuscht: Das Ding grinste tatsächlich, mit einem schmalen, lippenlosen Mund, in dem keine Zähne zu erkennen waren! Es hatte seine langen, hageren Arme ausgestreckt, an dessen Enden sich knotige, handähnliche Gebilde befanden, mit denen es im Zeitlupentempo an der Eisfläche kratzte. Adam konnte ein leises Schaben vernehmen.

Es will raus! jagte es ihm panisch durch den Kopf. *Es hat mich gesehen, und jetzt will es raus, es will zu mir ...!*

Die Welt um ihn herum begann sich plötzlich zu drehen, und eine Sekunde lang befürchtete er ernsthaft, das Gleichgewicht nicht mehr halten zu können. Er taumelte einen Meter zurück, ruderte hektisch mit den Armen und starrte zwischen seine Füße, wo er aus dem Augenwinkel heraus eine gleitende Bewegung wahrgenommen hatte.

Es verfolgt mich, dachte er, doch im selben Moment mußte er erkennen, daß diese Feststellung keineswegs der Richtigkeit entsprach!

„Oh Gott, Elisabeth, hilf mir, hilf mir doch ..."

Sie waren überall um ihn herum, grinsten ihn mit ihren aufgequollenen, verzerrten Gesichtern an, kratzen an der knirschenden Eisdecke, bis frische, staubende Risse in ihr entstanden!

Adam wirbelte herum und begann zu rennen, während sich sein Herz überschlug und ein irrsinniger Schreck durch seinen Kopf jagte. Er rannte, trat mit seinen Füßen auf die Gesichter der Kreaturen, die allesamt gegen das Eis klopften und versuchten, zu ihm durchzudringen!

Schreiend erreichte Adam das rettende Land. Er stolperte, stürzte hin, schlug mit dem Kinn auf harten Harsch, rappelte sich wieder auf, ignorierte das Brüllen in seinen Gliedern, rannte gegen einen Baum, verfing sich mit seinem Mantel in den zupackenden Ästen der Dornenbüsche, rannte, rannte, rannte ...

„Warum hat sie bisher keiner gesehen", flüsterte Adam, der in seiner Wohnung im zweiten Stock am Küchenfenster vor seinem dampfenden Kaffee saß und hinaus in die bläuliche Abenddämmerung starrte. Die Sonne verschwand hinter den Weinbergen.

Weil sie in der Tiefe gewartet haben! antwortete Elisabeths Stimme in seinem verwirrten Denken. *Weil du sie geweckt hast ... weil sie auf einen wie dich gewartet haben ...*

„Warum auf mich?"

Du weißt es, Adam ... es sind die Kreaturen ... aus meinem Kopf ... was sonst ... die Kreaturen aus meinem Kopf ... erinnerst du dich nicht?

Adam nickte. „Das Eis schmilzt", flüsterte er, sich an seiner Kaffeetasse festhaltend. „Es schmilzt so schnell!"

In dieser Nacht träumte er keine Bilder. Er träumte Geräusche.

Knirschendes, brechendes Eis.

„Das Eis schmilzt", flüsterte Adam und wickelte sich seinen grünen Kaschmirschal eng um den faltigen Hals. Der blonde Junge, der wenige Meter neben ihm auf dem Boden kauerte und sich die Schuhe zuband, blickte auf.

„Haben Sie etwas gesagt?" fragte er und lächelte freundlich.

„Das Eis! Es schmilzt."

„Es ist ja auch wärmer geworden", erklärte der Junge. „Aber das Eis ist noch soooo dick! Das hält noch was aus! Nur bei den Inseln müssen Sie aufpassen – da ist's schon brüchig. Letztes Jahr ist mein Freund dort eingebrochen. Ist aber nichts passiert, er ist nur klitschnaß geworden. Hat sich 'ne saftige Erkältung geholt!"

„Bei den Inseln ist das Eis ziemlich dünn, was?"

„Ja, genau! Irgendwie schmilzt es dort immer zuerst." Der Junge erhob sich und winkte einem der unzähligen Menschen zu, die sich fröhlich auf dem See tummelten.

„Warst du gestern hier, mein Junge“, fragte Adam, sich unbewußt die Nase zuhaltend.

„Nur ganz kurz.“

„Hast du unter dem Eis ... irgendwann einmal ... etwas Komisches gesehen? Große Fische ... oder so etwas?“

Der blonde Junge, der sich schon angeschickt hatte, die Eisfläche zu betreten, hielt inne und blickte Adam aus dunkelbraunen Augen an. Seine Lider flatterten, winzige Muskeln zuckten einen Moment lang unter seinen etwas geschwollen anmutenden Tränensäcken. Er blinzelte zweimal.

„Weißt du,“ flüsterte Adam, „meine Frau hat sie schon früher gesehen! Sie ... hatte einen Tumor im Kopf, an dem sie vor zwei Jahren gestorben ist. Ich ... hielt es immer für Wahnvorstellungen! Sie sah dauernd Menschen, die unter ihrem Krankenbett lagen und nachts hochzukommen versuchten ... aber sie sagte, es wären gar keine Menschen ... und jetzt sind sie aus ihrem Kopf raus und in den See ... ich glaubte, du hättest sie gesehen ... vielleicht ...“

Der Junge blickte ihn einen Moment lang verständnislos an und schüttelte dann langsam seinen Kopf. „Ich hab' nichts gesehen“, flüsterte er, und mit diesen Worten wirbelte er herum und rannte los, so hektisch, daß er über seine eigenen Beine stolperte und beinahe auf das Eis geschlagen wäre.

Adam sah zu den Inseln, während der Junge in der Masse verschwand.

„Elisabeth“, flüsterte er. „Oh Gott, Elisabeth!“

Schlafwandlerisch drehte er sich um und machte sich auf den Weg nach Hause, wobei er seinen Blick auf die riesigen Fußspuren gerichtet hielt, die vom Ufer des Sees Richtung Stadt wegführten.

Als er die Tür seines Hauses erreichte, vor dessen Schwelle sie endeten, begann er zu beten.

Jenseits der Dämmerung

1.

Ich war nicht sonderlich überrascht, als ich die Anzeige nach einigen weiteren Tagen in der Zeitung entdeckte, aber nahe ging sie mir irgendwie dennoch.

> Wir, die Gemeinde, trauern um
> **Klaas Severinson,**
> unseren treuen und mitfühlenden Priester,
> der sich nach nur wenigen Monaten
> im Dienste des Herrn in unserer Stadt entschloß,
> am 8. März aus dem Leben zu treten.
> Möge Gott Dir vergeben, Klaas.

Selbstmord also; kein unübliches Ende für einen Geisteskranken.

Das war zumindest, was ich seinerzeit dachte ...

Während ich die Zeitung zur Seite legte und meine Pfeife neu entzündete, kehrte ich in Gedanken zurück zu jenem Tag, an dem ich selbst Klaas Severinson zum ersten Mal getroffen hatte.

Vor gut zwei Wochen mochte es gewesen sein; ich war nach einem substanzzehrenden Arbeitstag im Büro noch auf einen Schoppen in den Queen's Pub eingekehrt, in der Hoffnung, vielleicht Jörg oder ein Mitglied vom Squash-Klub zu treffen, mit dem ich mich in aller Ruhe zulaufen lassen konnte. Ich hatte mit Verlaub Bedarf nach einer alkoholischen Beruhigungsdusche für meinen Magen, in dem ich seit heute Vormittag eine barbarische Wut mit mir herumschleppte; mein direkter Vorgesetzter, der alte Ebliß, hatte mir gegen elf eröffnet, daß ich doch bitte die Sachunterlagen der gesamten städtischen Zivildienstleistenden der Jahre 88 bis heute durchsehen, wenn nötig bearbeiten und zum Abheften und Archivieren fertigmachen sollte! Schön, ich gebe zu, ein bißchen nachlässig war ich diesbezüglich in den letzten Jahren schon gewesen, weswegen sich die betreffenden Ordner seit geraumer Zeit in einem Regal in der Ecke stapelten, aber schließlich hatte ich den Posten im Vorzimmer der Sozialabteilung erst '91 übernommen, und da hatten sich die betreffenden Aktenordner der letzten Jahre bereits regelrecht getürmt. *Zivildienstleistende*. Gütiger Himmel! Wer warf denn da rückwirkend noch mal einen einzigen Blick rein? Anstatt den ganzen Kram einfach in einen großen Sack zu stecken und zum Altpapier zu geben ... aber auf diese Idee würde der Alte selbstverständlich nie kommen. Der Rest vom Amt auch nicht.

Ich war rechtschaffen sauer.

Als ich zur Tür hereinkam und den Blick schweifen ließ, fiel mir zunächst auf, daß es noch verhältnismäßig leer war, obwohl die Kneipe schon eine ganze Weile geöffnet hatte. Es war schon halb zehn durch, da ich nachmittags gleich ans Werk gegangen war und bis jetzt geackert hatte.

Ich ging zur Theke, nahm aus dem Augenwinkel wahr, daß immerhin zwei der wenigen verteilt im Raum herumstehenden Tische besetzt waren, allerdings ausschließlich von Leuten, die ich nicht kannte. So ließ ich mich schwerfällig auf einem der zahlreichen Barhocker nieder, bestellte einen doppelten Rotweinschoppen und holte mein Pfeifenetui aus der Jackentasche.

Das Getränk wurde gebracht und während ich meine treue Nørding mit bestem *Danish Black Vanilla* von Planta stopfte, wanderte mein Blick erneut durch den halbdunklen Raum. An einem der beiden Tische hatte ein ziemlich unappetitliches Trio erheblich übergewichtiger Oberlippenbartträger Platz genommen, welches lautstark ein Kartenspiel zelebrierte, das ich beim Eintreten noch für einfaches Skat gehalten hatte; die kryptischen Kommentare, die die Kerle von Zeit zu Zeit ausstießen („*Pikus ist die Waldassel!*"), waren jedoch entweder mehrfach codiert und somit für einen Außenstehenden wie mich unverständlich oder sie spielten tatsächlich ein Spiel, das ich nicht kannte. Ich versuchte, die peinlich laute Gruppe zu ignorieren („*Der Zinker ist schon gefallen, du Rind!*"), gab mir Feuer und tat eine ganze Weile gar nichts als einfach nur aromatischen Dunst gegen die Decke zu blasen. Schließlich inspizierte ich den zweiten Tisch etwas eingehender, der zwischen der Theke und der abgedunkelten Glasfront zur Straße hin stand.

Ein einzelner Mann saß dort, die Gesichtszüge aufgrund der etwas abgelegenen Position des Tisches für mich im Dämmer nicht richtig zu erkennen, und die enormen Massen von Gläsern und Flaschen, die vor ihm auf der Tischplatte standen, ließen darauf schließen, daß er den bisherigen Abend bereits ordentlich zu nutzen verstanden hatte. Von meinem Platz aus schien es mir, als hielten sich die bereits geleerten Gefäße mit den noch gefüllten ungefähr die Waage, was nahelegte, daß der Bursche noch nicht vollständig alkoholisiert sein konnte. Da mich interessierte, wer er war und was einen Mann dazu bringen mochte, sich so früh am Abend, und noch dazu völlig alleine, derartig die Birne zuzudröhnen, griff ich Pfeifenstopfer und Glas und stand auf.

Als ich an seinen Tisch trat, schien er nervös zusammenzuzucken und blickte zu mir auf. Ich kannte ihn nicht, glaubte aber, sein Gesicht schon mindestens einmal irgendwo gesehen zu haben.

„Was dagegen, wenn ich mich zu Ihnen setze?“ Ich versuchte, meine Stimme warm und freundlich klingen zu lassen, denn der gehetzte Ausdruck in seinen Augen ließ es naheliegend erscheinen, daß er in ziemlich saumäßiger Verfassung war. *Vielleicht seine Alte?* dachte ich mitleidig.

„Ei...eigentlich schon.“ Seine Stimme war brüchig und leise.

„Sie haben ein Problem, stimmt's?“ Ich setzte mich ihm gegenüber an den kleinen, rechteckigen Eichenholztisch. Mag sein, daß ich ein aufdringlicher Mensch bin, aber erstens war ich jetzt neugierig, woher ich sein Gesicht kannte, und zweitens wollte ich wissen, was ein Mensch durchgemacht haben mußte, um so verunsichert und kaputt auszusehen. Gerade da ich selbst heute keinen sooo tollen Tag hinter mir hatte, würde es mir guttun zu erfahren, daß auch andere Leute ab und an Ärger hatten, dachte ich bei mir.

„Ein *Problem* ... ja, so könnte man es auch nennen!“ Er lachte zittrig und leerte ein kleines Glas mit irgendeinem hochprozentigen Inhalt. Er sah mich nicht direkt an.

Ich nahm einen Schluck Wein und betrachtete mein Gegenüber; er trug dunkle Kleidung, soweit ich das unter den gegebenen Lichtverhältnissen beurteilen konnte, aber irgend etwas stimmte mit dem Schnitt der Klamotten nicht ... sie erinnerten mich an etwas, doch ich wußte beim besten Willen nicht, woran. Auf seiner höckrigen Nase saß eine kleine, randlose Brille, und sein seitengescheiteltes, dunkles Haar klebte am Kopf, als sei es entweder seit längerem nicht mehr gewaschen worden oder als habe sein Träger kürzlich in nicht unbeträchtlichem Maße geschwitzt. Als er das nächste Glas zum Munde führte, konnte ich beobachten, wie sehr seine Hände zitterten. Es grenzte an ein Wunder, daß der Inhalt des Schnapsglases, das er sich diesmal ausgesucht hatte, überhaupt den Weg in seine Speiseröhre fand. Nach einem weiteren Blick auf seine hinter halbgesenkten Lidern verborgenen Augen war ich mir sicher: Dieser Mann hatte etwas durchgemacht, das viele andere vermutlich nicht verkraftet hätten. Und da ich immer noch das Gefühl hegte, ich müsse den Burschen von irgendwoher kennen, entschloß ich mich, alle Gesetze guten Benehmens außer acht lassend, ganz direkt in ihn zu dringen, um in Erfahrung zu bringen, was ihn plagte. Ich holte Luft, um die Konversation zu eröffnen.

„Sie sollten besser wieder gehen!" sagte er plötzlich, und ich war überrascht von der kurz zu erahnenden Festigkeit in seiner Stimme. Einen Moment lang hatte sie fast so geklungen, als sei er gewohnt, vor großen Menschenmengen in wohlmodulierter Weise zu sprechen. „Ich kann Ihnen nur raten, sich nicht mit mir einzulassen. Das meine ich ernst!" Er hob ein weiteres Glas, das offensichtlich Korn enthielt, und machte Anstalten, es zum Mund zu führen. Ich beugte mich vor und legte die Hand auf seinen Arm.

„Mal langsam jetzt, Freund." Im Hintergrund erklang plötzlich leise ein alter Titel von den Dire Straits – offensichtlich war dem Wirt wieder eingefallen, wie die Stereoanlage neben der Espressomaschine funktionierte. Gut.

„Ich meine," fuhr ich fort, „ich will ja nicht aufdringlich sein ... aber so wie Sie aussehen, könnte man fast meinen, Sie könnten jemanden zum Aussprechen verdammt noch mal gut brauchen." Ich legte meine Pfeife beiseite und sah ihn direkt an. Diesmal wich er meinem Blick nicht aus; seine Augen waren stahlgrau.

„Das könnte ich in der Tat. Aber – nicht einmal der mir vertrautesten Person auf der Welt könnte ich wagen zu erzählen, was mir gestern widerfahren ist, ohne befürchten zu müssen, entweder ausgelacht oder für wahnsinnig gehalten zu werden; also wie käme ich dazu, gerade *Ihnen*, einem Fremden, Rede und Antwort zu stehen?" Sein Blick war starr, zumindest in diesem Moment – eine Art innerer Schutzmechanismus, wie ich vermutete, der in krassem Gegensatz zu seinen fahrigen Bewegungen und seiner schreckhaften Verfassung stand. Nun gut.

„Ich kenne Sie", versuchte ich es aufs Geratewohl, wobei mir vollkommen bewußt war, daß ich außer einer verschwommenen Erinnerung an seine Gesichtszüge keinerlei Affinität zu seiner Person hatte.

„Ach?" Er schien absolut nicht überrascht. „Und nun werden Sie vermutlich jedem brühwarm erzählen, daß Sie mich hier sitzen gesehen haben, wie ich mich zulaufen lasse ... und völlig entgegen meiner sonstigen Art das Vergessen im Alkohol suche?"

„Was sollte ich daran für ein Interesse haben?" wollte ich wissen, nun zunehmend neugieriger.

„Na, es dürfte doch ein ganz hervorragendes Quantum an Tratsch sein, das Sie in Umlauf bringen könnten ... der neu zugezogene katholische Priester: ein Alkoholiker! Wenn es doch nur so einfach wäre ..."

Ich stutzte einen Augenblick, dann fiel endlich der Groschen. Kein Wunder, daß ich mich an das Gesicht des Mannes erinnerte: Es war vor gar nicht allzu langer Zeit mehrfach in der Zeitung abgedruckt gewesen – anläßlich seines Amtsantrittes in der örtlichen katholischen Kirche. Der Knabe war tatsächlich Priester!

2.

Ich nahm einen raschen Schluck. Nun machte alles Sinn: die merkwürdig geschnittene Kleidung, seine zwischenzeitlich durchschimmernde Übung im salbungsvollen Artikulieren – ich saß einem Gottesmann gegenüber!

Einem Gottesmann, der gerade dabei war, sich ganz barbarisch die Hucke zuzusaufen, relativierte ich jedoch sogleich, und der Drang zu erfahren, was diesen armen Menschen (dem ich auf Anhieb abnahm, daß er normalerweise keinen Tropfen Alkohol anrührte) zu dem Nervenbündel gemacht hatte, das hier an einem Tisch mit mir zusammensaß, gewann die Oberhand.

„Das mag schon stimmen, Herr ... wie war doch noch Ihr Name? Sebald ...?"

„Severinson. Der Name stammt aus dem Norden." Seine lakonische Stimme war kaum noch zu vernehmen und ich bemerkte, daß sein Körper immer häufiger von kurzen, spasmodischen Zuckungen heimgesucht wurde, die sich jeweils nach wenigen Sekunden wieder legten. Besorgt zog ich in Erwägung, daß er womöglich unter Schock stand und eigentlich anstatt in einer Kneipe vorteilhafter in ärztlicher Behandlung aufgehoben wäre. Als er eine bereits geöffnete Bierflasche ergriff und zu sich heranzog, schritt ich wieder ein.

Ich ergriff seine Hand und sagte: „Ich weiß, ich bin lästig, aber ich lasse Sie erst weitertrinken, wenn Sie mir erzählen, was Sie derart runtergehauen hat. Und da Sie dazu im Vollrausch nicht mehr fähig sein dürften, müssen Sie das eben jetzt tun!" Ich lächelte vertrauensvoll in seine Richtung, während ich schon fürchtete, Severinson könne einfach den Wirt rufen und mich von seinem Tisch entfernen lassen – immerhin war er ja momentan ein ganz ordentlich konsumierender Kunde; aber allein auf diese Idee zu kommen, schien dem Priester unendlich fern zu liegen. Mit müden Augen suchte er meinen Blick und hielt ihm erneut einige Sekunden stand. Er schien erstaunlicherweise immer noch nicht sonderlich betrunken.

„Sie ... Sie *wollen* nicht hören, was ich gesehen habe, verstehen Sie denn nicht?" Er klang traurig, fast verzweifelt, und irgendwie in höchstem Maße kraftlos. Als ich seinen nächsten Versuch, sich Alkohol einzuflößen, ebenfalls mit sanftem Nachdruck unterband, seufzte er leise und setzte sich gerade.

„Also schön, Herr ..."

Ich stellte mich vor und entzündete meine Pfeife neu.

„Nun gut, wenn Sie es also unbedingt wollen. Was habe ich schon zu verlieren? Sie werden mich ohnehin nur auslachen, nach Hause gehen und mich morgen wieder vergessen haben. Ich wünschte, ich könnte das auch ..."

Im Hintergrund erscholl eine alte Liveaufnahme von Eric Claptons *Tears In Heaven*. Severinson räusperte sich, holte zu meiner großen Überraschung plötzlich einen Pfeifenbeutel aus seinem Überwurf hervor, lehnte mein Angebot, etwas von meinem *Black Vanilla* zu kosten, ab und füllte sein Gerät, eine langstielige Bent Albert, stattdessen mit einem dunklen, vermutlich nordischen Cross-Cut.

Er stopfte, steckte die Füllung in Brand, und als die ersten (im Vergleich zu den meinen ziemlich beißenden) Rauchschwaden seinen halbgeöffneten Mund verließen, schien er sich merklich zu beruhigen.

„Ich muß Ihnen dafür danken, daß Sie mich davon abgehalten haben, mich weiter zu betrinken", sagte er. „Ich wußte selbst, daß dies keine Lösung sein kann, aber ... Sie kennen die Metapher von dem Schiffbrüchigen und dem Birkenzweig?"

Ich kannte sie nicht, nickte jedoch und bedeutete ihm fortzufahren.

„Na schön; also: Es begann gestern morgen in aller Frühe. Ich traf mich als Folge eines voreilig gegebenen Versprechens mit einem Alzeyer Bürger, der mich von Anfang an besonders herzlich aufgenommen hatte und mich für diesen Morgen zu einer Runde Jogging auf dem Trimmpfad oben im Wald eingeladen hatte. Sein Name war Nusser – kennen Sie ihn zufällig?"

Ich schüttelte den Kopf.

„Wie dem auch sei, wir trafen uns um Punkt halb sechs auf dem Parkplatz des Parcours und starteten auch sogleich. Es war noch fast stockdunkel. Nusser bestand darauf, daß wir an jedem der Schilder, die am Rand des Weges angebracht sind, anhielten und die darauf vorgeschlagene Übung durchführten – sofern die hierfür erforderlichen Gerätschaften am Wegesrand nicht schon längst vermodert oder gestohlen waren, und es uns im Dunkel überhaupt gelang, die Anweisungen auf den Schildern zu entziffern ... Nusser, dieser naive Trottel, hatte sogar extra zu diesem Zweck eine Taschenlampe mitgebracht. Ha!" Er pausierte einen Augenblick, paffte zögernd.

„Ich bin seit zwölf Jahren nicht mehr gejoggt oder habe sonstige Körperertüchtigung betrieben ... wissen Sie, wie ich mich allein nach Übung Drei schon gefühlt habe?"

Ich wollte es eigentlich gar nicht wissen und begann allmählich zu zweifeln, ob es so klug gewesen war, den Pfaffen überhaupt anzusprechen. Der Anfang seiner Story klang nicht eben allzu vielversprechend ... konnte es tatsächlich *so* interessant sein, was er erlebt hatte? Und wenn es nun lediglich ein unerwarteter Vergewaltigungsversuch eines lieben schwulen Mitbürgers irgendwo im Gebüsch des Wäldchens auf dem Hügel über der Stadt gewesen war, der den Geistlichen derart aus der Fassung gebracht hatte? Ich bezweifelte, daß ich in diesem Fall würde ernst bleiben können ... aber ich griff zum Stopfer und schwieg.

„Wir kamen an dieser halbvermoderten Holzhütte vorbei und entschieden uns für eine im Zwielicht kaum zu erkennende Abzweigung, die in verwildertere Bereiche des Parcours führte. Noch immer konnte man wenig von der Umgebung erkennen, sowohl Nusser als auch ich legten uns mehr als einmal unfreiwillig auf dem feuchten Waldboden flach."

Er stockte kurz, wobei sein Blick auf die trübe Deckenlampe über unserem Tisch geheftet blieb.

„Dann ertönte plötzlich das Summen."

Ich war gerade dabei gewesen, ein Gähnen zu unterdrücken, stutzte jedoch und sah auf. Hatte er Summen gesagt? Ich hatte ja mit vielem gerechnet, vielleicht sogar einem verirrten Wildschwein, das die beiden morgendlichen Jogger ein wenig über die angrenzenden Felder gejagt hatte, aber ein *summendes* Wild entzog sich meiner Kenntnis. Dabei war dem leichten Zittern in der Miene des Geistlichen einwandfrei zu entnehmen, daß dieses Geschehnis mit seinem desolaten Zustand in engem Zusammenhang stehen mußte. Mit neu entfachtem Interesse saugte ich an meiner Nørding und lauschte weiter.

„Es war ein merkwürdiges Geräusch, wie ich es noch nie vernommen hatte – jedenfalls noch nie in dieser Lautstärke! Ich bedeutete Nusser stehenzubleiben, und keuchend versuchten wir, nachdem ich ihn auf den Ton aufmerksam gemacht hatte, dessen Quelle zu lokalisieren." Wieder hielt er kurz inne, und bevor er weiterredete, vermeinte ich auf seinen bloßliegenden Unterarmen eine Gänsehaut hervortreten zu sehen; sicher konnte ich bei dieser Beleuchtung natürlich nicht sein.

„Es war auch kein richtiges Summen, verstehen Sie? Es war mehr ... Sie wissen sicher, daß das Brummen eines Automotors sich aus den unglaublich schnell aufeinander folgenden Kleinstexplosionen des sich entzündenden Kraftstoffes zusammensetzt, oder? Was wir davon aufgrund seiner schieren Geschwindigkeit wahrnehmen, ist lediglich ein steter Brummton. Und so ... war es auch hier: als würde jemand – oder etwas – leise, flatternde Geräusche erzeugen, nur so schnell hintereinander, daß man die einzelnen Schläge kaum noch auseinanderhalten konnte ... so wie ... die Flügel großer *Insekten* beispielsweise!" Seine Augen weiteten sich nun bei der Erinnerung an den vergangenen Morgen, sein Blick war nach wie vor auf die Deckenlampe fixiert.

„Nusser wollte weiterlaufen, und auch ich glaubte nach einigen Minuten an eine Täuschung meines Gehörs, da das Geräusch beständig leiser und wieder lauter wurde, nie jedoch so laut, daß man einwandfrei hätte sagen können, aus welcher Richtung es kam. Wir wandten uns wieder dem halb zugewachsenen Pfad zu – und da sahen wir es!"

Severinsons Atem begann nun schneller zu gehen, seine Stimme hatte sich im Verlauf der Erzählung bereits merklich gehoben, und ich war dankbar, daß der Wirt in der Zwischenzeit zu einer ziemlich rockigen Scheibe von Jethro Tull übergewechselt war, was verhinderte, daß allzuviele der mittlerweile erheblich angewachsenen Gästeschar unserer Unterhaltung folgen konnten. Ich nickte aufmunternd, meine eigene Anspannung und Neugierde verbergend, und er fuhr stockend fort.

„Es ... es war wie ein – kriechender Teppich, der sich quer über den Pfad bewegte!" Er schluckte hart. „Groß, bestimmt eineinhalb bis zwei Meter hoch, und gräulich ... nicht nur, weil das Licht so schlecht war, nein, es war wirklich grau von Kopf bis ... nun, von oben bis unten." Die Pfeife entglitt polternd seinem Griff und seine zittrige Hand suchte verzweifelt nach einem der viel zu kleinen Schnapsgläser auf dem Tisch. Diesmal ließ ich ihn gewähren.

Nach einem raschen Schluck schien er sich wieder ein wenig besser in der Gewalt zu haben. „Grau von Kopf bis Fuß", half ich ihm auf die Sprünge, „aber was war es denn, um Himmels willen? Ein vermummter Bandit? Ein Wegelage...?"

„Eben nicht *von Kopf bis Fuß*!" fuhr Severinson auf, meine Frage ignorierend. „Das Ding *hatte keinen verdammten Kopf*! Grau, faltig, es hatte ... auch keine Arme ... die ganze Physiognomie war irgendwie – *verkehrt*, ... definitiv nicht menschlich!"

Ein Laut erstarb in meiner Kehle, der irgendwo zwischen einem spontanen Lacher und dem Ausdruck verwirrter Ungläubigkeit angesiedelt war; was mich ihn im letzten Moment zurückhalten ließ, war ein Blick in Severinsons Augen. Und dieser eine Blick, der mich für einen Moment in graue, endlos gewundene Tiefen der Angst stürzen ließ, machte mir deutlich, daß mir mein Gegenüber keinesfalls versuchte, irgendeine Räuberpistole auf die Nase zu binden – nein: Er glaubte *tatsächlich* an das, was er mir erzählte!

„Es stieß seltsame Laute aus, ähnlich dem Piepsen einer großen Maus", fuhr der Priester fort, „während das Summen aufgehört hatte – kein Wunder, hatte es doch seine Flügel mittlerweile auf dem Rücken zusammengefaltet. Und die *Augen*! Nie zuvor sah ich solche Augen, kein Lebewesen, das ich kenne, besitzt solche gewaltigen, roten, *leuchtenden* ..."

„Nun mal ganz langsam," unterbrach ich ihn. „Da stand also etwas vor Ihnen auf dem Weg, sehe ich das richtig? Und, was immer es war, es war auf alle Fälle groß, grau und hatte ... weder Kopf noch Arme – korrekt?"

Er sah mich bebend und irgendwie hoffnungsvoll an und nickte mehrmals abrupt mit dem Kopf.

„Dann kann es sich doch eigentlich nur um einen hochgewachsenen Burschen in einem langen, dunklen Mantel gehandelt haben, der zu einem kleinen Morgenspaziergang ..."

Severinson Hand sauste nach unten und knallte vehement auf die Tischplatte. Ich schrak zusammen und erwartete einen ebenso aufbrausenden verbalen Ausbruch. Aber nach einer kurzen Sekunde nahm sein zornverzerrtes Antlitz resignierende Züge an und er sank in seinem Stuhl zusammen.

„Was hätte ich erwarten sollen? Natürlich können Sie mir nicht glauben. Ich Narr! Einen Moment lang dachte ich ... aber selbstverständlich würde nicht einmal ich einem Gemeindemitglied glauben, wenn er oder sie mir im Beichtstuhl eine derartige Geschichte ... aber ich weiß, was ich gesehen habe – und was mit Nusser geschah!" Er leerte das letzte gefüllte Glas Korn.

„Was geschah mit Nusser?" insistierte ich und bemerkte erst jetzt, daß auch meine Pfeife zwischenzeitlich erloschen war, während ich den Ausführungen des Geistlichen gelauscht hatte. Ich sah davon ab, sie nochmals in Brand zu setzen, steckte sie fort und beugte mich nach vorne. „Was geschah mit Ihrem Freund Nusser? Reden Sie!"

„Haben Sie es denn nicht in der Zeitung gelesen? Heute morgen wurde es doch groß und breit gebracht ... und seitdem stehe ich unter Anklage. Daß ich mich noch frei bewegen kann, grenzt schon an ein Wunder! Wenn ich später nach Hause komme, werden sie mich fraglos erwarten und abführen ... U-Haft nennt man das wohl ..." Die Miene des Mannes verriet neben einem immer stärker zutage tretenden Maß an Resignation auch eine außerordentliche Müdigkeit, vermutlich als Folge der nicht unbeträchtlichen Mengen Alkohols, die er mittlerweile intus hatte. Es wunderte mich ohnehin, daß er sich nach all den genossenen Drinks überhaupt noch klar artikulieren konnte. Als ich wieder zu ihm hinübersah, stand er plötzlich!

„Sie entschuldigen mich, ich denke, ich ... werde jetzt besser gehen." Er wandte sich ab.

„Halt! Sie können doch nicht einfach ..." Doch Severinson war bereits an der Theke angelangt, legte dem Wirt einen auch aus der Ferne übermäßig groß wirkenden Geldschein auf die Holzplatte, winkte ab, als der Bedienstete Anstalten machte, ihm herauszugeben, und hatte die Kneipe verlassen, ehe ich mich nach meiner Jacke hätte umsehen können, um ihm zu folgen.

So endete meine erste Begegnung mit dem Priester.

3.

Bereits am nächsten Tag geriet ich erneut an Severinson, diesmal jedoch in anderer Form: Ich las in der Zeitung von ihm.

Über einen Freund bei der Allgemeinen hatte ich mir die Ausgabe vom Vortag besorgt, und – tatsächlich: In einem großen Artikel wurde über den rätselhaften Tod des Karl-Heinz Nusser berichtet, der noch am Vormittag des betreffenden Tages, von dem der Geistliche mir berichtet hatte, ermordet auf dem Parcours des Trimmpfades im Wäldchen über der Stadt aufgefunden worden war. Direkt neben ihm hatte man den blutbesudelten und unzusammenhängendes Zeug lallenden Priester aufgefunden, der allerdings nach einem kurzen Verhör vorläufig wieder freigelassen worden war. Wie es dazu hatte kommen können, war anscheinend nicht nur mir, sondern auch dem Verfasser der Zeilen des Artikels unklar: Die Tatumstände waren so eindeutig, daß es unverantwortlich schien, den augenscheinlich in höchstem Maße geistesgestörten Mann – wenn auch nur für kurze Zeit – noch einmal in die Freiheit zu entlassen. Zwar war die Tatwaffe bisher noch nicht aufgetaucht, jedoch – wer sonst als der Kirchenmann sollte Nusser das gut handtellergroße, randscharfe Loch zugefügt haben, daß man in seinem Brustkorb fand, und durch welches das Herz des armen Teufels entfernt worden war? Das Herz, das auch bei eingehender Inspektion des umliegenden Waldstücks nicht gefunden werden konnte?

Bei dem Gedanken daran, daß ich den vergangenen Abend mit einem geisteskranken Mörder an ein und demselben Tisch zugebracht hatte, fröstelte mir. Nur äußerst knapp schien ich einer lebensbedrohlichen Gefahr entgangen zu sein!

In den folgenden Tagen verfolgte ich in der Zeitung den weiteren Verlauf des Falles. Severinson war just an dem Abend, an dem ich ihn persönlich getroffen hatte (also tatsächlich direkt nach unserem Gespräch), von der Polizei aufgegriffen und inhaftiert worden. Doch auch weiterhin blieb er bei seiner bereits am Tag der Tat abgegebenen, hirnrissigen Behauptung, „der braune Mann mit den Flügeln" habe Nusser getötet, während er tatenlos habe zuschauen müssen; als Folge davon habe er das Bewußtsein verloren. Warum sich die von ihm angeblich gesichtete Kreatur denn anschließend nicht auch an ihn herangemacht habe, wußte er freilich nicht zu sagen.

Es folgten weitere Meldungen über polizeiliche Untersuchungen des Tatorts, die jedoch keine neuen Erkenntnisse brachten – außer den Fußspuren Severinsons und Nussers hatte man keine weiteren im feuchten Waldboden ausmachen können, die auf die Anwesenheit einer dritten Person hingedeutet hätten; die Artikel wurden zunehmend kürzer, es war offensichtlich, daß die Presse allmählich das Interesse am Fall des Priesters verlor. Lediglich als dieser sich einige Tage später schließlich in seiner Zelle mit einem an einem Wasserrohr befestigten Bettlaken erhängte, brodelte die Gerüchteküche nochmals erheblich. Man wertete diese letzte Tat als einhelliges Indiz für seine Schuld. Damit hätte der Fall auch für mich zuende sein können ... was er aber nicht war.

Ich kann heute nicht mehr sagen, welcher Teufel mich ritt, den Ort der gräßlichen Tat selbst aufzusuchen und ihn zu allem Überfluß auch noch zu der gleichen Zeit des Morgens zu besichtigen, an der auch Priester Severinson dort gewesen war. Rückblickend betrachtet wünsche ich mir inständig, ich hätte es nicht getan!

Vielleicht war es die Erinnerung an den trotz Schock und Alkoholeinwirkung dennoch durch das unendliche Grau seiner Augen dringenden Rest an Vernunft, dieses inständige, hoffnungsvolle Glimmen, das ich in ihnen selbst gegen Ende seiner Erzählung bemerkt zu haben glaubte. Sicher, ich war – wie jeder zeitunglesende Bürger der Stadt – fest davon überzeugt, daß der Priester irr und zudem der Mörder des unschuldigen Joggers gewesen war; dennoch (oder gerade *deshalb*) wollte ich die Sache nicht ohne weiteres auf sich beruhen lassen. Ich nahm mir also einen Tag Urlaub – was der alte Ebliß mit einem höchst unwilligen Grunzen quittierte – und begab mich in aller Herrgottsfrühe hinauf auf den Trimmpfad. Mein Auto ließ ich auf dem ansonsten gänzlich leeren Parkplatz stehen, dann spazierte ich durch die noch annähernd undurchdringliche Dämmerung des erwachenden Tages den Pfad aus festgetretener Erde und fast nicht mehr sichtbarem Schotter entlang.

Nach kurzer Zeit erreichte ich die halbverfallene Rundhütte und wählte, mich an Severinsons Worte erinnernd, den fast vollständig zugewachsenen Weg, der mich bergan in jene verwilderten Bereiche der Anlage bringen sollte, die außer Severinson und Nusser wenige Tage zuvor vermutlich schon seit Jahren kein Mensch mehr betreten hatte.

Bald darauf passierte ich ein Wegstück, das von zahlreichen Luftwurzeln nahezu unbegehbar gemacht wurde und schmunzelte unwillkürlich bei der Vorstellung, wie die beiden Jogger sich in diesem Bereich wohl häufiger den Waldboden aus erheblich geringerer Entfernung hatten ansehen müssen, als ihnen lieb war. Nachdem ich vorsichtig nochmals gute zehn Minuten weitergewandert war, ohne daß ich etwas Interessantes erspäht hatte oder auch nur das Geringste passiert war – ich bedauerte lediglich, nicht wie Nusser damals ebenfalls an eine Taschenlampe gedacht zu haben –, machte ich halt und überlegte, was ich nun unternehmen sollte, beziehungsweise wie weit diesem Pfad ins Nirgendwo zu folgen ratsam war.

Genau in diesem Augenblick geschah es!

Severinson hat es gut beschrieben, war der erste Gedanke, der mir in den Sinn kam, als ich das fremdartige Geräusch vernahm; ein tiefes Surren oder Summen, dessen einzelne, flatternde Komponenten just einen Deut zu schnell aufeinander folgten, um vom Ohr noch als solche erkannt zu werden. Und es wurde stetig lauter!

Als nächstes erspähte ich zwischen den düsteren Kronen der Bäume, die den Weg zu beiden Seiten flankierten und ihn wenige Meter über meinem Kopf in unzähligen Verästelungen überdachten, ein rötliches Leuchten. Einen Moment lang hielt ich es für die Positionslichter eines jenseits der Baumwipfel in weiter Ferne am morgendlichen Himmel vorüberziehenden Flugzeuges, dennoch war mir fast im selben Moment klar, daß es dies kaum sein konnte.

Das Leuchten blinkte nicht!

Als ich endlich ausmachen konnte, daß es *zwei* runde, hellrot schimmernde Kreise waren, die dicht nebeneinander unmittelbar oberhalb des belaubten Baldachins schwebten, ja: größer wurden, *näherkamen*, begriff ich, daß diese Erklärung vollständig falsch war. Da durchbrach es die Astdecke!

Senkrecht ließ es sich auf den Pfad herabsinken, und seine Schwingen füllten die gesamte Breite des Weges aus. Es war graubraun, mindestens so groß wie ich, und verfügte – ich mußte schlucken bei dieser Feststellung – tatsächlich weder über Arme noch einen sichtbaren Kopf! Leuchtende, handtellergroße Augen befanden sich dort, wo normalerweise Schultern und Oberarmansätze hätten sein müssen. Mit einem raschelnden Geräusch faltete das Ding die immensen Flügel auf dem Rücken zusammen und starrte mich an.

Ich habe mich in meinem Leben niemals hypnotisieren lassen, habe dieser Scharlatanerie, wie ich es einschätzte, immer skeptisch bis ablehnend gegenübergestanden. Nun jedoch, konfrontiert mit etwas, das es eigentlich gar nicht geben durfte, in einer Situation, in der ich eigentlich schreiend hätte kehrt machen und die Beine unter den Arm nehmen müssen, sah ich mich nach einem kurzen Blick in diese runden, glimmenden Feuerbälle plötzlich trotz höchsten Entsetzens außerstande, auch nur einen Finger zu rühren! Ich stand in der Mitte des Pfads, starrte wie ein Idiot nach vorne (*in seine AUGEN*) und war buchstäblich in der Bewegung eingefroren! Niemals hätte ich etwas Derartiges für möglich gehalten, besonders nicht in einem solchen Schockmoment, wo ich doch den unwiderstehlichen Drang verspürte, den Mund aufzureißen und in markerschütternder Panik zu schreien. Aber ich stand bewegungslos! Und ich schwieg, ganz wie der Rest des Waldes, der geradezu irreal still, ausgestorben, tot wirkte.

Während das Geschöpf langsam auf im Halbdunkel nur zu erahnenden Beinen näherschritt, fand ich, unfähig den Kopf abzuwenden, Gelegenheit, aus den Augenwinkeln Details seines fremdartigen Körpers wahrzunehmen. Ein dichter brauner Pelz schien die Vorderseite zu bedecken, und dort, wo in der oberen Hälfte die auf dem Rücken gefalteten Flügel in den Torso mündeten, war dunkelgraue, von fingerdicken Adern oder Muskelsträngen durchzogene, ledrige Haut zu sehen. Außerdem hatte ich für einen verschwindend kurzen Augenblick den Eindruck, etwas bewege sich, versteckt unter dem Pelz an der Brust des Dings, etwas *Zusammengerolltes*, das seinen Ursprung in der oberen Hälfte unmittelbar unter den Augen zu haben schien. Allein, mir fehlte die Zeit, mich darauf weiter zu konzentrieren, denn je näher das Wesen kam, desto mehr wurde ich vom Blick seiner unmenschlichen, riesigen Augen in Beschlag genommen. Meine Gedanken wurden träger, eine wohlige Dumpfheit schien meine Sinne einzunebeln; es kam näher, immer näher zu mir heran, näher *komm zu mir* näher und seine Augen so rot *komm* nur noch wenige Schritte ...

... da ertönte plötzlich das durchdringende, piepsende Geräusch, von dem der Priester erzählt hatte, von dem Wesen wohl im Augenblick seines scheinbaren Triumphes ausgestoßen! Und mit der plötzlichen Erinnerung an meine Begegnung mit Severinson kehrte schlagartig auch die Erinnerung an meine gesamte eigene Existenz zurück, die irgendwie – ich weiß nicht, wie – von einem auf den anderen Moment in den entferntesten Hintergrund der Irrelevanz gedriftet war. Plötzlich hatte ich erschreckend plastisch das Bild vor Augen, wie Karl-Heinz Nusser tot in seinem Joggingdress am Boden gelegen haben mußte, mit einem tassengroßen Loch in der Brust, aus dem ein nicht enden wollender Sturzbach von Blut sich auf den kühlen Waldboden ergoß! Ich schüttelte zweimal rasch den Kopf, nahm entsetzt wahr, daß das Geschöpf keine zwei Meter mehr von mir entfernt war (*rollte sich da von unterhalb der Augen nicht schon gierig etwas aus, ein ...*), ein Schrei brach aus meiner Kehle hervor, und ich drehte mich um und rannte wie der Teufel.

Ich bin kein Sportler. Hatte nie eine gute Kondition. An diesem Morgen jedoch *rannte* ich, und ich glaube, kein Weltklassesprinter hätte mit mir mithalten können. Tatsächlich wurde ich sogar nochmals schneller, als ich hinter mir nach kurzer Zeit das seidige Summen großer, flexibler Flügel vernahm!

Ich rannte, stürzte, rappelte mich auf, rannte weiter, versuchte die trügerischen Luftwurzeln zu überspringen, fiel abermals hin (*es war einfach noch zu dunkel, verdammt!*), hastete weiter. Unaufhörlich ertönte in meinem Nacken das widerliche Summen des braunen Geschöpfs, mal näher, mal weiter entfernt.

Die Tatsache, daß ich lebend bei meinem Auto ankam, kann ich im Nachhinein nur dem Umstand zuschreiben, daß der Parcours, dem ich zurück zum Parkplatz folgte, stellenweise so dicht zugewuchert war, daß mein Verfolger oftmals mit seinen hauchdünnen Schwingen in seitlich aufragendem Buschwerk, rankenden Dornengestrüppen und ausladenden Baumkronen hängenblieb und deswegen die Strecke größtenteils ebenfalls zu Fuß zurücklegen mußte. Ich erreichte meinen Wagen, schloß mit hektisch zitternden Händen auf, stürzte mich hinein und ließ ohne mich anzuschnallen den Motor aufheulen, setzte zurück, gab Vollgas. Schotter spritzte am Heck des Volvo hoch, ich schleuderte kurz auf der Stelle, dann gewann ich an Tempo, raste den kurzen Zufahrtsweg zum Parkplatz entlang und flog geradezu, Nase voraus, auf die einladend breite B40 hinaus. Ich riß das Steuer herum, lenkte in Richtung Stadt, fand Zeit, die Scheinwerfer einzuschalten, wollte eben aufatmen ... da sah ich im Rückspiegel, wie das Wesen *ebenfalls* die Zufahrt des Trimmpfad verließ, sich in die Luft erhob und mit einem durchdringend tiefen Summgeräusch, das sogar bis zu mir in den Wagen drang und das Motorgeräusch noch übertönte, die Verfolgung aufnahm!

Entsetzen schüttelte mich, während ich das Gaspedal durchtrat und innerhalb weniger Dutzend Meter erst auf achtzig, dann auf nahezu hundert Stundenkilometer beschleunigte. Ich wußte, daß ich dieses Tempo nur kurz würde halten können, denn selbst wenn ich ungebremst in die nicht weit entfernte Stadt hineinrasen sollte, beschrieb die (momentan gottseidank völlig leere) Straße doch wenig hinter dem Ortseingang eine entscheidende Kurve, die ich in diesem Höllentempo niemals würde nehmen können! Ich drehte mich um und sah – nichts.

Doch das Summen ertönte noch immer, lauter gar noch als zuvor, und ein unangenehmer Verdacht beschlich mich. Ich öffnete die Blende des Sonnendaches über meinem Kopf – *und da war es*! Seine Flügel waren ausgebreitet, mochten gut und gerne drei oder vier Meter in der Breite messen, und es flog so dicht über meinem Wagen dahin, daß ich, wäre das Dachfenster offen gewesen, hätte hinausgreifen und es berühren können! Die Geschwindigkeit, die ich fuhr, schien ihm nicht die geringsten Schwierigkeiten zu bereiten, und für einen irrwitzigen Moment war ich mir sicher, daß es mir auch auf der Autobahn bei doppelt so hohem Tempo zu folgen in der Lage gewesen wäre ... doch da war es plötzlich verschwunden.

Ich blickte in den Rückspiegel, nochmals aus dem Dachfenster, doch das Summen hatte aufgehört. Hinter mir war nichts zu sehen, außer den Scheinwerfern eines in der Ferne die Hügelkuppe überquerenden Fahrzeugs, und ich wandte mich gerade rechtzeitig wieder nach vorne, um zu bemerken, daß ich den Stadtrand bereits passiert hatte und mit unverminderter Geschwindigkeit am seitlich der Straße gelegenen Stadion vorbei auf die nicht mehr weit entfernte Kurve zuraste. Ich stieg in die Eisen, und es gelang mir mit viel Glück, rechtzeitig auf achtzig Sachen runterzugehen, dann auf sechzig, und als ich an der Ampel hinter der Biegung schließlich zum Stehen kam, hämmerte mein Herz im wahnwitzigen Stakkato eines Maschinengewehrs. Mit letzter Kraft lenkte ich den Wagen nach Hause, nahm drei Eßlöffel Baldrian und zwei Schlaftabletten ein, trank zwei doppelte Jack Daniels und warf mich, die zitternden Hände auf Augen und Schläfen gepreßt, aufs Bett. Der Schock und die Erschöpfung forderten ihren Tribut, und ich fiel fast augenblicklich in einen komaähnlichen Tiefschlaf.

4.

Als ich am frühen Abend erwachte, wußte ich zunächst nicht, wo ich war. Erst nach und nach kehrte die Erinnerung an das Erlebnis des frühen Morgens zurück. Benommen richtete ich mich auf und stellte voller Abscheu fest, daß es draußen bereits zu dämmern begann – ein Hauptmanko der Herbstzeit: Die Tage sind entschieden zu kurz. Verständlicherweise hegte ich nach dem, was mir im Zwielicht des anbrechenden Tages widerfahren war, schlagartig eine tief empfundene Aversion gegen jede Art unzureichender Beleuchtung.

Ich stand auf, ging durchs Haus und schaltete jede Lampe ein, an der ich vorbeikam, während ich sämtliche der außen angebrachten Holzläden vor den Fenstern schloß. Dabei überlegte ich verzweifelt, was ich nun tun sollte.

Angenommen, ich hatte dieses Geschöpf tatsächlich gesehen (und der Eindruck, den die entsetzliche Begegnung bei mir hinterlassen hatte, war noch zu frisch, um eine andere Möglichkeit auch nur in Erwägung zu ziehen!), angenommen, das, was ich erlebt und gesehen hatte, war wahrhaftig *real* ... dann stand ganz außer Frage, daß ich etwas unternehmen mußte, und zwar dringend!

Ich ließ mich mit einem beachtlichen Cognac vor dem kalten Kamin nieder und dachte nach. Die Polizei schied vorläufig aus. So tragisch es auch war, ich mußte den Tatsachen ins Auge sehen: Mir war körperlich nichts geschehen, und wahrnehmbare Spuren würde das Wesen auch dieses Mal auf dem Waldboden mutmaßlich nicht hinterlassen haben. Ich hatte folglich nicht den geringsten Beweis, mit dem ich meine Beobachtung hätte belegen können. Und Priester Severinson war tot – mit dem Versuch, seine geistige Gesundheit nachträglich zu beweisen, konnte ich ihm auch nicht mehr helfen.

Der arme Mensch! Wie mußte er gelitten haben, nachdem er erst mit ansehen mußte, wie dieses geflügelte Ding seinem Bekannten den Garaus machte – und dann auch noch selbst für genau dieses Verbrechen angeklagt wurde! Ich konnte gut nachvollziehen, was ihn an jenem Abend in die Arme des Alkohols getrieben hatte. Und wenig später in die Schlinge, die von der Decke seiner Zelle baumelte. Aber was sollte *ich* jetzt tun?

Ich wußte, rekapitulierte ich, daß ein Geschöpf existierte, dessen reines Vorhandensein auf Gottes Erden den meisten (wenn nicht allen!) Menschen in dieser Gegend, vielleicht gar der ganzen Welt, momentan noch unbekannt war. Und wo eines dieser schmetterlings- oder mottenhaften Dinger lebte, mochten durchaus auch noch ...

Nach einigen weiteren Drinks und verschiedenen ziemlich bedrohlich anmutenden Gedankengängen und Überlegungen beschloß ich, einen alten Freund anzurufen, der an der Mainzer Universität an der biologischen Fakultät arbeitete. Vielleicht konnte er mir weiterhelfen.

Ich ging gerade zum Telefon, als auf einmal ein durchdringendes Summen vernehmbar wurde! Die Gläser in meiner Hausbar begannen zu klirren, als das Brummen nochmals lauter wurde, dann krachte plötzlich etwas mit enormer Wucht von außen gegen den Fensterladen! Ich wich keuchend zurück und krallte mich verzweifelt am Kaminsims fest.

Doch nichts weiter geschah.

Zitternd und bebend wankte ich zum Sessel zurück und fiel hinein.

Es weiß, wo ich wohne!

5.

Das alles hat sich vor drei Tagen zugetragen.

Viel ist seither passiert.

Ich rief, entgegen meiner Entscheidung im ersten Moment des Schreckens, doch tags darauf die Polizei an und meldete meine frühmorgendliche Beobachtung – zum einen der leicht nachvollziehbaren Panik wegen, in die mich der abendliche Besuch noch versetzt hatte, zum anderen aus Angst, ein weiterer

Passant könne unwissentlich auf ähnliche Weise wie Nusser in dem kleinen, verwachsenen Wäldchen zu Tode kommen. Doch es geschah, was ich vorausgesehen hatte: Man kam meinem Anruf zwar guten Willens nach, fand aber nicht die geringste Spur eines fremdartigen Geschöpfes auf dem feuchtkalten Erdboden der betreffenden Wegstelle. Auch ein kurzes Durchstreifen einiger verwilderter Pfadabschnitte förderte keine Resultate zutage.

Nie werde ich die Blicke der uneinsichtigen Ordnungshüter vergessen, als sie sich nach getanem Einsatz von mir verabschiedeten. Mehr denn je weiß ich, wie Severinson sich gefühlt haben muß.

Aber ich bin nicht verrückt.

Und Nusser ist *tot*!

Zur Arbeit ging ich nur noch einmal, direkt am Tag nach der ersten Begegnung; aber – was Wunder? – ich war nicht mehr in der Lage, mich gebührend auf etwas Bestimmtes zu konzentrieren ... immer diese Gedanken, an das Summen, diese *Augen* ... konnte nicht mal mehr Zivi-Akten ordnen, so desolat war mein geistiger Zustand bereits!

Blieb tags darauf einfach daheim, gehe seitdem auch nicht mehr ans Telefon, das öfters klingelt. Soll Ebliß doch denken, was er will.

Gestern haben die Nachbarn ihrerseits die Polizei verständigt, weil sie sich beunruhigt fühlten durch die „große, dunkle Gestalt mit dem bodenlangen Mantel", die sie mitten in der Nacht gesehen haben wollen ... in meinem Vorgarten!

Natürlich war niemand mehr zu sehen, als der Streifenwagen anrückte.

Mein Bekannter von der Universität hält mich, glaube ich, für übergeschnappt, seit ich ihn besucht und von meiner Begegnung erzählt habe; er versprach zwar, dem Wäldchen seinerseits eine gründliche Observation angedeihen zu lassen, wenn er das nächste Mal in der Gegend sei, aber der Blick, den er mir dabei zuwarf, verlieh seiner wahren Meinung über mich nur allzu deutlich Ausdruck. Zudem – selbst wenn er es täte, würde sein rasches, oberflächliches Abschreiten des Terrains doch ohnehin höchstwahrscheinlich am hellen Tage geschehen, und mittlerweile weiß ich ja, daß diese Wesen ausschließlich in der Nacht und in den frühen Morgenstunden aktiv sind, so daß sie niemand finden kann, der nicht ebenfalls des Nachts den Wald durchsucht und ihre Brutstätten ausfindig macht, die sich dort irgendwo (ich wage gar nicht daran zu denken, *wie lange schon?!*) verbergen müssen.

Ab und an scheppert es nachts an den Fensterläden. Aber ich glaube, sie wollen noch gar nicht ernstlich herein. Sie wollen nur, daß ich weiß, daß sie da sind.

Sie? Ja. Ich wünschte, mir wäre diese weitere Erkenntnis erspart geblieben! Dennoch, als ich vorgestern (da ich es noch wagte, das Haus nach Einbruch der Dämmerung zu verlassen) mit dem Wagen über die stillen und menschenleeren Straßen aus Morschheim zurückkehrte, wo ich einem weiteren Bekannten, ebenfalls einem Akademiker, ratsuchend – und erfolglos – aufgewartet hatte, fuhr ich zunächst zwangsläufig einmal mehr an dem verfluchten Wäldchen mit dem Trimmpfad vorbei. Doch hier gab es nichts zu sehen. Ich fuhr weiter und passierte kurz hinter dem Ortseingang wiederum das seitlich zurückgesetzt liegende Stadion. Was ich hier erblickte, ließ mich in der engen Stille meines Wagens gequält aufschreien!

Durch einen boshaften Wink des Schicksals war die Flutlichtanlage des Fußballfeldes eingeschaltet; vielleicht hatte dort am früheren Abend ein Spiel stattgefunden, und der Verantwortliche hatte versäumt, die Lichter beim Nachhausegehen zu löschen – ich weiß es nicht. Auf alle Fälle waren die auf das Spielfeld gerichteten Strahler jetzt, um kurz nach ein Uhr, noch immer eingeschaltet ... und dennoch sah man kaum etwas von ihrem Licht! Die Luft über dem Rasenplatz war erfüllt von gewaltigen, huschenden Schatten, schemenhaft umeinanderbrodelnden Flugkörpern, die sich teilweise derart dicht vor den auf hohen Masten befestigten Strahlern tummelten (*von ihnen angezogen wurden!*), daß sie deren Licht mit ihren Leibern fast vollständig abschirmten!

Über all dem war ein leises, aber um so eindringlicheres, vielstimmiges Summen zu hören.

Ich verdrehte den Kopf, auf unerklärlich morbide Weise fasziniert von diesem monströsen, turmhoch wuselnden Schwarm, war aber – gottseidank! – nur allzu rasch daran vorbei, schrammte schon bedenklich am kantig-hohen Bordstein der Straße, fing den Wagen gerade noch ab und lenkte ihn rasenden Herzens, einer Ohnmacht nahe, nach Hause.

Die Polizei, die ich daraufhin sofort anrief, reagierte erstaunlicherweise abermals auf mein Drängen, als sie jedoch am Stadion ankam, war zwar die Flutlichtanlage nach wie vor aktiviert, von einem oder mehreren fliegenden Schatten aber keine Spur zu sehen. Man bedankte sich bei mir, daß ich das Versäumnis des Platzwartes gemeldet habe, legte mir allerdings nahe, ein paar Tage Urlaub zu nehmen, um meine offensichtlich überspannten Nerven auszukurieren.

Jetzt brauche ich also gar nicht mehr zu hoffen, daß man je wieder auf mich hören wird.

Eben ist wieder etwas von außen gegen einen der Fensterläden gedonnert ... hier oben, im zweiten Stock! Ich sitze an meinem Sekretär im Schlafzimmer, schreibe auf, an was ich mich noch erinnern kann – alles, was mir zu tun geblieben ist. Ich verfluche den Tag, da ich Severinson im Queen's Pub traf, nein, ich verfluche den Tag, da Nusser ihn zum frühmorgendlichen Joggen einlud und die beiden die falsche Abzweigung nahmen ... es gibt Dinge auf dieser Welt, die man besser alleine läßt!

Das Summen klingt heute nacht anders als sonst – so aggressiv.

Ich werde jetzt beten; für die Seelen von Severinson und Nusser, für mich, für diese meine Stadt – für die Menschen.

...

Im Erdgeschoß ist eben eine Scheibe zerbrochen ...

Algor

algor, *oris u.* **–us,** *us m* (*cf. isländisch* elgur „frostiges Schneegestöber") (*unkl.*) Frost, Kälte; (*subjekt.*) = das Frieren, Frostgefühl. – *** *~mortis* Leichenkälte.

Michael Czapsky, Inspektor der Polizei von Greenville, lag in seinem Lieblingssessel unter der orangefarbenen Markise, die über die Terasse seines großen Hauses gespannt war, und hielt ein gut gekühltes, beschlagenes Glas Ginger Ale mit Eiswürfeln in der einen und ein Dossier, das von einem braunen Pappordner zusammengehalten wurde, in der anderen Hand. Auf seiner Nase saß eine Sonnenbrille, deren runde Gläser kaum getönt waren, so daß ihm das Lesen trotz seiner Sehschwäche leicht fiel. Sein massiger Leib steckte in einem etwas ordinär anmutenden, kreischend bunten T-Shirt mit fröhlich-buntem Garfield-Aufdruck Größe XXXXL, um seine Hüften schlackerten gemütliche schwarze Shorts. „Ich bin fett", pflegte Michael jeden Morgen resignierend zu seiner Familie am Frühstückstisch zu sagen, nachdem er sich im Badezimmer gewogen hatte, und diese Feststellung spiegelte die Wahrheit wider. Er tröstete sich stets mit einigen Honig-Hörnchen. Michael stellte seinen Drink auf dem Marmortisch zu seiner Rechten ab und begann, mit der linken Hand nachdenklich in seiner unrasiertem Wange herumzukneten.

„Was haben sie gemeinsam?" fragte er einen imaginären Zuhörer. „Verdammt, was haben sie nur gemeinsam – abgesehen von der Tatsache, daß sie alle erfroren sind? Kann mir das mal einer verraten?"

Ein leichter, aromatisch duftender Wind wehte von der See her durch seinen enormen Garten, dessen ungemähten Rasen sich wilde Blumen als Heimat auserkoren hatten, und umsäumte eine große Schaukel, die nicht mehr funktionierte, da sich Michael vor zwei Jahren mit seinen gesamten Pfunden daraufgesetzt hatte. Sie war unter seinem Hintern zusammengebrochen. Jetzt benutzten die Kinder die Reste der Schaukel als Klettergerüst.

Danny und Denise, die Zwillinge, spielten vor dem Haus auf der Straße mit 5-Liter-Wasserpistolen, deren Plastiktanks sie sich auf die schmalen Rücken geschnallt hatten. Michael hatte sie vor einer halben Stunde aus dem Garten vertrieben, da sie einen Heidenlärm veranstaltet hatten, bei dem er sich nicht hatte konzentrieren können. Er bereute es schon jetzt, ihnen die Wasserkanonen aus der Stadt mitgebracht zu haben Die beiden Kleinen hatten ihn sogleich naß gespritzt und sich wie verrückt gewordene Indianer auf seine fleischigen Beine gestürzt, so daß er um ein Haar von seinem Liegestuhl gefallen wäre.

Michael liebte seine Kinder wie ein Vater seine Kinder nur lieben kann. Er besaß selbst eine stark ausgeprägte infantile Ader, die er – meistens vergeblich – zu verstecken suchte. Beispielsweise liebte er Zeichentrickfilme und Cartoons über alles. Als er mit den Kleinen ins Kino gegangen war, um sich *König der Löwen* anzusehen, hatte er von allen Kindern im Publikum am lautesten gelacht. Wenn er Zeit hatte (was leider höchst selten der Fall war), beschäftigte er sich ganze Nachmittage lang mit seinen jüngsten Sprößlingen – er baute mit ihnen Zelte im Garten, spielte Fangen (obwohl er nicht sonderlich schnell rennen konnte und ziemlich rasch aus der Puste geriet), er spielte mit ihnen Indianer und Cowboy, er planschte mit ihnen im Swimmingpool herum, der sich im Garten vor der Terasse befand, er spielte mit ihnen Gangsterjagd, wobei die beiden immer die Polizisten mimten und er den Juwelenräuber oder Mörder – er wurde immer erwischt, was ihm überhaupt nicht schmeckte –, er spielte mit ihnen Sackhüpfen, versuchte, auf Bäume zu klettern, spielte Monopoly, er spielte, spielte, spielte.

Auf den ersten Blick hin hätte man die Familie Czapsky also für einen vorbildlichen Bund ewiger Treue und Liebe halten können – wäre da nicht der vierzehnjährige Patrick gewesen. Patrick war ein mürrisches Wesen, das nie lachte und sich die meiste Zeit in seinem ausgebauten Speicherzimmer aufhielt, um dort heimlich Wein und Wodka zu trinken oder laute Rockmusik zu hören oder zu onanieren – was er dort oben genau trieb, war Michael im Grunde egal. Patrick zog andauernd mit irgendwelchen finsteren Kumpanen in der Gegend herum (Michael wollte nicht so weit gehen, sie seine Freunde zu nennen). Wenn er zur Abwechslung daheim war, piesackte er die Kleinen und machte die gute Laune aller Anwesenden zunichte. Michael vermutete, daß sein ältester Sohn eifersüchtig auf die Zwillinge war. Er hatte schon zehntausendmal versucht, zusammen mit ihm und seiner Frau Clarisse, die eine Psychologenpraxis führte, über diese Angelegenheit zu diskutieren, doch als er das Thema zuletzt zur Sprache gebracht hatte, hatte ihn Patrick mit seinen fast schwarzen Augen nur angestarrt, hatte sich umgedreht und war einfach gegangen.

„Wenn du jetzt abhaust, Freundchen, hast du eine Woche lang Stubenarrest!" hatte ihm Michael wütend hinterhergerufen. Er hatte erwartet, daß Patrick stehenbleiben und zurückkommen würde, doch er hatte nur „In Ordnung" gemurmelt und war in seinem Zimmer verschwunden.

Clarisse hatte Michael aufgehalten, als er sich angeschickt hatte, hinter seinem Sohn herzurennen.

„Laß gut sein“, hatte sie gesagt und ihn fest an der Schulter gepackt. „Treib’ es nicht auf die Spitze!“

„Dem werd’ ich zeigen, wie man sich in meinem Haus zu benehmen hat“, schrie er so laut, daß es Patrick zwangsläufig in seinem Zimmer hören mußte.

„Laß es“, flüsterte Clarisse gleichzeitig sanft und bestimmend. „So ein Verhalten ist normal in seinem Alter, das weißt du doch!“

„Normal? Das soll *normal* sein? Ich bin nie so gewesen!“

„Michael, jetzt reg’ dich gefälligst ab!“

„Er haßt mich“, fauchte Michael wütend und resigniert.

„Aber deswegen darfst du ihn nicht hassen, Michael! Es ist durchaus normal, daß Vierzehnjährige ihren Vätern gegenüber ... keine Gefühle zu zeigen imstande sind. Ich sage nicht, daß es schön ist, ich sage nur, es ist normal! Und unter uns ... es stimmt doch, daß du dich viel mehr um die Zwillinge kümmerst als um ihn!“

„Clarisse, ich bitte dich ...“

„Aber manchmal ist es so, Brummbär, nicht wahr? Manchmal schon!“

Clarisse blickte ihm aufrichtig in die Augen. „Weißt du, was in Patrick vorgeht? Hast du dir darüber je ernsthafte Gedanken gemacht?“

Michael zögerte und sagte dann leise: „Er fühlt sich von mir bedroht, was?“

„Ja, in seiner Stellung als Mann. Du bist aus seiner Sicht der Mann im Haus, er ist das Männchen. Himmel, Michael, du mußt es einsehen: Dein Junge wird erwachsen. Er möchte jemand sein. Er möchte jemand Wichtiges sein. Er will ernst genommen werden!“

Michael senkte seinen Kopf.

„Du mußt Geduld mit ihm haben, Schatz.“

„Ich ... ich meine es nicht böse ... ich will nur nicht ... Clarisse, versteh’ mich bitte nicht falsch, aber ich will nicht, daß ihn die große, beschissene Welt draußen vor unserem Haus eines Tages auffrißt. Ich will, daß er darauf vorbereitet ist, mehr nicht.“ Michael schenkte seiner Frau ein Unschuldslächeln, das sie erwiderte.

„Das kann ich verstehen“, sagte sie. „Und ich muß sagen, du hast damit Erfolg.“

„Wie meinst du das?“

„Ich meine damit, daß sich Patrick mittlerweile mehr vor seinem Zuhause fürchtet als vor der großen, beschissenen Welt.“

Michael schluckte schwer und interessierte sich plötzlich auffallend für seine Schuhspitzen.

„Mir gefallen seine Kumpane nicht, mit denen er dauernd verkehrt“, murmelte er schließlich. „Sind finstere Gestalten. Und ... seine Verschlossenheit ...“

„Sag’ das nicht mir, sag’ das deinem Sohn! Tolerier’ sein Verhalten nicht, aber rede mit ihm, verdammt! Hör’ ihm zu! Es würde ihm viel bedeuten, sehr viel, auch wenn er dir das nicht zeigen kann.“

Michael nickte. „Wahrscheinlich hast du recht. Wie immer. Großer Gott, ich hätte mich niemals in eine verdammte Psychologin verlieben dürfen. Du bist so ... klischeehaft. Du hast immer recht!“

„Und ich hätte dem runden Vorstadtbullen fernbleiben sollen. Der ist so ... kitschig!“

Sie waren ins Schlafzimmer gegangen, spontan, aus einer Laune heraus, wie sie es meistens taten, und hatten sich eine Stunde lang geliebt. Michaels Lust war jedoch eher zurückhaltend, da ihm immer wieder das melancholisch dreinblickende Antlitz seines Sohnes Patrick vor Augen schwebte. Der Junge hatte ein schmales, weißes Gesicht, schwarze Haare und tief in den Höhlen liegende, dunkle Augen – er sah so völlig anders aus als die Zwillinge, die blond waren und dünnes Haar und klare, hellblaue Augen hatten. Man sah nicht, daß es Geschwister waren. Denise und Danny lachten dauernd, Patrick lachte nie.

Michael blickte von seinem Dossier auf, da Roswitha Gruber, seine 61jährige Haushälterin, plötzlich mit einem Wischmob in der Hand vor ihm stand und ihn aus seinen abschweifenden Gedanken riß.

„Mr. Goodman isse’ hier, Mr. Sheppy“, eröffnete sie ihm in weinerlichem Tonfall, der zu ihrem ewig Leid ausstrahlenden, aufgequollenen Alkoholikergesicht paßte. Sie sah aus, als laste das Elend der ganzen Welt auf ihren breiten Schultern.

„Wir heißen *Czapsky*, Mrs. Gruber“, sagte Michael zu der Haushälterin, die seit dreizehn Jahren in seinen Diensten stand. „Geschrieben C–Z–A–P–S–K–Y, gesprochen ‚Tschapskie’, Mrs. Gruber, das ist ungarisch! Tschaaapskiiie!“ Die Gruber verzog ihr Gesicht, als hätte Michael ihr in den Magen getreten.

„Ich nicht komm’ mit das Gardinenstang’ zurecht“, wimmerte sie zusammenhanglos. „Sie zu hoch hängt, und ich komm’ nicht daran! Könnten Sie vielleicht ...“

„Danke, Mrs. Gruber, ich rufe Sie dann wieder, wenn ich Sie brauche.“

Mrs. Gruber drehte sich um und verzerrte ihr Gesicht, so daß Michael eine Sekunde lang dachte, sie würde in Tränen ausbrechen.

„Na, dann mach’ ich’s halt allein“, sprach sie. „Ich’s ja eigentlich nicht darf, nichts Schweres heben und strecken, hat der Arzt gesagt ... aber ich mach’s schon, das schon geht, keine Sorge, Mr. Sheppy, krieg’s schon irgendwie hin ... vielleicht ...“

Mrs. Gruber verschwand wieder im Wohnzimmer, und Michael mußte schwer an sich halten, ihr nicht sein Getränk oder das Dossier hinterherzuwerfen. „Blöde Kuh", flüsterte er.

Im Wohnzimmer stieß Mrs. Gruber mit Ian Goodman zusammen („Passen Sie doch auf, Trampeltier!" vernahm Michael das Aufbrausen ihrer Stimme, dem das zaghafte Flüstern seines Freundes und Kollegen folgte, der sich schüchtern zu entschuldigen versuchte). Ian kam durch die Wohnung zu ihm auf die Veranda. Er stolperte durch die Tür, den Blick noch immer fassungslos ins Wohnzimmer gerichtet.

„Arbeitet dieses ... dieses Ding immer noch hier?" begrüßte er Michael mit einer rhetorischen Frage.

„Sei still, Ian, Mrs. Gruber ist eine hervorragende Haushälterin."

Das war sie definitiv nicht. Michael hatte nur keine Lust, sich die Mühe zu machen, eine neue zu suchen. Mrs. Gruber war eine beschissene Haushaltskraft, aber sie war billig und er wußte, woran er bei ihr war.

„Sie ist eine Hexe!" zischte Ian.

Michael winkte resignierend ab. „Hast ja recht, hast ja recht, mein Junge, aber Clarisse und die Zwillinge mögen sie."

„Verstehe."

„Also vergessen wir das. Was verschafft mir die Ehre deines Besuches?"

Ian lächelte und antwortete nicht sofort. Statt dessen schnappte er sich einen Liegestuhl, der an der Wand lehnte, klappte ihn auf und legte sich steif der Länge nach drauf, so daß er auf die orangene Markise starren mußte.

„So geht's nicht", murmelte er und setzte sich aufrecht hin. „Sehr unbequem, das ganze!" Er begann, am Klappmechanismus herumzufingern. Plötzlich schoß die Lehne nach vorne und krachte gegen Ians Rücken. Er kreischte nach Czapskys Ansicht vollkommen übertrieben auf, sprang von dem bösartigen Ding herunter und hüpfte erschrocken einen Meter zurück. Das komplizierte Möbelstück stürzte laut krachend in sich zusammen. Michael rührte sich noch immer nicht.

„Hast du es zerstört?" fragte er abwesend und blätterte eine Seite in seinem Dossier um, obwohl er gar nicht mehr las.

Ian brummte etwas in einer merkwürdigen, krachenden Sprache und setzte sich nach kurzem Zögern auf die zusammengebrochene Sitzgelegenheit. Er griff in seine Hosentasche und holte daraus eines seiner geliebten Honigbonbons hervor, wickelte es aus dem knisternden Papier und steckte es sich wollüstig in den Mund, wobei er ordinär stöhnte, als erlebe er einen Orgasmus. Sofort entspannten sich seine Gesichtszüge.

„Honigbonbon?" fragte er, griff noch einmal in die Tasche und hielt Michael die Tüte hin. Dieser griff mit der vollen Hand dankend hinein und nahm sich sieben. Er hörte die beiden Zwillinge auf der Straße johlen, blinzelte durch die getönten Gläser seiner Brille in die Sonne und zerbiß zwei der derben Zuckerbrocken auf einmal. Es war ein herrlicher Tag, an dem er eigentlich mit Clarisse und den Kleinen (möglicherweise sogar mit dem ewig mies gelaunten Patrick) in den weißen Ford Explorer steigen und ans Meer fahren sollte, um dort zu grillen und Frisbee zu spielen oder in die Fluten zu tauchen und die Alltagsprobleme zu vergessen. Doch er wußte, daß ihn die Sorgen, die ihm dieses Dossier bereitete, gerade an einem heißen Sandstrand nicht loslassen würden.

„Sie sind alle erfroren", sprach er leise, mehr zu sich selbst als zu Ian, der erwartungsvoll vor ihm saß und auf eine Gelegenheit wartete, den Grund seines Kommens kundzutun. Michael beschloß, ihn nicht länger zappeln zu lassen. „Hast du irgend etwas herausgefunden, Ian? Enttäusch' mich nicht, Junge, ich habe Ringwood gesagt, wenn einer etwas herausfindet, dann Ian Goodman – er ist der beste Mann, hab' ich gesagt, der beste Mann in unserer analytischen Abteilung!"

Ian lachte verlegen. Für Komplimente war er immer zu haben. Er zerbiß seinerseits ein Honigbonbon und blickte zwischen seinen Füße zu Boden. Im Haus hatte Mrs. Gruber angefangen, Staub zu saugen.

„Naja", begann er bonbonknirschend, „etwas haben wir natürlich herausgefunden, aber die Ergebnisse werden dich eher noch zusätzlich verwirren ... Wie auch immer, in Zukunft werden sich jedenfalls die sogenannten Spezialisten vom FBI drum kümmern. Für uns ist das ganze nur noch 'ne reine Formsache. Man hat's dir doch auch gesagt, oder? Ist inoffiziell schon seit gestern bekannt!"

Michael setzte sich in seinem übergroßen Garfield-T-Shirt auf und nahm die Sonnenbrille von der Nase.

„Hmm, das war nur eine Frage der Zeit", sagte er. „Ist mir offen gestanden auch ganz recht so. Willst du was trinken?"

„Nein, danke. Später. Jetzt hör' mir erst mal zu. Ich bin hier, weil ich mit irgendjemand über den Mist, den meine Jungs aufgedeckt haben, reden muß, auch wenn das große FBI die Zügel ab morgen in den Händen hält."

„Is'n verdammter Jammer", meinte Czapaky ironisch. „Willst du 'ne Bretzel?" Ian schüttelte den Kopf und wickelte ein weiteres Honigbonbon aus. „Wie gesagt, die Neuigkeiten – es werden mit Sicherheit die letzten für uns sein – werden dich verwirren. Sie sind ... wie soll ich sagen ... faszinierend merkwürdig!"

Michael grunzte durch die Nase, nahm die Arbeitsmappe, die auf seinem Schoß lag und schlug mit der flachen Hand drauf.

„Was könnte denn noch verwirrender sein als das hier?" Er klappte den braunen Pappordner mit den Berichten über die sonderbaren Todesfälle auf, die seit einigen Wochen an der Ostküste für Angst und Verwirrung sorgten. „Hör zu", sagte er, obwohl er wußte, daß Ian über die Ereignisse und Berichte besser Bescheid wußte als er selbst. „Gull Island, 13. 7. 1995: Am Strand von Gull Island werden die Leichen von Vincent Pfeiffer, 43 Jahre, und Marion Burdel-Pfeiffer, 41 Jahre, gefunden. Das Paar befand sich im Urlaub und verbrachte seine Zeit damit, sich am Strand herumzulümmeln und von der Sonne braten zu lassen. Das steht natürlich nicht im Bericht, Ian, ich ziehe nur wieder meine hochintelligenten Schlüsse. Ihre dort aufgefundenen Leichen wiesen äußere Verstümmelungen der übelsten Sorte auf. Dem Mann sind beide Füße weggerissen worden ..."

„Beide Füße, Mann! Einer wäre ja schon schlimm ... aber *beide* ..."

„Ruhe, Ian! Ihm sind beide Füße weggerissen worden, sein Zeige- und Ringfinger fehlen von der Wurzel an! Der Frau fehlt die linke Brust, ein Teil des Hinterkopfes sowie der gesamte rechte Arm. Keine Bißwunden. Irgendein Idiot nahm zuerst an, die beiden seien von einem Hai angegriffen worden, doch ein *Hai*, Ian, ein Hai kommt nicht so einfach an Land spaziert und vertilgt zwei Sonnenbadene. Ich hab' sowas noch nie erlebt, und ich kann dir sagen, ich bin verdammt oft am Strand. Die beiden lagen auf ihren Strandmatten, rund 50 Meter vom Ufer entfernt!" Er schnaubte verächtlich durch die Nase. „Ein Hai! Wer kommt denn auf so einen Blödsinn?"

„Mit Verlaub," sprach Ian leise, „ich war es. Nur eine Theorie ... um das unglaubliche Phänomen zu erklären."

„Vielleicht hat sie etwas in die Luft gesprengt. Vielleicht haben die beiden mit einer Handgranate Selbstmord begangen."

„Negativ."

„Also, lassen wir das, denn das ist, wie du weißt, nicht das eigentlich Merkwürdige. Das eigentlich Merkwürdige ist, daß die Leichen von den Zehenspitzen bis zur Stirn blau angelaufen waren. Obwohl an diesem Tag Spitzentemperaturen von 40 Grad herrschten, sind die beiden Turteltäubchen am Strand von Gull Island *erfroren*! Sie sind einfach erfroren! Vielleicht rennt ja ein Wahnsinniger mit seiner Gefriertruhe herum, was weiß ich?" Michael warf das Dossier auf den Tisch. Er brauchte es nicht noch einmal zu lesen, er kannte seinen Inhalt auswendig.

„Und so geht's weiter: Gull Island, 15. 7. 1995: Ein Mann wird erfroren am Strand entdeckt; ein kleiner Junge erfriert am selben Tag am gleichen Strand, wenige Minuten später. Aus unerklärlichen Gründen – die Zeugenaussagen sind diesbezüglich total konfus – findet man später nur noch die zerstückelten Reste des Kleinen über den ganzen verdammten Strand verteilt. Er sei explodiert, heißt es. Ist das nicht lachhaft?"

Michael machte eine Pause, nahm sein Glas und trank es in einem Zug leer. Dann zauberte er eine Zigarette aus seiner kurzen, schwarzen Hose, steckte sie sich in den Mund, zündete sie mit einem langen Pfeifenstreichholz an und inhalierte tief.

„19.7.1995: Am Wiscounty-See erfrieren fünf Badegäste morgens um halb zehn vor den Augen ihrer Familienangehörigen. 21.7.1995: Vier Jungs, die mit ihren Fahrrädern zum Angeln an den Moskatovic gefahren sind, werden am Nachmittag eng nebeneinander sitzend, wie ineinander verwachsen und blau gefroren auf dem Steg entdeckt. Ihre Körper weisen ähnliche Verstümmelungen auf wie die der toten Gull-Island Besucher. Ihre steifen, harten Arme halten noch die Angelruten ins Wasser gesenkt, und an einer zappelt ein Fisch!"

„Du brauchst mir nicht zu beweisen, daß du die Akten auswendig gelernt hast", sagte Ian und steckte sich ein Bonbon in den Mund.

„Insgesamt 19 Tote, die letzten vor zwei Tagen, keine 500 Meter von diesem Haus entfernt. 19 Tote, Ian! *19!* Kannst du mir sagen, was hier gespielt wird?"

Ian Goodman schien plötzlich um mindestens 15 Zentimeter zu wachsen. Er setzte sich ganz gerade hin und strich sich akurat das etwas zu lange, ölig glänzende Haar zurück. Michael war davon überzeugt, daß sein Freund in den schwarzen Klamotten, die er trug, höllisch schwitzen mußte. Es war so heiß, daß selbst die Grillen und Zikaden zu müde zum Zirpen waren. Erschöpfte Moskitos schwebten träge durch die Luft und ließen sich ab und zu auf den Schweißperlen von Michaels Haut nieder, wo er ihnen mit seiner flach zuschlagenden Hand umgehend den Garaus machte.

„Nun, Michael," setzte Ian theatralisch an, wie er es immer tat, wenn er eine längere Ansprache zu halten gedachte, „ich glaube, etwas kann ich dir erzählen. Meine Leute haben drei der Leichen untersucht – das Ehepaar Pfeiffer, das am 13. 7. gefunden wurde, und einen der Jungen vom Moskatovic. Also, sperr' deine Lauscher auf und hör' mir zu. Die Sache schlägt hohe Wellen, weswegen auch die Knaben vom FBI intervenieren. Außerdem stürzen sich die Jungs vom *National Enquirer* auf die Story wie die Fliegen auf die Scheiße. Sie schreiben von ‚spontaner Menschenerfrierung' – das soll das Gegenteil sein von SHC – *Spontaneous Human Combustion* – spontaner Menschenverbrennung! Und ich befürchte fast, daß die sensationslüsternen Pressefritzen damit gar nicht mal sooo verkehrt liegen."

„Könntest du bitte zur Sache kommen!“

Ian nickte und schloß die Augen, um sich zu konzentrieren. „Also, ein paar der Rätsel, die diese merkwürdigen Leichen aufweisen, kann ich lösen. Fangen wir mit den Verstümmelungen an den Kadavern an. Alle Verstorbenen weisen erhebliche Gewebeverluste auf. Erinnerst du dich an den Bericht über den kleinen Jungen, der ... hm ... *explodiert* sein soll?“

„Ganz schön verworren, wenn du mich fragst. Wahrscheinlich hatten sämtliche Strandurlauber an diesem Tag einen Sonnenstich – kein Wunder, bei 40 Grad im Schatten.“

„Vielleicht aber auch nicht, Michael. Tatsache ist jedenfalls, daß allen Erfrorenen Körperteile fehlen, die ...“ Ian zögerte. „... nun, die sozusagen ... von innen heraus auseinandergesprengt wurden!“

Michael fing an zu grinsen. Offensichtlich erlaubte sich sein Freund einen schlechten Scherz mit ihm. „Wie soll ich das verstehen?“ fragte er. „Auseinandergesprengt? Hast du die Leichen selbst gesehen?“

„Nein, ich gebe nur das wieder, was im Bericht von Johnson und Keym steht. Sie sind auseinandergesprengt worden, oder besser gesagt: Sie ... zerklirrten wie brüchiges Glas. Es hat mit den Erfrierungen zu tun, Michael. Ich werde versuchen, es dir als Laie verständlich zu machen: Wenn Sauerstoff gefriert und ein organisches Objekt einfrostet, dann zerspringt das betreffende Objekt, wenn es einer starken Erschütterung ausgesetzt wird. Sieh' mich nicht so skeptisch an, sondern nimm das einfach so hin. Ich hab' keine Lust, dir das jetzt physikalisch haarklein auseinanderzusetzen, ist ohnehin unwichtig für dich. Dauert mir zu lange, bist du das kapiert hast. Du warst schon in der Schule in Physik eine Niete. Ich verlange ja gar nicht, daß jeder so genial ist wie ich, aber du warst eine Riesenniete. Kann mir gar nicht vorstellen, daß jemand *noch* schlechter war als du! Also wirklich, Michael, du ...“

„Moment mal!“ rief Michael. „Willst du etwa behaupten, daß die Luft um die Opfer herum gefroren ist und sie tiefgefroren hat, woraufhin sie teilweise einfach ... auseinanderbrachen? Und daß der kleine Junge *tatsächlich* explodiert ist?“ Er mußte über seine eigenen Worte lachen, so irrwitzig hörte sich das ganze an. Ian, den er seit gemeinsamen High-School-Tagen kannte, lächelte ihn auf seine Kleine-Jungen-Art an, nahm seine schwarze Hornbrille von der Nase und begann, sie am Stoff seines T-Shirts abzuputzen.

„Weißt du, ich könnte dich jetzt mit einem Wust von wissenschaftlichen Befunden und Fachtermini beschmeißen ...“

„Mich interessieren Fakten!“

„Gut, Fakten." Ian setzte sich die Brille wieder auf die große Nase. „Fakten. Also, Michael, du lagst mit deiner Vermutung richtig: Die Leute zerbrachen regelrecht, weil sie etwas eingefroren hat. Meine Mitarbeiter entdeckten winzige, splitterartig zerbrochene Gewebeteilchen an den Orten, an denen die Leichen gefunden wurden. Keine vollständige Extremitäten oder so – nur Splitter tiefgefrorenen Fleisches. Aber es war definitiv nicht der Sauerstoff der Luft um sie herum, der gefroren ist und dieses physikalische Phänomen ausgelöst hat. Nein, jetzt müssen wir leider Gottes zum *National Enquirer* zurückkehren." Ian machte eine Pause, und das Lächeln verschwand von seinen Lippen. Michael Czapsky starrte ihn gespannt an. „Sie sind von *innen* heraus erfroren, Michael. Von innen! Blut und Därme waren noch hart und vereist, als die äußere Hülle längst wieder aufgetaut war. Und jetzt frage mich bitte nicht, wie das möglich ist. Denn nach allem, was ich in meinem Leben gelernt habe, kann es so etwas nicht geben! Es ist nicht denkbar, daß sich in einem lebenden, organischen Zellkörper spontane Temperaturen von Minus 273 Grad Celsius bilden."

„Von Minus 273 Grad?"

„So ist es! Das ist der absolute, theoretisch erreichbare Nullpunkt. Minus 273,16 Grad, um genau zu sein."

Michael setzte sich auf und griff nach dem leeren Glas auf dem Marmortisch, um sich daran festzuhalten. Seine abgebrannte Zigarette fiel zu Boden. Er hatte nur zweimal an ihr gezogen.

„Ich bin eigentlich froh, daß sie uns den Fall morgen wegnehmen", sagte Ian. „Das alles ist mir einfach ... zu unheimlich, verdammt!"

„Das kannst du laut sagen!" Michael spürte, wie es in seinem Magen rumorte.

Einen Moment lang herrschte Stille, in der sie nicht einmal das fröhliche Rufen der beiden Zwillinge vor dem Haus hören konnten.

„Nichtsdestotrotz – im Augenblick gehört uns der Fall noch", sagte Ian auf einmal und lehnte sich mit einem verschwörerischen Grinsen auf den Zügen nach vorne. „Was hälst du also davon, dich der Neugierde hinzugeben, noch ein Honigbonbon zu essen und zu Dr. Abraham zu fahren?"

Michael hielt nichts davon.

Die beiden Polizisten fuhren mit Ians Wagen, einem altersschwachen, scheißhausfliegengrünen Pontiac Grand Am, direkt zur Leichenhalle des Greenville- Memorial-Krankenhauses, wo die Leichen der auf so rätselhafte Art und Weise Verstorbenen zu Obduktionszwecken bis zu ihrer Beerdigung aufbewahrt und hergerichtet wurden.

Michael empfand keinerlei Sympathie für diesen Ort des ‚Schlachtens und Ausweidens', wie er es nannte. Er haßte die gekachelte Halle, in der es nach *Desderman* und anderen Desinfektionsmitteln stank. Überhaupt roch es hier immer schlecht, nach altem Fleisch, Blut und Scheiße. Er haßte den glänzenden gelben Gang, der zur Prosektur führte und dessen Farbe selbst den ungesunden Teint einer verwesenden Leiche aufwies; er haßte den Raum vor der Prosektur, in dem die Toten bei Bedarf aufgebahrt werden konnten, wenn mögliche Verwandte ihnen einen Besuch abstatten mußten, um sie zu identifizieren. Das lief nie so ab wie in den Fernsehkrimis, die sich Michael seit seiner Kindheit angesehen hatte. Die bemitleidenswerten Betroffenen wurden nie direkt in die Pathologie gebeten, die vollgestopft war mit Kadavern, Torsi, Zerstückelten, Zerhäckselten, menschlichen Resten, die zuhauf in ihren sterilen Wannen lagen. So hatte er sich das früher immer vorgestellt, aber die Realität sah anders aus; die Leichen wurden, so gut es ging, provisorisch hergerichtet und in einen Raum vor die Leichenhalle gefahren, wo sie zwischen mehreren künstlichen Birkenfeigen und einem großen, braunen Holzkreuz von einer freundlichen Lampe angestrahlt wurden, um die zum Teil fürchterlichen Entstellungen durch das weiche Licht einigermaßen zu kaschieren.

Michael haßte die grellen, weißen Neonröhren, die jenseits dieses Raumes – in der eigentlichen Halle – von der Decke auf die reflektierenden, grünen Wandkacheln strahlten, er haßte die langen, schmalen Metallwannen, in denen die mit weißen Leintüchern zugedeckten Toten lagen, deren blaue Füße mit einem Registrierkärtchen aus Pappe versehen waren und am Ende der Wanne gegen den harten Rand aus Nirosta stießen. Er haßte die Lagerungskästen in der Wand, in der die Leichen nach der pathologischen Metzelprozedur übereinandergestapelt eingeordnet wurden. Er haßte das Werkzeug, das, an den Kacheln befestigt, funkelte oder auf Operationstischen ausruhte und darauf wartete, Menschliches auseinanderschneiden zu dürfen – Zangen, Scheren, riesenhafte Sägen, Skalpelle, allesamt angefertigt aus gepflegtem chirurgischem Edelstahl. Sie sahen aus, als seien sie lebendig.

Und Michael haßte die Toten, die in den kalten Wannen lagen und sich Druckstellen an den mit Leichenflecken gepflasterten Leibern holten, die zumeist der Länge nach aufgeschnitten und zum Teil ausgeweidet waren, manche mit weggeschossenem Gesicht, manche gar völlig kopflos, manche mit zerfetztem Unterleib, aus dem weiße, geäderte Gedärme quollen. Als Michael zum ersten Mal in seinem Leben in diesen Saal getreten war, hatte er sich die Leiche eines dreizehnjährigen Jungen ansehen müssen, der vor wenigen Tagen im Moskatovic gefunden worden war.

Als er jetzt mit seinem Kollegen Ian Goodman und dem Pathologen, einem rechten Scheusal namens Dr. Boris Abraham, durch den Aufbahrungsraum auf die übergroße, bunkerartige Tür des gekühlten Obduktionsraumes zuschritt, erinnerte er sich wieder an den Knaben, jenen ersten Toten seines Lebens. Er konnte sich sogar noch an seinen Namen erinnern – Timothy McAnderson. Seine Hände hatten gezittert, als ihm an jenem frischen Juninachmittag des Jahres 1983 die Leiche des Kindes vorgeführt worden war. Es war alles andere als ein friedlich daliegender Verblichener gewesen, der aussaah, als schliefe er bloß. Nein, daß Timmy McAnderson nicht schlief, konnte man nur allzu deutlich erkennen.

„Erschrecken Sie nicht!" hatte der alte Dr. Abraham gewarnt, der schon damals in der Pathologie tätig gewesen war und mit einer Menge Enthusiasmus Leute auseinanderschnitt. „Wir haben den Kleinen zwar tiefgekühlt, aber er riecht trotzdem. Unglaublich, wie sehr ein kruder Zellhaufen zu stinken anfängt, wenn er seinen Aggregatzustand verändert, harharharhar! War ein Scherz, Mr. Czapsky, sehen Sie mich nicht so böse an. Ein Wi-hitz! Hier, schmieren Sie sich das unter die Nase, dann ist's erträglich!" Er hatte Michael ein blaues Plastikdöschen gereicht, in dem sich eine weiße Creme befand. Unter die Nase gerieben sollte die Substanz den Geruchssinn betäuben.

Abraham hatte einen der Kästen aus der Wand gezogen, so daß ein in glänzend schwarzes Plastik gepacktes unförmiges Bündel zum Vorschein gekommen war. Als der Doktor den dicken Reißverschluß aufzog, fand Michael den Ausdruck energiegeladener Vorfreude in seinem Gesicht verabscheuungswürdig.

Die Reste des Jungen, den man vor wenigen Tagen im Uferschilf gefunden hatte, entfaltete sich aus dem zusammengeknüllten Bündel.

Woran Michael bei diesem Anblick zunächst hatte denken müssen, war alte, faulige Kirschmarmelade voll weißer Schimmelflecken gewesen. Und zu seinem ersten olfaktorischen Eindruck, der bestätigte, daß die Wundercreme auf seiner Oberlippe nicht vollständig den entsetzlichen Gestank zu verdrängen in der Lage war, gesellte sich seine zweite Assoziation – die bildhafte Parallele zum Anblick zertretener, rot-brauner Nacktschnecken.

Das stinkende Ding, das wie eine knospende Blüte dem schwarzen, müllsackartigen Beutel entsprossen war, mochte vielleicht einst ein dreizehnjähriger Junge gewesen sein, mit Pickeln, langen, schlacksigen Körperextremitäten und dem ersten zarten Bartflaum. Doch davon war nun nichts mehr zu erkennen. Die – vielleicht – menschlichen Überreste waren nichts weiter als ein schlackiger Haufen grün-grau verwesten Mulches, der wie eine Mischung aus Nasenrotz und Vogelscheiße aussah.

Der Kopf war eine kleine Kugel, in der man schwer die Augenhöhlen, mit eitrigem Saft gefüllt, ausmachen konnte. Handreste klebten als breiige Klumpen an den Seiten. Der ganze Haufen wurde von einem weißen, sämigen Zeug überzogen, wie Sperma, das sich schon eine ganze Weile an der frischen Luft befunden hat.

Der Junge trug noch die Schlittschuhe, mit denen er vor etwa sechs Monaten im Eis eingebrochen und unter der undurchdringbaren Schicht ertrunken war!

Michael dachte plötzlich daran, daß auch seine Kinder regelmäßig auf dem Fluß Schlittschuh liefen, mit den scharfen Kufen über das gefrorene Wasser glitten. Er dachte an Patrick, der sich dort oft mit seinen fragwürdigen Freunden herumtrieb und sogar ab und an vergaß, ständig schlecht gelaunt zu sein, manchmal tatsächlich lachte (!), sich amüsierte und nicht mehr an den langweiligen Alltag in der Schule dachte.

Er mußte an den Jungen Timothy denken, der von dem Element aufgefressen worden war, stellte sich sein verzweifeltes, panisches Bestreben vor, wieder an die Oberfläche zu gelangen, fühlte fast am eigenen Leib, wie seine von der Hysterie gelenkten Muskeln zuckten, wie seine Arme um sich schlugen, wie sich sein Mund öffnete um zu schreien, wie sich ein Schwall Eiswasser, den er nicht mehr weghusten konnte, in seine Lungen ergoß, wie seine Hände und sein Gesicht gegen die Unnachgiebigkeit der dicken, weißen Schicht stießen, durch welche er verschwommen und verzerrt die Oberfläche erkennen konnte, während es in ihm immer wieder kreischte: ‚Du ertrinkst, du ertrinkst und erfrierst gerade, alles zu spät, es wird passieren, oh Gott, es wird passieren ...!‘ Schließlich wurde alles taub und grau und schwer. Er mußte tatenlos mit ansehen, wie der eigene Körper in die Tiefe zum Flußgrund sank, und er gab sich der Verlockung des Eisschlafes hin, erhörte den klaren, wunderschönen Lockruf der warmen Müdigkeit ...

Oh ja, Michael hatte es sich nur allzu gut vorstellen können, als er die geleeartige Masse in den Schlittschuhen betrachten mußte. Und bei diesem Gedanken hatte er sich unwillkürlich erbrochen, auf die schmierigen, nach verfaulten Zähnen und Eiter stinkenden Reste des Dreizehnjährigen.

Michael haßte Leichen, sie machten ihm Angst. Sie waren ihm unheimlich, weil er sich manchmal einbildete, sie würden ihn anstarren. Einmal – es war im Frühjahr des Jahres 1989 gewesen – war er in ein Haus gerufen worden, in dem ein vierzigjähriger Bankier Selbstmord begangen hatte, indem er sich Luft in die Venen injiziert hatte. Er lag nackt, mit wächsernem Gesicht in seinem Bett und glotzte mit glasigen Augen an die Decke. Czapsky hatte versucht, ihm die Augen zu schließen, hatte seine Finger auf die kalten Lider gedrückt und sie heruntergeschoben, doch sie waren immer wieder aufgesprungen. Er hatte es fünfmal versucht, doch der Bankier wollte sich allem Anschein nach nicht zur endgültigen Ruhe legen und bis zur letzten Sekunde mitbekommen, was um ihn herum geschah (erst sehr viel später sollte ihm Dr. Abraham erklären, daß die Augen bei den wenigsten Toten ohne weiteres zu schließen waren – normalerweise nähte man sie den Verblichenen vor der Bestattung zu).

All diese Gedanken an die Toten, die seit Jahren Michaels nächtliche Alpträume füllten, gingen ihm nun durch den Kopf, als er neben Dr. Abraham und Ian Goodman in der verhaßten Prosektur vor einer der Leichenwannen stand, in der sich die sterblichen Überreste eines der erfrorenen Opfer befanden, die in den letzten Tagen gefunden worden waren. Insgesamt waren fünf Wannen durch sie belegt. Von dreien hatte der Pathologe die Leichentücher gezogen. Michael, dem unentwegt saure Luft aufstieß und der ernsthaft befürchtete, sich einmal mehr übergeben zu müssen, verzichtete gerne darauf, auch noch die letzten beiden zu betrachten.

„Bullshit", hauchte er und drehte sich von dem schrecklichen Anblick fort. Seine Hände zitterten wie damals, als er Timmy McAnderson einen Besuch abgestattet hatte. Dr. Abraham lächelte verhalten, wie ein Lehrer über ein Kind, das sich zwar mutig dazu bereit erklärt hatte, einer Froschobduktion beizuwohnen, dem es dann aber wider Erwarten doch schlecht wurde.

„Nicht schön, was?" meinte der Doktor und biß in ein großes Salami-Käse-Schinken-Paprika-Sandwich. Dabei fiel eine Salamischeibe hinunter und landete mit einem leisen Platschen auf dem sterilen Kachelboden. Dr. Abraham bückte sich, hob die Scheibe auf und steckte sie sich in den fettverschmierten Mund, in dem Halbzerkautes zu sehen war. Michael sah ihn mit großen Augen an.

„Ich glaub', ich muß kotzen", stieß er hervor. Die Säfte seines Magens glucksten und klacksten schwer ineinander. In seinen Eingeweiden brüllte es, Gase dehnten sich, zischten, pfiffen, säuselten, knallten, furzten.

Michael hätte es nie für möglich gehalten, aber es war schlimmer als der tote Timmy McAnderson mit seinen Schlittschuhen, schlimmer als die Kleine aus dem Backofen, schlimmer als der Bursche, der sich mit einem geschärften Löffel die gesamte Gesichtshaut vom Antlitz geschnitten hatte und daran verblutet war. Es war schlimmer als alles, was Michael Czapsky während seines ganzen Polizistendaseins bisher erlebt und gesehen hatte.

Ian trat neben ihn. Er sah blaß aus, und seine Augen hatten sich tief in die dunklen Höhlen zurückgezogen, als weigerten sie sich, den Anblick hinzunehmen. Ein dünner Schweißfilm stand auf seiner Stirn.

„Wie ... ist so etwas möglich?" fragte er atemlos.

Czapsky schüttelte den Kopf. „Ich hab' keine Ahung. Und im Augenblick ist es mir offen gestanden auch scheißegal. Ich glaub' ... ich muß brechen ..."

„Kotzen Sie mir bitte nicht auf den Boden", sagte Dr. Abraham in seiner mit gelben Flecken übersäten weißen Schürze. „Der ist frisch gebohnert und desinfiziert." Der Pathologe biß in sein saftiges Sandwich. Michael schwankte.

Die erste der drei aufgedeckten Leichen war eine Frau von etwa 30 Jahren, deren rote Haare sich wie ein Meer in wogenden Wellen über ihrem Kopf türmten. Die gesamte Gestalt war tiefblau angelaufen – nicht nur bläulich-violett und voller Leichenflecke, nein, sie war extrem dunkelblau, manche Stellen waren geradezu schwarz wie die Nacht. Ihre Augen starrten an die Decke, die Äpfel waren geplatzt, die Iris ausgelaufen und in den Kopf gesunken, wo sich die Reste der Regenbogenhaut so stark verdreht hatten, daß man nur noch das Weiße erkennen konnte. Ihr rechter Arm war abgerissen. Aus der Wundstelle ragte schwarz-violettes Fasergewebe. Der rechte Fuß und die Wade fehlten. Das blaue Bein endete etwas unterhalb des Knies. Auch hier hatte es den Anschein, als sei die Extremität wie der Flügel eines Brathühnchens herausgedreht worden. Michael vernahm ein leises Plätschern und erkannte, daß aufgetautes Wasser und Blut die Wanne durch einen Abfluß verließen, kleine blaue Gewebebröckchen mit sich führend.

„Mariah Hobbes, weibliche Weiße", erklärte Dr. Abraham, dessen dünne Finger in gepuderten Latex-Handschuhen steckten. Er hatte sich ein lächerliches Kunststoffhäubchen aufgesetzt, das seine weißen Haare zurückhielt, die normalerweise wirr fallend sein verbissenes, faltenreiches Gesicht umrahmten. Er hielt ein Skalpell in der Hand, wie ein Lehrer einen Zeigestock zu halten pflegt.

„Tja, was soll ich sagen", meinte der Pathologe. „Eure Leute haben sie ja schon untersucht. Sie ist tot." Er lachte über seinen nach Michaels Meinung beschissenen Scherz und biß in sein Sandwich. „Erfroren, eindeutig. Sie ist noch immer völlig unbeweglich."

„Könnte nicht die Leichenstarre eingetreten sein?" fragte Michael ein wenig verzweifelt. „So lange kann das doch nicht dauern, um ein ... Stück Fleisch ... aufzutauen!"

„Nun, Mr. Czapsky, wissen Sie, wir müssen hierbei sehr behutsam zu Werke gehen, denn eine zu rasche Auftauung durch unkontrollierte Wärmezufuhr könnte einen totalen Zerfall des durch die enorme Kältebelastung nunmehr äußerst instabilen Gewebes herbeiführen. Es bestünde die Gefahr, daß der Leichnam quasi in sich zerfiele. Und um ihre Frage zu beantworten: Eine Leichenstarre ist mit Sicherheit nicht eingetreten! Das Problem ist ... wie soll ich sagen ... die Körpertemperatur an sich! Sie beträgt nach wie vor Minus 179,89 Grad Celsius!"

Michael mußte plötzlich daran denken, daß ein Mensch ab einer Körpertemparatur von 25 Grad über Null bereits nicht mehr zu leben in der Lage ist. Er blickte auf das splittrige Fleisch in der Wanne, betrachtete die eingefallenen Augen, spürte ein Würgen in seiner Kehle und ein unangenehmes Schwindelgefühl im Kopf.

„Minus 179 Grad", flüsterte er. „Ich ... kann es nicht glauben."

„Komma acht-neun", sagte der Doktor.

„Aber wie ist das möglich, Dr. Abraham?" Ian trat einen Schritt nach vorne und nahm die Tote fasziniert in Augenschein.

„Nun, meine Herren – ich weiß es leider nicht. Im Prinzip ist es gar nicht möglich. Theoretisch natürlich schon, aber es bleibt völlig offen, wie es zu diesem ungeheuren Gefrierprozeß kommen konnte. Diese Frau starb am Strand von Gull Island, mittags um halb drei, bei einer Außentemparatur von 40 Grad im Schatten. Sie wissen sicherlich, daß die Opfer alle von innen heraus erfroren sind."

Michael nickte. Unverhofft erinnerte er sich an einen Bericht, den er vor etlichen Jahren im *National Enquirer* gelesen hatte. Ein Mann war mit seinem Sohn am Strand von Santa Barbara spazieren gewesen, als der Kleine plötzlich in fürchterlicher Todesangst zu schreien begonnen hatte. Sekunden später leckten Flammen unter seinem T-Shirt hervor und versengten ihm Kinn und Gesicht. Der Junge brannte lichterloh – seine Kleidung, seine Hände, seine Haare, sein Kopf! Der Vater hatte versucht, die Flammen im Meer zu löschen, doch sein Unterfangen blieb erfolglos. Der Junge verglühte in den tosenden Wellen, die seine Asche fortspülten.

„Ein Badegast, der die Frau kurz mit einer Fingerkuppe berührte, zog sich Erfrierungen vierten Grades zu", fuhr Dr. Abraham fort.

„Bullshit!" sagte Michael noch einmal, rülpste säuerlich und blickte in die zweite Leichenwanne, ohne es bewußt zu wollen. Die Reste des Jungen, der darin lag, konnte man nur noch als rohe Fetzen bezeichnen; sie ließen ihn an Hackfleisch aus der Gefriertruhe denken. Es sah aus, als hätte ein Irrer diesen ehemals menschlichen Körper so mit einer Axt traktiert, daß am Ende nurmehr dieser fürchterliche Brocken übriggeblieben war, in dem sich kaum noch erkenntlich das widerlich entstellte Antlitz eines Jungen verbarg. Man hätte den Berg zunächst ebenso gut für eine gewaltige Portion Gulasch halten können, doch beim zweiten Hinsehen mußte man zwangsläufig feststellen, daß es sich um Teile aus der menschlichen Anatomie handelte. Kein Stück befand sich in seinem Ursprungszustand oder an seinem Ursprungsort. Nichts ragte als Ganzes aus dem Haufen – hier erspähte man einen halben Finger, da ein Stückchen von der Stirn, dort möglicherweise einen Klumpen aus dem Fußrücken, daneben vielleicht einen Teil der Lippen, einen Brocken der Brust, einen Fetzen Hoden. Das Gewebe war größtenteils blau angelaufen. Michael mußte es nicht berühren, um sicher zu sein, daß alles steinhart gefroren war.

„Das war also ein siebzehnjähriger Junge", sagte Ian neben ihm emotionslos. Michael schluckte einen Schwall Magenluft herunter, der ihm in die Kehle gestiegen war. Erneut mußte er an seinen Sohn Patrick denken, mit all seinen Fehlern, seinen fiesen Gemeinheiten, seiner Aufsässigkeit, die Michael manchmal an den Rand der Verzweiflung brachten. Er stellte sich vor, wie er nach einem harten Arbeitstag nach Hause kam, wo ihn seine Frau mit geschwollenen, nassen Augen auf der Schwelle seines hübschen Hauses erwartete. In der Küche lief möglicherweise das Radio, und vielleicht waren auf der Straße Kinder mit Drachen unterwegs. Die Sonne schien, so daß Michael unter seinem schwarzen Jackett lediglich seine Dienstwaffe und ein T-Shirt trug, er freute sich auf ein erfrischendes Bad in dem angenehm kühlen Swimmingpool, und er wünschte sich, darin im Wasser schwebend mit Clarisse zu schlafen, seinen Samen in das Wasser zu schießen, sich der Wollust hinzugeben und auf dem Höhepunkt unterzutauchen, um mit den Lippen zwischen ihren Beinen ein wenig weiter zu forschen; doch bei seinem Eintreffen stand Clarisse nur da und weinte, er fragte *Liebling, was ist denn los*, sie antwortete *Michael, großer Gott, du glaubst es nicht, aber Patrick ist in der Küche auf dem Linoleumboden einfach in hunderttausend Scherben zersprungen!*

Michael wischte sich über das Gesicht und verdrängte die bestürzende Szenerie. Er fühlte sich unsagbar müde und alt.

„Wie ist das möglich?" wiederholte er leise, kopfschüttelnd. Abraham antwortete prompt, ohne den Mund leerzukauen, so daß mit Salamibröckchen versetzte Speicheltröpfchen durch die Luft stoben:

„Nun, Mr. Czapsky, es ist ganz leicht: Die betreffende Person, Harlan Muren, siebzehn Jahre alt, ist am Strand von Gull Island infolge der spontanen inneren Kälteeinwirkung zu Tode gekommen, wodurch das Gewebe so instabil und brüchig wurde, daß es wie feines Kristallglas auseinanderbrach, als er einer Erschütterung, erzeugt durch seinen Sturz zu Boden, ausgesetzt wurde. Haben Sie schon einmal erfrorene Fußzehen gesehen? Das Gewebe verfärbt sich blau und schwarz, wie wir es hier sehr schön und anschaulich erkennen können ..."

Er biß ein großes Stück aus seinem Sandwich, wodurch seine ohnehin leicht nuschelnde Aussprache noch undeutlicher wurde. „Und es ftirbt innahalb wenigr Ftundn ab, so daf ef bld Nekrosen bildet. Fie könn' diefen Fuffeh dann regelreft abbrefn, alf befdünde er auf Gipfsch."

„Ich bin heilfroh, daß die Jungs vom großen FBI diesen Scheißdreck hier übernehmen", sagte Michael, während er angeekelt die orale Tätigkeit des Arztes anstarrte. „Komm, Ian, wir haben unsere Pflicht erfüllt und die Neugierde befriedigt, mir reicht's jedenfalls! Und wenn wir später gefragt werden ‚Haben Sie sich die Leichen wenigstens einmal angesehen?', können wir jetzt mit einem selbstsicheren ‚Ja, Mann!' antworten. Laß uns von hier verschwinden!"

„Wenn Sie meine Meinung hören wollen, Mr. Czapsky ..." Dr. Abraham lehnte sich verschwörerisch nach vorne. „Meines Erachtens hat das irgendetwas mit den Arabern zu tun! Ich bin noch nicht ganz dahintergestiegen, wo da der Zusammenhang ist, aber ..." Michael betrachtete angewidert einen Fetzen roter Paprika, die Abraham aus dem Mundwinkel hing.

‚Vadder Abraham hat viele Kinder', dachte er auf einmal schwindelerfüllt. Aus dem Augenwinkel heraus erspähte er die Leichenteile in der Wanne aus Edelstahl.

„Ist irgendwas, Mr. Czapsky?" fragte Abraham. „Hab' ich vielleicht etwas im Gesicht oder so?" Er lächelte sehr scheußlich.

Michael riß sich von dem widerwärtigen Anblick der Paprika los. „Nein, nein", sagte er schnell und drehte sich zu Ian um. „Ich danke Ihnen für Ihre Auskünfte, Dr. Abraham", sagte er zu Ian, der ihn verwundert anblickte. „Sollte Ihnen noch etwas einfallen, dann geben Sie bitte im Präsidium Bescheid. Oder setzen Sie sich mit unserem Polizeimediziner Dr. Luellin oder dem FBI direkt in Verbindung. Einen schönen Tag, Dr. Abraham."

Du ekelerregendes Subjekt, fügte Czapsky im Geiste hinzu. *Ich hoffe, du wirst bald ein Ehrengast deines beschissenen Arbeitsplatzes!*

„Wollen Sie die anderen Leichen nicht sehen?" fragte Abraham fast enttäuscht und ließ seine Hand mit den Resten des Sandwichs kraftlos sinken, während sich die andere mit dem Skalpell bedrohlich in die Höhe hob. Michael rechnete fast damit, daß er noch ‚Sie sind bildhübsch, diese Leichen, die *müssen* Sie gesehen haben' hinzufügen würde.

Vadder Abraham hat viele Kinder ...

„Nicht nötig!" stieß Michael hervor und rülpste wild. Irgendwie schaffte er es, seinen Mageninhalt bei sich zu behalten. *Ich muß hier sofort raus!* dachte er hysterisch. *Ich muß raus, sonst passiert was!*

„Also, wollen Sie die Leichen nun sehen oder nicht?" fragte der Pathologe glücklich.

„Vergessen Sie's!" antwortete Ian für Michael. „Dieser Besuch diente ohnehin der Routine, damit wir den Fall zu den Akten legen können. Augenscheinlich handelt es sich hier um kein Gewaltverbrechen, sondern um ein seltsames physikalisches Phänomen.“ Er steckte sich ein Honigbonbon in den Mund.

„Wie dem auch sei“, krächzte Czapsky. „Der Fall wird zu den Akten gelegt. Bleiben Sie mit Dr. Luellin in Verbindung. Vielen Dank, Dr. Abraham. Auf Wiedersehen!“

„War mir ein Vergnügen! Ach, Mr. Czapsky, ich kann's mir nicht verkneifen, aber ... Sie sehen so hungrig aus! Möchten Sie vielleicht einen Happen von meinem Käse-Salami-Paprika-Sandwich haben? Es ist vorzüglich! Ich hab' noch eins hier ... uhpps, es ist in die Wanne gerutscht, hab's hier vorhin abgelegt, ist aber noch gut, ist ja in Butterbrotpapier eingewickelt! Möchten Sie?“

Nach welchem Gesetz verfährt die Gnade?

Michael schaffte es nicht mehr zur Toilette.

Michael Czapsky war weiß im Gesicht, aber es ging ihm besser, als er am Steuer von Ians Wagen saß und mit seinem Freund als Beifahrer über die kaum befahrene Interstate 97 Richtung Heimat rauschte, fort von Dr. Abraham und seinen Kindern. Aufgrund seines ohnehin schon überlasteten Magens verzichtete er geflissentlich auf Ians Fahrkünste.

„Der Auftritt vorhin war wirklich nicht das Wahre“, meinte sein Freund, der sich gerade einen BigMac einverleibte. „Will sagen, nicht das Gelbe vom Ei, um Eindruck zu schinden; um zu zeigen, daß wir ernstzunehmende Bullen sind, keine Vorstadt-Polypen. Dein Auftritt hat's vermasselt. Wie soll ich sagen ... er war nicht perfekt! Er traf mich nicht ins Mark, und Doc Abraham auch nicht.“

„Ich würde dich auch mal gerne ins Mark treffen!“ rief Czapsky verzweifelt. „Was hätte ich denn tun sollen?“ Er hatte sich ein frisches, weißes T-Shirt von Ian geliehen und übergezogen. Es war zwei Nummern zu klein und schmiegte sich eng an seinen prallen Busen, so daß der fröhlich-bunte Aufdruck ‚ICH BIN SCHEISSE‘ besonders gut zur Geltung kam.

„Weißt du, Michael, weniger schlimm ist die Tatsache, daß du auf den Boden, will sagen, den Rand der Badewanne ...“

„Leichenwanne!“

„... der Leichenwanne gekotzt hast, will sagen, daß es überhaupt aus dir hervorbrach, als viel mehr die Tatsache, daß es schon wieder vor Abrahams Augen geschehen mußte!“ Ian lachte Michael von der Seite her an und klopfte ihm auf die Schulter. Herzhaft biß er in seinen Burger, so daß die dicke, mit Frikadellensaft versetzte Mayonese über den Rand des lappigen Brötchens quoll und zu Boden tropfte. Michael fand, daß das Zeug wie Sperma aussah. Er rülpste unmenschlich.

„Oh, Ian, du Hyäne, du widerst mich an!"

„Vestehe! Also, vergessen wir den Schlamassel, den du zurückgelassen hast, einverstanden? Wie heißt es doch so schön in dem alten Bilderwitz? – ‚Ich sage, es ist Spinat, und ich sage, zum Teufel damit!'"

„Der Zusammenhang erschließt sich mir jetzt nicht so ganz."

„Es geht um dein Halbverdautes!"

„Ach so!"

„Warum mußtest du kotzen?"

„Ich weiß nicht!"

„Findest du nicht, du hast überreagiert?"

„Soll das ein Vorwurf sein?"

„Möglich!"

„Dann rede mit meinem Magen weiter, der ist für das Desaster verantwortlich. Ich werd' gleich sauer, Mann!" Wieder rülpste Michael, doch diesmal klang es befreiend, verdauend. „Es riecht nach Gedärm", sagte Ian und fuchtelte in der Luft herum, um den Rülpser wegzuwischen. „Das ist scheußlich!"

„Da, wo der herkommt, gibt's noch mehr davon!"

„Michael, weißt du, woran du scheiterst? Du bist einfach kein cooler Bulle, so wie ich – intelligent, überblickend, berechnend, auf die Frauen wirkend! Du bist der Typ Mensch, der abends mit seiner Familie beim Essen sitzt und plötzlich brüllt: ‚Mal sehen, wer am schnellsten seine Kartoffeln zu Brei zerquetschen kann!' Stimmt doch, oder?"

„Elementar!"

Sie lachten gemeinsam und fuhren die Landstraße entlang, die von Ulmen am Straßenrand geziert wurde, bis Michael plötzlich so heftig auf die Bremse stieg, daß Ian in seinem Gurt nach vorne gerissen wurde und sein BigMac auf seiner makellosen schwarzen Stoffhose landete, wo er auseinanderklappte und sich zu dem Haufen leerer CocaColaLight-Dosen gesellte, die unter dem Amaturenbrett vor sich hinklapperten.

„Du Arsch!" rief er und zupfte penibel die Zwiebelstückchen und Gurkenscheiben von seinen Beinen. „Was ist los, ist dir etwa schon wieder schlecht oder bist du neuerdings Mitglied der linksradikalen Öko-Fraktion ‚Ich bremse auch für Amöben'? Lief eine Nacktschnecke über die Straße? Haben wir ein Pantoffeltierchen überfahren? Scheiße! Verdammt, Mr. Czapsky, lebt sie noch, soll ich aussteigen und die Reanimation einleiten? Gab es Jung-Amöben ...?"

„Ian," meinte Michael sehr ruhig, „halt die Klappe!" Ian verstummte augenblicklich.

„Der See", sagte Michael leise und fuhr das Auto langsam an den Straßenrand. Er hielt an und blickte zu dem Feldweg, der von der Bundesstraße abzweigte. „Der See", wiederholte er noch leiser, in Gedanken versunken.

Ian stöhnte genervt auf. „Also wirklich, Mike, du bist mir heute zu melodramatisch! Herrgott, schau mich jetzt nicht so kuhmäßig an, ich hasse dich, wenn du das machst! Spaß beiseite, okay? Ich verstehe ja, daß dich die Sache im Leichenhaus mitgenommen hat, mich hat sie auch mitgenommen, das kannst du mir glauben! Aber würdest du mir jetzt bitte ganz sachlich und in allem Ernst erklären, was ..."

„Der See, Ian!" Michael deutete zu dem Feldweg. „Der Wiscounty-See! Dort sind fünf der sonderbaren Leichen gefunden worden! Er ist keine halbe Meile von hier entfernt! Ich dachte nur ..."

„*Was* dachtest du nur?"

Czapsky ließ den Motor absterben. Er schnallte sich los und drehte sich zu Ian hin. „Mir ist was eingefallen, Junge! Könnte sein, das es völlig bedeutungslos ist, schließlich bin ich kein Physiker wie du – wahrscheinlich ist es bedeutungslos, Ian, wahrscheinlich ist es so. Aber die Frage lautet nach wie vor ..." Er lehnte sich nach vorne und schob sein Gesicht vor das seines Freundes. „Die Frage lautet: Was haben diese merkwürdigen Todesfälle miteinander gemeinsam?"

„Die betreffenden Personen sind allesamt ohne jegliche Erklärung oder sichtbare äußere Einwirkung von innen heraus erfroren", antwortete Ian prompt. „Aber was tut das jetzt zur Sache? Laß uns zusehen, daß wir nach Hause kommen! Es ist heiß, ich möchte gerne ein paar Runden in deinem Swimmingpool ziehen!"

„Genau das ist die Antwort, Ian! Sommer – Swimmingpool – Baden – *Wasser* ..."

„..."

„Verstehst mich mal wieder nicht, was?"

„Drück' dich klarer aus!"

Michael grinste. „Alle Toten wurden an einem Gewässer gefunden, zumindest in der unmittelbaren Nähe von einem – am Meeresstrand, am Wiscounty-See, am Moskatovic."

Ian sah ihn einen Moment lang nachdenklich an. „Und selbst, wenn da irgendein irrwitziger Zusammenhang bestünde, was ..."

„Laß uns zum See fahren! Hast du nicht selbst gesagt, wir sollten uns der Neugierde hingeben? Komm schon! Wahrscheinlich ist es vollkommen unergiebig, aber ... Mann, Ian, einfach so! Dein Bad kannst du auch dort nehmen!"

„*Ich* hab' nicht in Dr. Abrahams Arbeitswelt gekotzt, das bist du gewesen! *Du* wolltest so schnell wie möglich nach Hause! Was soll dieser Stimmungswandel?"

„Ich bin nur neugierig. Also: Ja oder Ja, Ian?“

Einen Moment lang zögerte Ian noch, dann hob er wie zur Entschuldigung die Hände in die Höhe. „Gut, du bist hier der Boß“, sagte er ergeben. „Mach’ was du willst!“

Zufrieden drehte Michael den Zündschlüssel um. Eine Sekunde später bogen sie in den staubigen Feldweg ein und rasten über den Schotter davon.

Seichte Wellen spiegelten sich auf dem friedlich daliegenden Wiscounty-See, auf dem schnatternde Enten dümpelten. Eine Milliarde Vögel zwitscherte in den Bäumen der kleinen Inselchen in der Mitte des Gewässers. Um den See ragten große Weiden in den strahlend blauen Himmel. Schwere Raben hockten auf Ästen, und Michael fragte sich, was die Biester an solch einem schönen Tag in der perfekten Idylle verloren hatten. Perfekt – das war der richtige Ausdruck! Kein nackter Menschenleib lag wie verlorengegangener Müll am Strand, keine roten CocaCola-Dosen oder schwitzig glänzenden Chipstüten verunzierten den feinen, weißen Sand. Nicht einmal brüllende Kinder oder heimlich hinter den Büschen masturbierende Halbwüchsige lungerten unter den frischen grünen Äste der Bäume herum.

Und hier ist vor ein paar Tagen jemand erfroren! dachte Michael und blickte auf seine Uhr, in die ein digitales Thermometer integriert war. *Mit dem kleinen Unterschied, daß es an jenem Tag noch fünf Grad heißer gewesen ist!* Er wischte sich den Schweiß von der Stirn.

„Laß uns zum Strand runtergehen“, sagte er. „Ich will mir das mal ansehen.“

„Willst du etwa schwimmen?“ Ian, der neben ihm stand, hatte sich sein T-Shirt ausgezogen. Ein dichter, schwarzer Pelz, der selbst Sean Connery zu seinen besten James Bond-Zeiten Konkurrenz gemacht hätte, bedeckte seine Brust. Auch Ian transpirierte stark.

„Ich will mir nur mal die Stelle ansehen, an der man die Erfrorenen gefunden hat.“ Und sie marschierten los.

„Ich frage mich ernsthaft, warum der Fall nicht schon viel früher *top secret* behandelt wurde“, sagte Michael, als sie einen kleinen Abhang hinunterstolperten. „Warum interveniert das große FBI erst jetzt, hm? Warum überläßt man solche unheimlichen Kuriositäten uns Vorstadtbullen?“

„Sehr wahrscheinlich haben die das zu spät geschnallt“, antwortete Ian strauchelnd. „Ich wette übrigens mit dir, daß das gigantische FBI in spätestens zwei Wochen mit einer alles erklärenden Lösung des Phänomens daherkommt. Damit wäre der Fall erledigt, und niemand muß sich Sorgen machen.“

In diesem Augenblick trat Czapsky in einen Haufen glitzernder Scherben, den er nicht gesehen hatte. Er stolperte, konnte sich aber im letzten Moment an Ians nackter, schweißnaß-schmieriger Schulter festhalten.

„Oh verdammt", fluchte er. „Ist wohl doch nicht so sauber und fernab menschlichen Unrats, wie es auf den ersten Blick aussieht, was? Ich bin eben in die Reste einer Cola-Flasche gelatscht! Stell' dir mal vor, ich wäre jetzt barfuß und ..."

Im Wasser platschte etwas. Ein Fisch, möglicherweise ein großer Karpfen, sprang kurz an die Oberfläche, schnappte eine große, leuchtend blaue Libelle und verschwand wieder.

Czapsky trat wütend in den Sand. „Daß diese blöden Kids nie ihren Dreck wegräumen können! Mach' ich doch auch! Macht sogar Patrick, und das will was heißen! Also wirklich, das ist doch ..."

„Michael!" Ian lehnte sich nach vorne.

„Was ist denn los, Ian, was ..." Die letzten Worte blieben ihm im Hals stecken.

„Oh, Scheiße, Ian! Was ist das denn?" Michael trat einen Schritt durch die Scherben zurück, so daß es unter den Sohlen seiner luftigen Turnschuhe knirschte. Er beugte sich hinab, nahm die Sonnenbrille von der Nase und wischte sie abwesend an dem ‚Ich-bin-Scheiße'-T-Shirt sauber.

„Michael, es ist schon wieder passiert", hauchte Ian atemlos.

Die Polizisten knieten vor den kaltgefrorenen Resten eines in dutzende Teile zersprungenen Raben! Von dem Tier war nicht mehr viel zu erkennen. Auf den ersten Blick hin sah das ganze wie ein unförmiger, verbrannter Haufen Holzkohle aus. Bei näherer Betrachtung konnte man jedoch eindeutig einen Kopf erkennen, in dem zwei kleine Knopfaugen saßen, die mit einer dünnen, zuckerartigen Schicht überzogen schienen. Die knirschenden Scherben unter Michaels Turnschuhen dampften ein wenig.

Es ist schon wieder passiert, hallten Ians heisere Worte in Michaels Kopf nach. *Wieder passiert wieder passiert wieder passiert* ... Und dazu gesellte sich auf einmal ein merkwürdiger Vers, an den er seit seiner Kindheit nicht mehr gedacht hatte, der ihm seinerzeit jedoch aufgrund seines grotesken Inhaltes stets eine Gänsehaut über den Rücken gejagt hatte: *Der schaurig schmelzende Schneemann schreitet schnell über das Land einher, er ... er ...* Michael, der auch jetzt eine Gänsehaut bekam, wußte nicht mehr, wie der Vers weiterging.

„Spürst du das auch?" fragte Ian plötzlich.

„Ja! Es ist kalt!" Michael glaubte zuerst, eine Wolke hätte sich vor die mörderisch brennende Sonne geschoben, doch diese glühte nach wie vor wie eine makellose weiße Perle am blauen Himmel, den schnatternde Enten durchkreuzten.

„Weißt du, was hier passiert?“ flüsterte Czapsky. Ian schüttelte zur Antwort langsam den Kopf, streckte seine linke Hand aus, um die steifgefrorenen Reste des dampfenden Raben zu berühren, als im See erneut etwas platschte. Die beiden Polizisten schraken zusammen und blickten dorthin, wo sie den aus dem Wasser springenden, libellenfressenden Karpfen vermuteten. Ians Mund öffnete sich, und ein armseliger Fiepelaut kam daraus hervorgekrochen!

Er deutete zum stillen, klaren Wasser, aus dem etwas zu ihnen herauskam!

Michael dachte plötzlich an die Zeit, da er zehn Jahre alt gewesen war und versucht hatte, flache Steine über die Wasseroberfläche eines Flußes springen zu lassen, was ihm so gut wie nie gelungen war. Diesem Bild folgte eine Art Lichtblitz, der in seinen Schläfen schmerzte, so daß er einen rückwärtigen Stolperschritt machte. Ein unangenehmes, schweres Schwindelgefühl erfüllte seinen Kopf,

(*... der schaurig schmelzende Schneemann schreitet mit schnellen Schritten über das Land einher ...*)

und ein zweites Bild schloß sich dem ersten an – er dachte an eine Filmszene, in der eine schwarzgekleidete Gestalt mit einem raschen Sprung aus dem Wasser ans Land geschossen kam.

Dann fing Ian an zu kreischen.

Michael sah, wie die ruhige glitzernde Oberfläche des Sees in Unordnung geriet, sah, daß diamantene Wassertropfen in die Höhe spritzten und die Sonnenstrahlen reflektierten. Etwas mußte aus den klaren Tiefen an die Oberfläche gekommen sein, vielleicht ein Karpfen ... aber da war nichts!

Michael verlor das Gleichgewicht. In seinem Kopf herrschte ein irrsinniger Schreck.

„KAAAALT!“ brüllte Ian, der ein paar Meter neben ihm niederstürzte. Michael sah ihn nur aus dem Augenwinkel. Wie hypnotisiert hielt er seinen Blick gebannt auf den See gerichtet, hörte das Platschen, als klatsche jemand unmittelbar oberhalb der Wasseroberfläche in die Hände. Er suchte nach dem Karpfen, betrachtete eine schwarze Ente, die plötzlich laut quiekte und wie ein schwerer Stein einfach unterging, ohne wieder aufzutauchen, so als hätte sie etwas von unten gepackt und in die Tiefe gerissen.

„MIIIIICHAEL! ICH BIN TAUB!“

Michael konnte sich noch immer nicht rühren.

Der schaurig schmelzende Schneemann ...

Erneut schlug das Wasser zusammen.

Michaels Magen verkrampfte sich schmerzhaft, als hätte man ein Messer in seine Fettpolster geschoben.

„ICH BIN TAAAAUUB!“

... er eilt mit schaurig schnellen Schritten über das Land einher, er sucht dich, er beeilt sich sehr ...

Rechts neben Michael knirschte etwas, als liefe dort jemand mit schweren Stiefeln über Glasscherben oder gieße Milch über einen Teller mit Cornflakes. Ein Kältestoß, der ihm das Atmen schwer machte, fuhr ihm ins Gesicht. Es war, als hätte er eine Gefriertruhe geöffnet und seinen heißen Kopf tief in sie hineingesteckt. Es platschte. Es knirschte. Michael blickte zu seinem von Panik erfüllten, brüllenden Freund.

„TAAAAAAUUUUUB!“

Michael fragte sich verwirrt, warum Ian glaubte, nichts mehr hören zu können. Er betrachtete dessen Ohren, die links und rechts von seinem zuckenden Kopf abstanden und erwartete fast, darin Stacheln vorzufinden.

Hinter seinem Rücken sprang etwas aus dem Wasser.

Der schaurig schmelzende Schneemann ...

Vergessen waren all die Stunden seiner weit zurückliegenden Ausbildung, die ihm ein koordiniertes Verhalten in Extremsituationen hätte ermöglichen sollen, vergessen war die Vernunft, vergessen die Rationalität, vergessen jedes wohlbedachte Handeln.

„MICHAEL! OH MEIN GOTT, HILF MIIIIIIIEEEEEEÄÄÄÄÄÄÄÄRRRR!“

Ein Kälteschauer nistete sich in jeder von Michael Czapskys Körperzellen ein. *Die Eisigkeit kommt aus den tiefen, blauen, kristallklaren Tiefen des Wassers ...*, dachte er sinnlos. *Sie kommt aus dem Wasser, dem Wasser, dem Wasser ...*

Das Knirschen wurde lauter. Michael starrte zu Ians Beinen, die am Boden festklebten. Die allgemeine Geräuschkulisse, die sich aus dem Platschen des Wassers, dem Schnattern aufgeregter Enten und dem merkwürdigen Knirschen zusammensetzte, strömte kaskadengleich auf seine sich überschlagenden Gedanken ein, die jemand mit einem Küchenquirl durchmixte.

Der schaurig schmelzende Schneemann ... Dr. Abraham hat viele Kinder ... schreitet schaurig schnell ... aus den tiefen, blauen, kristallklaren Tiefen des Wassers ...

Ein unbeschreiblicher Kälteschauer, der die Übelkeit in seinem Magen vertiefte, durchschoß ihn für Sekunden.

Und Michael *verstand* – oh ja, er verstand!

Sein Freund, der wie eine Mücke am Fliegenfänger am Boden klebte, konnte noch sehr gut hören, auch wenn er verbal das Gegenteil behauptete. Seine Trommelfelle waren keineswegs zerfetzt ... nein, taub waren vielmehr seine mit einer dünnen, milchig-weißen Eisschicht überzogenen Beine!

Wie in Trance stolperte Michael zwei Schritte zurück. Seine Speiseröhre wurde von einem heiß-sauren Geysir aus Halbverdautem geflutet, der annähernd bis zum Stalaktit seines Gaumens vordrang.

„MIIIIIIICHAAAAAAEEEL! HIIIIIIIIILF..."

Ians Stimme erstarb, als hätte man den Stecker eines Kassettenrekorders aus der Dose gezogen. Die sich rasch ausbreitende Eisschicht auf seinem Körper, die wie eine dünne, fließende Zuckerglasur aussah, erreichte seinen nackten, behaarten Bauch. Seine Arme schossen in die Höhe, als wollten sie die Stufe einer unsichtbaren Leiter packen, um sich aus dem lebendigen Nebel zu hieven. Seine Hände zitterten. Wie aufgeschreckte Vögel zappelten sie in der Luft herum. Ians Augen quollen aus ihren Höhlen, sein Mund öffnete sich schnappend.

Er warf den Kopf hin und her und spuckte in Todesangst Erbrochenes aus, das augenblicklich seinen Aggregatzustand wechselte und in Form Dutzender brauner Hagelkörner zurück in sein Gesicht prasselte und ihm die Augenlider verklebte.

Das merkwürdige Knirschen wurde lauter – und noch während sich die Kälte (*... der schaurig schmelzende Schneemann ...*) über Ian hermachte, zersprangen dessen Beine wie feines Kristallglas unter enormem Druck in einen umherspritzenden Haufen kleiner, blauer Bröckchen und Scherben, in denen die warmen Sonnenstrahlen reflektierten.

„Einen ... Moment ...", hauchte Ian mit Tränen auf der Wange im letzten Augenblick seines Lebens und erfror. Sein Oberkörper lief dunkelblau an, der Kopf bekam Risse und sah einen Moment lang wie aus Marmor gemeißelt aus. Dann explodierte er in einem Bombenhagel glitzernder Klumpen und Splitter, die sich in einem Umkreis von mehr als fünf Metern verteilten. Einer der Brocken traf Michaels rechte Hand. Die Stelle, an der ihn das Fragment berührte, verfärbte sich sofort schwarz.

„IAN!" Michael blickte zu dem erfrorenem Diamantenhaufen, der eben noch ein in Kleider gepackter, menschlicher Körper gewesen war. Hier erkannte er ein Stückchen Schulter, dort das Segment eines Fingers. Das Knirschen erklang mittlerweile laut krachend, als zerbeiße jemand ...

... als zerbeiße jemand Eis! schoß es Michael durch den Kopf. Ein weiterer heißer Geysir schoß in seine Kehle. Im Seewasser platschte es. Und Michael drehte sich um, und seine Speiseröhre wurde mit sagenhaften Zwischenprodukten seiner gestörten Verdauungstätigkeit erfüllt, er lauschte den singenden Worten in sei-

nem Inneren, und als sie ihn aufforderten, einfach loszurennen, gehorchte er instinktiv.

Er rutschte auf dem Sand aus und kraxelte auf allen Vieren die sandige Anhöhe hinauf, die zum Feldweg führte, als er zu seiner Linken plötzlich einen lauten Schlag vernahm. Dann landete etwas schmerzhaft auf seinem Rücken. Etwas zischte, etwas rollte sein krummes Rückgrat entlang. Ein höllischer Schmerz entflammte oberhalb seines Steißbeins, als hätte ihn dort jemand mit einem glühenden Eisen gebrandmarkt. Er begann zu schreien, als ein weiteres Objekt auf seinen Kopf knallte und zersplitterte. Eine irrwitzige Sekunde lang dachte er, sein Schädel wäre explodiert.

Es waren die Raben und Enten, die sich in die Lüfte erhoben hatten, und die jetzt, zu unförmigen, schweren Klumpen gefroren, wie Fallobst zu Boden stürzten, auf seinen Schultern brannten und sich in ihrer unvorstellbaren Eisigkeit in sein Fleisch fraßen!

„Ian!“ stieß er mit fiepsender Stimme hervor. „Hilf, Ian, hab’ dich gerne, Ian, mag dich, aber jetzt hilf ... hi... hi... hi...“

Er rollte auf die Seite und starrte direkt in das Gesicht einer rothaarigen Frau, die ihn mit geplatzten, an den Wangen festgefrorenen Augäpfeln anglotzte. Sie trug einen orangefarbenen Bikini. Ihr sprödes, blaues Marmorfleisch war voller Risse, und ihre linke Hälfte fehlte von der Hüfte an aufwärts!

„Ian ... hi... hi...!“

Michael lag inmitten eines Leichenhaufens! Er glitt über vereiste, zum Teil schon wieder halb aufgetaute, mit einer zuckerartigen Schicht überzogene Körperteile, die in Badehosen und -anzügen steckten!

OH GOTT! brüllte es in ihm. *OH GOTT, SIE ... HAHA ... SIE HABEN SICH EIN VORRATSLAGER ANGELEGT, SIE ...*

Sein Gesicht schlug direkt auf die nach außen geborstene Brust eines blonden Jungen von schätzungsweise dreizehn Jahren. Seine Hände krallten sich in das poröse, zerbrechende Anlitz eines alten Mannes, er rollte über den Leichenhaufen aus blau marmorierten Kadavern, die zum Großteil bis zur Unkenntlichkeit entstellt und verstümmelt waren – hier lagen die nur zu erahnenden Reste eines pickligen Teenagers, dort der Torso einer nackten Frau mit runden, violetten Brüsten, daneben der kompakte Klumpen eines Babys, gebettet auf einem dichten Fleisch-Splitter-Teppich. Und die gefrorenen Vögel regneten vom Himmel und explodierten krachend auf den Leibern, als werfe jemand aus dem zehnten Stock eines Hochhauses mit Blumentöpfen. Eine Leiche blickte Michael teilnahmslos entgegen, und einem Kind von vielleicht sieben Jahren mit roter Badehose stand noch ein fröhliches, unbeschwertes Lächeln auf den versteinerten Zügen. In der blauen Hand, an der einige Finger fehlten, steckte eine gelbe Plastikschaufel.

Futter, dachte Michael Czapsky. *Du bist direkt in ihren Scheiß-Futterhort gestolpert! Natürlich ... an so einem schönen Tag gehen die Leute baden, was hast du denn erwartet? Deswegen war der Scheiß-Strand wie leergefegt! Weil sie hier alle versammelt sind! Holst dir den Gefrierbrand, mein Freund, dann verlierst du den Rest deines Scheißverstandes, dann kommen die schaurig schmelzenden Schneemänner, und dann, Michael, dann stirbst du! Nicht wahr, Ian, auch du bist Futter, sie haben dich ...*

Etwas berührte seine Hand und umschloß sie. Eine Sekunde später konnte er seinen rechten Daumen nicht mehr spüren.

Das Lächeln des kleinen Jungen mit der roten Badehose und der gelben Schaufel zog sich plötzlich grotesk nach unten, als spiele jemand an den Fäden seiner Muskelfasern. Dann stürzte es splitternd, knirschend in sich zusammen, als sauge etwas von innen an seiner äußeren Hülle. Gleichzeitig mußte Michael mit ansehen, wie sein eigener blauer Daumen einfach zerbröckelte, als bestünde er aus gepreßtem Staub. Er rieselte in einem gleißenden Funkenregen zu Boden.

Einen Moment lang stand er wankend da, machte einen unsicheren Schritt vorwärts und trat auf ein blaues Gesicht. Es zerbrach unter seinen Füßen, als bestünde es aus Zucker.

Bebend robbte er den sandigen Abhang hinauf. Der Hagelschauer aus toten Enten und Raben hatte zwar mittlerweile aufgehört, doch allgegenwärtig blieb das knirschende Geräusch. Das Glasscherbengeräusch! In Michael blitzte auf einmal das Bild einer unendlichen arktischen Schneelandschaft auf, in der sich gewaltige Eisberge undeutlich vor dem leeren Himmel abzeichneten.

Er fragte sich, ob sich die Eisigkeit von Eisbären und Walfischen ernährte.

Er erreichte den Feldweg. In seinen Ohren pochte sein rasender Puls, sein Magen schien aus einem großen, mit dünner Scheiße angefüllten Ballon zu bestehen, und in seiner verstümmelten Hand kribbelte es.

Michael erreichte den Pontiac, vergaß abzubremsen und krachte mit seinem gesamten Übergewicht auf die Motorhaube. Er rollte über sie, fiel auf den staubigen Boden und krabbelte von dort aus auf allen Vieren zur Fahrertür. Er rüttelte an ihrem Griff, doch sie ließ sich nicht öffnen. Er langte in seine Tasche, um den Schlüssel hervorzukramen.

Seine Tasche war leer!

Michaels Magen machte einen bedrohlichen Satz. Galle strömte in seinen Mund.

Ian hatte die Autoschlüssel! Er selbst hatte sie ihm vorhin gedankenverloren über das Dach hinweg zugeworfen, damit Ian die Beifahrertür nochmal aufschließen konnte, um seinen schwarzen Pullover auf den Sitz zu legen.

Michael stieß vor Schreck mit dem Kopf gegen die Tür. Das Glasscherbengeräusch ertönte plötzlich unmittelbar hinter seinem Rücken!

Er zerrte am Türgriff, rutschte mit seiner verstümmelten Hand ab und kratzte mit seinen ungeschnittenen Fingernägeln und der blaugefrorenen Wunde über den Lack. Er ließ sich fallen, robbte über den steinigen Feldweg zum Kofferraum des Wagens und versuchte vergeblich, ihn zu öffnen. Als er zur Beifahrertür kroch, schabte er sich die Knie blutig.

Ian hatte die Autoschlüssel genommen, um seine Tür aufzuschließen und seinen Pullover auf den Rücksitz zu werfen. Aber hatte er die Tür anschließend auch wieder abgeschlossen?

Michael verspürte einen eisigen Wind in sein Gesicht wehen. Instinktiv griff er nach oben und berührte den Türgriff. Er packte das Metall, umkrampfte es und rüttelte daran. Mit einem Knacken sprang die Tür auf!

Verwundert hob Michael seinen roten Kopf. Wertvolle Sekunden zerflossen, da die gebeutelten Synapsen seines längst an der Grenze der Belastbarkeit angelangten Gehirns nicht mehr flink genug zu schalten in der Lage waren.

Der kalte Wind wurde intensiver.

Michael glotzte in das heiße Wageninnere, und er befürchtete, den Rest seines Verstandes zu verlieren, so sehr überschwemmte ihn mit einem Mal das verlorengegangene Gefühl der Hoffnung. Auf der Beifahrerseite lag der zusammengeknüllte Pullover Ians, achtlos obendrauf gelegt die leere BigMac-Packung und ... die Autoschlüssel! Ian hatte sie im Wagen gelassen!

„Danke, Ian", flüsterte Michael, während Tränen über seine Wangen rannen. Mit einem Statz sprang er ins Innere des Pontiac, landete auf beiden Vordersitzen zugleich und stieß sich seine zerschrammten Knie an. Der Knüppel der Automaticschaltung bohrte sich schmerzhaft in sein Gesäß.

Die Autotür fiel selbständig ins Schloß. Michael ergriff die Schlüssel und wuchtete sich auf den Fahrersitz. Er versuchte, den Zündschlüssel ins Schloß zu stecken, was ihm aufgrund seines heftigen Zitterns und des fehlenden Daumens erst beim dritten Versuch gelang. Der Motor heulte auf. Hastig trat er aufs Gaspedal.

Der Pontiac setzte sich in Bewegung, nachdem die Reifenprofile in den Kies gegriffen hatten, und raste geradewegs über den holprigen Feldweg, wobei trockene Staubwolken aufwirbelten.

Als Michael die Interstate erreichte, begann er zu schreien.

Daheim angekommen ließ Michael den Pontiac mit laufendem Motor mitten auf der Straße stehen. Er sprang hinaus und rannte in den Garten seines still daliegenden Hauses. Er konnte die Kleinen nirgends entdecken. Kein Geräusch schwängerte die schwüle Nachmittagsstille.

„Clarisse?" Michaels Stimme klang so hoch wie die eines Kastratensängers. Die Ruhe des Anwesens verschluckte den Laut. Niemand antwortete ihm.

Er lief die breite Einfahrt hinauf, vorbei an der Garage, auf die Terasse, wo er an diesem Morgen noch in der Sonne gesessen, Ginger Ale getrunken und das Dossier gelesen hatte. Er stolperte, fiel beinahe in den Swimmingpool und starrte zur Verandatür.

„Clarisse?"

Der scheußlich schmelzende Schneemann schreitet schaurig schnell ...

Michael schloß die Augen. „Dreh' jetzt nicht durch, Kumpel", flüsterte er. Sein Magen rumpelte. „Verlier' jetzt nicht die Kontrolle, hast bisher alles gut geregelt ..."

„Clarisse!" Das Nichts echote. „Danny? Denise? Patrick? Wo seid ihr?"

Sie sind nicht da ... sie sind Baden gegangen, und dann hat der Schneemann sie geholt ...

Er lief durch das Wohnzimmer, in dem Mrs. Gruber an diesem Vormittag gearbeitet hatte, als Ian Goodman noch am Leben gewesen war. Michaels taube, daumenlose Hand juckte.

Egal, was es ist, dachte er, *es ist unirdisch! Und weiß man nicht seit jeher, daß die Unirdischen ganz einfach zu dir ins Haus gelangen können – daß die Kälte durch die Ritzen der Fensterverkleidung dringt und dich liebkost, dich erdrückt?*

„CLAAAAARISSE!" Verzweiflung erfüllte jeden Muskel seines Körpers. Er wollte nur noch zu seiner Familie, sie in die Arme schließen und wärmen ...

Er bog in den Flur ein und blickte an die Decke zu den weißen Halogenlampen, die ein klares Licht verstrahlten, obgleich draußen die warme Sonne vom Himmel auf ganz Greenville herniederbrannte.

„Clari..."

Der Name seiner Frau blieb ihm im Hals stecken.

Hier im Korridor hinter der Kurve, die zu Patricks Zimmer führte, stand sie zwischen den Birkenfeigen.

Hier standen sie alle!

Die Erleichterung, die sich bereits über sämtliche seiner angespannten Muskeln ergießen wollte, verdampfte. Seine Hände griffen in einem sinnlosen Reflex nach vorne, er versuchte, einen Schritt auf sie zuzumachen, doch seine in Beton gegossenen Beine ließen sich keinen Millimeter bewegen, als der schaurig schmelzende Anblick in seinen Verstand katapultiert wurde!

Im Swimmingpool platschte es, obwohl es draußen völlig windstill war. Es klang so, als hätte jemand einen flachen Stein ins Wasser fallen gelassen.

Clarisse, Danny und Denise standen im Türrahmen zu Patricks Zimmer und starrten ihn mit wild aufgerissenen Augen an. Clarissens Gesicht war tiefblau angelaufen, die der Zwillinge schimmerten einheitlich violett, was einen deutlichen Kontrast zu ihren blonden Haarschöpfen abgab. Dannys linker Arm fehlte völlig. Ein kleiner Haufen Diamantsplitter lag zu seinen Füßen. Michael konnte darin einen einzelnen Finger erkennen. Patricks vereiste Reste lagen verstreut auf dem Teppichboden herum. Michael erkannte einen Unterkiefer und eine erfrorene, geplatzte Stirn mit Haaransatz, an der die eisigen Bälle zweier Augen klebten und sonderbar starr ins Nichts glotzten.

Plötzlich schien seine gefrorene Ehefrau, jene Frau, mit der er nächtelange Gespräche geführt, über die verwegensten Witze gelacht und die verborgensten Geheimnisse geteilt hatte, einen Schritt nach vorne machen zu wollen, sie wankte, dann kippte jener begehrenswerter Körper, dessen Oberfläche er Zentimeter für Zentimeter kannte, dessen Vertiefungen und warme Spalten er wohl tausendmal mit seinen Fingern erforscht hatte, wie eine steife Marmorstatue einfach um und zerschellte, einer alten Porzellanvase gleich, mit einem ekelhaften, knöchernen Geräusch auf dem Boden in eine Million Scherben und Splitter. Kalte Fetzen regneten wie in Zeitlupe gleißend im Licht umher. Das Licht selbst wurde in Prismen zerteilt und ergoß sich in einem unglaublich grellen Funkeln in den gesamten Flur. Michael konnte nicht aufhoren zu kreischen.

Natürlich war es schlimmer als der tote Timmy McAnderson, der mit seinen Schlittschuhen im See verfault war, schlimmer als der Bursche, der sich mit einem geschärften Löffel die gesamte Gesichtshaut vom Antlitz geschnitten hatte und daran verblutet war, schlimmer sogar als die Schreie Ian Goodmans ...

Michael hielt sich an einem in der Ecke stehenden Kleiderständer fest, um nicht das Gleichgewicht zu verlieren und ebenfalls auf dem Boden zu zerbrechen. Die fast grinsend dastehenden Leichen seiner Kinder bekamen auf einmal tiefe Risse, kleine Brocken brachen aus ihnen heraus.

„ES TUT MIR LEID!" brüllte er. „ES TUT MIR LEID, DASS ICH DIR NICHT ZUGEHÖRT HABE, PATRICK, ABER TAU JETZT WIEDER AUF, MEIN JUNGE, TAU, TAU, CLARISSE, ICH BRINGE DICH INS KRANKENHAUS, ES WIRD NICHT WEH TUN, PATRICK, ICH WEISS, DU BIST ... HAHAHA ... SO EMPFINDLICH

WIE EINE MIMOSE, ABER AUFTAUEN TUT NICHT WEH, NUR SCHMELZEN UND FRIEREN, NICHT TAUEN! ALSO TAUT AUF, HERRGOTT NOCHMAL ...!"

Michaels Kreischen verwandelte sich in ein gräßliches Lachen.

Wieder platschte es im Wasser des Swimmingpools. Die Unirdischen kamen.

Das Unirdische lebt im Wasser, es lebt, es lebt und denkt und handelt, es lebt in den blauen, kristallklaren Tiefen des Wassers, des Sees, des Meeres, des Swimmingpools ...

„DER SCHAURIG SCHMELZENDE SCHNEEMANN!" brüllte Michael lachend, stieß sich von dem umkippenden Kleiderständer ab und taumelte den Flur entlang. Mit seinem Ellenbogen stieß er gegen Kanten und krachte mit der Stirn gegen die Ecke des alten Schrankes im Flur, so daß aus einem glatten, sauberen Schnitt Blut über seine Nase zu fließen begann. Er bog um die Ecke und stürzte die unbeleuchtete Treppe zum Keller hinunter. Er sah nicht, daß sich die funkelnden Scherbenreste seiner Fau aufzulösen begannen, während die auseinanderbröckelnden Zwillinge, zwei violetten Marmorstatuen gleich, noch einen Moment über den Geschehnissen zu wachen schienen, ehe sie sich krachend zu ihrer Mutter gesellten.

Michael hastete durch den Keller und stieß dort schließlich auf eine mit alten Kleidungsstücken vollgestopfte Holztruhe. Er öffnete sie, griff mit zitternden Händen hinein, zerrte abgetragene Babysachen hervor und warf sie in die Luft. Dem folgten alte, geflickte Jeans, ein verstaubtes, fischig riechendes Jackett, das Hochzeitskleid seiner Frau ... und ganz unten auf dem Boden fand er endlich das, wonach er gesucht hatte!

Das Blut aus seiner Stirn benetzte mittlerweile seine Wangen und vermischte sich dort mit seinen Tränen.

„Ihr kriegt mich nicht", flüsterte er und vernahm von weit her ein Knirschen. Er spürte einen kalten Luftzug im Nacken und stand auf, seinen Fund fest in Händen haltend. Es war ein dick gefütterter Fellmantel, den er vor drei Jahren von seinem alten Schwippschwager aus Süddeutschland geerbt hatte und den er aufgrund des ihm anhaftenden widerlich moosig-fauligen Geruchs nie getragen hatte. Nun sollte er ihm das Leben retten!

Geschwind schlüpfte Michael in das Kleidungsstück hinein.

„Clarisse und die Kinder werden schon wieder auftauen", flüsterte er, band sich einen Kaschmirschal, den er ebenfalls in der Kleiderkiste gefunden hatte, um den Hals und zog sich wollene Handschuhe an. Ein Daumen hing wie ein schlaffer Luftballon unausgefüllt zu Boden.

„Sie werden wieder auftauen, und alles wird gut, alles wird gut und so schön wie früher ..."

Und mit dem dicken Fellmantel, dem bunten Kaschmirschal und den gefütterten Handschuhen stieg Michael lachend in die Kammer und schloß die Tür hinter seinem Rücken, während das knirschende Geräusch von droben in seinen Ohren widerhallte.

In der Kammer setzte er sich sogleich auf die vertraute Holzbank, winkelte wie ein kleiner Junge in einem verregneten Baumhaus die Knie an, schlang die Arme darum und betrachtete den Ofen in der Ecke, dessen Steine bereits zu glühen begannen.

„Alles wird gut werden", wisperte Michael, während der Gesang vom schaurig schmelzenden Schneemann in seinem Kopf anschwoll. „Wir alle werden wieder auftauen, nicht wahr, Ian? Alles wird gut werden, alles wird gut ..." Er lehnte sich gegen die warme Holzwand zurück, und das Glücksgefühl ergoß sich in seine Körperglieder.

Nein, er würde nicht erfrieren.

Langsam wurde ihm warm ums Herz.

Aus den Greenville Daily News *vom 4. August 1995, S. 8 des Panoramateils:*

Am 3. August, einem der heißesten Tage des Jahres, wurde der 38jährige Oberinspektor der Greenviller Polizei, Mr. Michael Olaf Czapaky, tot in seinem Haus in Greenville aufgefunden. Mr. Czapsky hatte sich in seiner im Keller des Hauses befindlichen und auf 110 Grad Celsius angeheizten Sauna eingeschlossen, in der er einen Hitzschlag erlitt. Der genaue Zeitpunkt seines Todes sei, so Dr. Abraham von der örtlichen Gerichtspathologie, schwer festzustellen, da der Leichnam vollkommen ausgetrocknet und praktisch mumifiziert war, woraus man allerdings schließen könne, daß er dort mehrere Tage gelegen habe. Dr. Abraham erklärte sich zu keinem ausführlicheren Interview bereit, da er ein sehr enger Freund des auf so tragische Art und Weise Verstorbenen war.

Offen bleibt, ob Mr. Czapskys recht ungewöhnlicher Selbstmord mit dem mysteriösen Verschwinden seiner Frau Clarrise Czapsky (34) und seiner Kinder

Patrick (14), Danny (7) und Denise (7), sowie seines langjährigen Kollegen Mr. Ian Goodman (29) in Zusammenhang steht. Die Suchaktion, an der sich zu beteiligen nach wie vor sämtliche Greenviller Bürger von öffentlicher Seite aufgefordert werden, blieb bislang ergebnislos, jedoch nimmt die Staatspolizei von New Hampshire an ...

Aus dem NATIONAL ENQUIRER vom 30. August 1995, S. 15. Tageskolumne von Inlandskorrespondent Raymond Nitzsche:

... wird von weiteren Ertrunkenen im besagten Küstenbereich New Hampshires berichtet. Die Überschwemmungen im Landesinneren, die auf den Jahrhundertregen der letzten Wochen zurückzuführen sind, haben Schäden in zehnstelliger Millionenhöhe verursacht. Der Wettergott scheint es mit den Staaten in Neuengland nicht gut zu meinen, denn eine Schreckensnachricht jagt die andere. Laut dem Wetteramt in Nashua sollen die zur Zeit noch vorherrschenden sommerlichen Temperaturen in den nächsten Tagen von einem starken Sturm hinfortgeweht werden und daraufhin rapide sinken.

Also, liebe Leserinnen und Leser, holen Sie Ihren warmen Pullover aus der Kleidertruhe, denn der Herbst kommt in diesem Jahr rabiater denn je. Es wird sehr kalt werden ...

Die Trauer des Todbringers

Einen Moment lang zögerte er, dann senkte er ohne ein Blinzeln, das auch nur die Spur einer Emotion verraten hätte, ohne eine einzige verräterische Regung seines Antlitzes, rasch die Arme. Die Sense schnitt durch das Fleisch wie Butter, und mit einem satten Reißen, nicht unähnlich dem Geräusch beim Durchbeißen einer dicken Möhre, trennte die Klinge den Kopf von Rumpf. Mit einem sanften Ploppen fiel das Haupt zu Boden. Der Mann war tot.

Doch es hob seine Laune nur wenig.

Zwei weitere Schnitte in zwei weiteren Städten später war sein Arbeitspensum für heute erfüllt. Aber noch immer fühlte er sich im Innern um keinen Deut wohler als heute morgen beim Aufstehen. Und das war schlecht.

Als er zwei Stunden später Feierabend machte und nach Hause kam, hatte sich seine Laune keineswegs gebessert; im Gegenteil, der Papierkram, den er nach jedem einzelnen Todesfall im Büro erledigen mußte, hatte ihm heute wieder den letzten Nerv geraubt. Irgendwie war das früher anders gewesen ... früher hatte er diesen ganzen bürokratischen Aufwand schulterzuckend in Kauf genommen, wenn er die Reihen der Sterblichen lachend dahinmähte wie ein Frühlingssturm die frisch knospenden Setzlinge.

Seine Gedanken verfinsterten sich bei der Erinnerung an frühere, vergangene Tage. Damals, als er die Akademie mit Auszeichnung verlassen hatte – und sofort einen Job bekam! Voller Elan hatte er seinerzeit noch die frisch gebleichten Knochenarme geschwungen und die Klinge seiner fabrikneuen Sense ohne Unterlaß durch immer neue Leiber fahren lassen. Wohin war der Elan dieser verflossenen Tage, wohin die bahnbrechende Motivation, die unerschütterliche Leidenschaft? *Wohin*?

Er wußte es nicht.

Betrübt lag er in seinem Fernsehsessel und rechnete nach, wie lange er nun schon im Geschäft war. Vierhundertsechzig Jahre waren eine lange Zeit. Kaum einer machte es so lange, sagten sie in der Chefetage. Aber keine der zahlreichen Auszeichnungen, die er über die Jahre erhalten hatte, keine der vielen Gehaltserhöhungen hatte seinen beständig sinkenden Eifer, seine seit mindestens achtzig Jahren im Schwinden begriffene Lust an der Arbeit aufzufangen vermocht.

Du wirst alt, dachte er bei sich und zog mit der knochigen Fingerkuppe eines Zeigefingers die Öffnungslasche einer Bierdose auf. *Kannst nicht mehr Schritt halten mit der Zeit ... gehörtest längst ausrangiert.*

Der Gedanke an die ungezählten blutjungen, gefährlich übermotivierten Neueinsteiger, die immer zahlreicher ins Geschäft zu drängen schienen (*Sie verwenden mittlerweile sogar automatische Kettensägen bei der Arbeit.* Kettensägen! *Das muß man sich mal vorstellen!*), ließ ihn seufzen. Er leerte den Rest der Dose in einem Zug, machte sich nicht die Mühe, das durch seine offenen Rippenbögen auf den Sessel rinnende Naß aufzuwischen, schaltete den Fernseher ab und ging zu Bett.

Doch auch hier verließen ihn seine tristen Gedanken keineswegs. Das Dunkel des Schlafzimmers schien eher die gegenteilige Wirkung auszuüben; anstatt ihn zu beruhigen, gaukelte die Finsternis seinen leeren Augenhöhlen Bewegungen vor, wo keine waren, er gewahrte furchteinflößende optische Täuschungen, die sein zermürbendes Gedankengut weiter nährten.

Na prima, jetzt fängst du auch noch an, dich im Dunkel zu fürchten!

Er begann ernsthaft in Erwägung zu ziehen, sich von seinem Beruf zu verabschieden. Über solchen und ähnlichen Überlegungen schlief er schließlich ein.

Es war der nächste Vormittag.

Just glitt er mit einem mächtigen Streich der Sense durch die Kehle eines knapp sechzigjährigen, weißbärtigen Mannes (ohne jedoch den Kopf vorschriftsgemäß komplett abzutrennen – er wurde tatsächlich immer unzuverlässiger!), als sein Piepser ihn unvermittelt zurück ins Büro rief. Emotionslos ließ er von seinem röchelnden Opfer ab, das sich in einem Meer bläschenwerfenden Blutes am Boden wand, und beeilte sich, in die oberste Etage des Geschäftsgebäudes zu gelangen.

Als er den großen Sitzungssaal betrat, stellte er augenblicklich fest, daß etwas Besonderes anliegen mußte; alle acht Todesengel – der komplette Vorstand des Unternehmens – waren anwesend, sämtliche der hohen, schwarzledernen Drehsessel um den gewaltigen onyxplattierten Tisch waren mit kuttentragenden, hochgewachsenen Gestalten besetzt. Mit einem beklommenen Gefühl in der Gegend, wo bei einem Sterblichen die Magengrube gesessen hätte, trat er näher. Ihm schwante Übles.

„Nr. 126, Bezirkszugehörigkeit 34 c-f, Einkommensklasse 9?“

„Ja ... das bin ich.“

„Kommen Sie näher!“ Die Stimme des Chefs klang hart und dissonant, wie das Kratzen zu langer Fingernägel auf rissigem Schiefer.

„Sie sind jetzt ziemlich genau ... vierhunderteinundsechzig Jahre bei uns, ist das richtig?“ wollte er nach einem raschen Blick auf die vor ihm ausgebreiteten Unterlagen wissen.

„Ich ... m-hmm, das könnte hinkommen.“ Er ließ nervös die Sense von einer Hand in die andere gleiten, wobei ein leises, klickendes Geräusch entstand. Was mochten sie von ihm wollen? Er hatte sich nichts zuschulden kommen lassen!

„Wir haben innerhalb der letzten neunzig Jahre einen steten Rückgang Ihrer Leistungen registriert, Nr. 126. Einen Rückgang, der mittlerweile ein kaum noch tolerables Ausmaß angenommen hat.“

Sie hatten es auch bemerkt!

„Ich ... nun, will sagen ...“, stotterte er. „Aber mein Pensum habe ich doch stets erfüllt! Seit ich vor vierhunderteinunddreißig Jahren in meine gegenwärtige Leistungsstufe aufgestiegen bin, mähe ich jeden Tag, wirklich und wahrhaftig ausnahmslos jeden Tag, meine vertragsgemäß vorgeschriebenen sechsundsechzig Seelen nieder. Es gab nie Grund zur Beanstandung! Man verlieh mir dafür vor hundert Jahren den goldenen Styx-Schiffer am Band, fünfzig Jahre zuvor die bronzene ...“

„Es geht ja auch nicht darum, daß wir mit ihren Resultaten unzufrieden wären“, unterbrach ihn ein buckliger Todesengel zu seiner Rechten, „es ist vielmehr die Art der ... *Ausführung* ihrer Arbeit, die uns Anlaß zu Besorgnis gibt.“

„Die Aus... Ich fürchte, ich verstehe nicht ganz?“

„Uns ist zugetragen worden, daß sie in letzter Zeit häufig mehrfach zuschlagen müssen, um ihre Klienten zu erlösen, und auch das standesgemäß sardonisch-sadistische Grinsen während des Aktes soll fast vollständig aus ihrem Antlitz gewichen sein.“

„Also ... ich ... ich will ganz ehrlich sein, geehrter Vorstand: Es ist tatsächlich so, daß ich – nichts mehr dabei empfinde! Ich kann mir nicht erklären, woran es liegt ... früher *liebte* ich meinen Beruf, wissen Sie? Aber heute ist irgendwie ... das Feuer erloschen – wenn Sie verstehen, was ich meine?“

„Wir verstehen sehr gut“, bemerkte eine Stimme von links. Sie klang nicht halb so aufgebracht, wie der Schnitter befürchtet hatte.

„Wir haben schon viel früher damit gerechnet, Nr. 126“, ergriff der Vorsitzende wieder das Wort, „so lange wie Sie hat noch keiner Ihrer Kollegen durchgehalten.“

„Wieso ‚durchgehalten‘? Ich dachte, man werde gemeinhin nach einer angemessenen Frist pensioniert ...?“

„Das ist nicht ganz richtig. Faktisch ist es so, daß irgendwo zwischen dem zweihundertsten und dem dreihundertfünfzigsten Jahr eine deutliche Identifikationseinbuße zu Ungunsten des Berufes stattfindet. Wir wissen nicht, warum das so ist, und auch nicht, was man dagegen tun kann. Fest steht nur, daß wir Sie unmöglich weiter an Ihrer bisherigen Arbeitsstelle belassen können ... *mehrfache* Schläge mit der Sense, Sie verstehen? Wir haben schließlich einen Ruf zu wahren."

In der Gedankensphäre des Todbringers stürzte eine kleine Welt zusammen. Dennoch war die Aussicht auf einen Verlust seines Jobs nicht halb so niederschmetternd, wie er erwartet hätte. „Und was ... wird jetzt werden?" brachte er hervor.

„Da uns völlig schleierhaft ist, wie es geschehen kann, daß aus jungen, leidenschaftlichen Schnittern – wie auch Sie einst einer waren – müde, desinteressierte und depressive alte Tode werden können, wollen wir mit Ihnen einen Versuch unternehmen. Wir dachten immer, mit dem Ausschalten des biologischen Alterns unserer Angestellten könnten wir ihrem mit den Jahren sich einstellenden Verdruß gegenüber ihrem Job Vorschub leisten, aber leider sind Sie – wie unzählige andere vor Ihnen – der schlagende Beweis dafür, daß wir es uns mit dieser Überlegung wohl etwas zu einfach gemacht haben. Um eine neue Art der Verwendung für solche sozusagen auf Sparflamme kochenden Mitarbeiter wie Sie zu erproben, werden wir Sie versuchsweise in eine andere Abteilung unseres Konzerns versetzen. Sie werden einen neuen Job erhalten, ein gänzlich anderes Ressort, welches auch einen räumlichen Umzug Ihrerseits notwendig macht. In zehn Jahren werden wir auf Sie zurückkommen, dann sehen wir, welche Auswirkungen Ihre Versetzung gezeigt hat. Sind Sie damit einverstanden?"

Hinter der Stirn des Schnitters arbeitete es. Er hatte nie etwas anderes getan als die Lebenslichter von Sterblichen auszulöschen, und es überstieg seine Vorstellungskraft, wie es sein könnte, etwas anderes zu tun. Bei genauerer Betrachtung gab es jedoch wenig – gar nichts eigentlich –, was ihn veranlassen könnte, einer Tätigkeit weiter nachzugehen, für die er nicht das geringste empfand.

„Sind Sie damit einverstanden?"

„Ja. Ich bin damit einverstanden."

Strahlend helles Licht schien durch das geöffnete Fenster herein, wie es jeden Tag der Fall war, und der Sensenmann drückte zufrieden die Return-Taste des Computers, während er sich gemütlich zurücklehnte. Noch zwei Klienten, dann war es für heute geschafft. Jedoch – vielleicht würde er heute abend wieder eine oder zwei Überstunden einlegen, so wie er es gestern und vorgestern getan hatte. Die neue Arbeit füllte ihn wider Erwarten gänzlich aus, er empfand eine seit langem vergessen geglaubte Befriedigung dabei, sein Tagwerk zu verrichten. Fast fühlte er sich an das selige Gefühl an seinem allerersten Arbeitstag überhaupt erinnert, einem Tag, da er kaum des Atmens fähig gewesen war vor Glück darüber, mit einer derart wundervollen Beschäftigung seinen Lebensunterhalt bestreiten zu dürfen.

Wie wohl es doch tat, wieder mit aller zur Verfügung stehenden Energie für seine Arbeit zu existieren, wie ausfüllend das Gefühl sein konnte, Verantwortung zu übernehmen! Keine Sekunde verschwendete er mehr auf Gedanken an die Legionen junger, frisch ausgebildeter Todbringer, die sich jetzt um seine freigewordene Stelle in der alten Abteilung prügeln mochten. Er war zufrieden mit dem, was er hatte, und wenn es nach ihm ging, würde sich für die nächsten tausend Jahre nichts mehr an diesem Zustand ändern.

Er nahm einen Schluck aus der geöffnet neben ihm stehenden Flasche Bitter Lemon, ließ die Gelenke seiner knochigen Finger knacken und rollte seinen Stuhl näher an die Arbeitsplatte des Schreibtisches. Dann machte er sich wieder an die Arbeit und begann zu tippen.

Als er eine gute Stunde später den Auftrag mit einem erneuten Druck auf die Return-Taste beendete, ertönte irgendwo unter ihm, endlos weit entfernt und doch nahezu ungedämpft, der Schrei eines neugeborenen Kindes.

Herr Golloch

Nach dem, der jeden Tag sterben kann, jede Stunde, jede Minute, ein Opfer jedes beliebigen Unfalls, ist der gekommen, der erst an seinem Tag sterben muß, zu seiner Stunde, zu seiner Minute, weil er die Grenze seines Daseins erreicht hat.

(Guy de Maupassant, *Der Horla*)

1.

„... denn von Asche sind wir genommen, und zu Asche vergehen wir wieder. Amen!“

Wamm! Eine Schaufel Erde, geworfen von der Hand des Priesters, krachte auf den Sarg in der Grube hinunter. Matt biß die Zähne zusammen; er hatte sich fest vorgenommen nicht zu heulen, und daran wollte er sich auch halten. Nicht, daß es ihm peinlich gewesen wäre vor den anderen – neben ihm waren ohnehin nur wenige weitere Personen zugegen, und die meisten davon kannte er. Nein, ihre Anwesenheit war es nicht, die ihn davon abhielt, seinen Gefühlen freien Lauf zu lassen. Vielmehr war es die Tatsache, daß Matt Koenig sich nicht eingestehen wollte, welchen Einfluß das plötzliche Fehlen seines Jugendfreundes Jake auf sein Leben haben würde – daß er nicht wahrhaben wollte, wie sehr er dessen ständige Gegenwart in seiner Nähe, sei es auf der Bühne, im Proberaum oder privat, mittlerweile als selbstverständlich empfunden hatte. Aber nie mehr wieder würden sie in Martins Gewölbekeller alte Purple- und Hendrix-Songs jammen, nie mehr auf Konzerten, die sie mit ihrer Combo eröffnet hatten, gemeinsam über den nach ihnen auftretenden Hauptact lästern, nie mehr würden sie nachts zusammen mit dem Auto in der Gegend herumfahren und palavern, wenn einer von ihnen Probleme hatte, nie mehr reden, scherzen, lachen ... Gott, würde ihm das alles fehlen!

Erste Regentropfen begannen, spärlich zunächst, sich aus der bedrückend grauen Wolkendecke zu lösen und mit den salzigen Tränen, die nunmehr ungehemmt über die unreine Haut von Matts Wangen liefen, zu vermischen.

Er wandte sich ab. Die Beerdigung war beendet, und als er den Kopf wendete, sah er, wie Martin, der in ihrer gemeinsamen Band *Shylock's Disciples* gesungen hatte, sich mit seiner Freundin in Richtung Parkplatz davonbewegte. Matt hatte ihm angeboten, sich hinterher noch ein wenig zusammenzusetzen und zu reden, aber er wußte, daß Martin kurz vor der Aufnahmeprüfung für die Polizeiakademie stand und sich somit neben dem seelischen Aufruhr infolge von Jakes unerwartetem Dahinscheiden auch in erheblichem beruflichem Streß befand. Er war froh um jede freie Minute.

Matt nahm ihm daher auch keinesfalls übel, daß er bereits ging. Stattdessen sah er sich durch den heftiger einsetzenden Regen um, wer von den Trauernden am ehesten etwas Trost und Zusprache bedürfen könnte. Ihm war jetzt irgendwie danach, jemand anderem über dessen Gram und Trauer hinwegzuhelfen ... zur Verdrängung der eigenen Gefühle? Er wußte es nicht. Aber jetzt, wo er darüber nachdachte, fiel ihm auf, daß er sich zeitlebens eigentlich immer nur dann lebhaft um seine Freunde und deren Probleme gekümmert und ihnen zu helfen versucht hatte, wenn es um sein eigenes Privatleben auch ziemlich mies stand. ‚Warum kommen einem solche fehlerhaften Züge des eigenen Wesens bloß immer auf Beerdigungen verstärkt zu Bewußtsein?' fragte sich Matt angewidert. Er wischte mit einem feuchten Taschentuch über sein Gesicht und sah sich weiter nach einer Herausforderung für seine tröstende Ader um.

Doch Jakes Eltern, auf die sein Blick nun fiel, über den Verlust ihres ältesten Sohnes hinwegzuhelfen, überstieg fraglos seine Fähigkeiten, wie er sich zögernd eingestand. Die beiden älteren Menschen, die eng beieinander standen und vom Rest der kleinen Gesellschaft verabschiedende Beleidsbekundungen zu ertragen hatten, schienen ihm schwankend wie lose Blätter im Wind, gramgebrochene Reminiszenzen einstiger Persönlichkeiten. Sollte er tatsächlich versuchen, ihnen Trost zu spenden, würden sie ihn fraglos mit nach unten ziehen in jenes bodenlose Tal der Depression, das geographisch gefährlich nahe dem Schlund der Selbstaufgabe lag. Ähnlich sah es bei Jakes jüngerem Bruder aus, der neben seinem erheblich abgemagerten Vater stand und den Eindruck erweckte, als würde er jeden Moment einen durchgeladenen Luger-Revolver aus der Tasche ziehen und ihn sich an die Schläfe setzen.

Dann war da noch Sow, ein junger Mann mit Schiebermütze, den Jake fast ebenso lange gekannt zu haben schien wie er ein Freund von Matt gewesen war, mit dem Matt jedoch aufgrund von Sows etwas zurückhaltender Art nie recht warm geworden war. Ein Gespräch mit ihm hätte Matt jetzt kaum das geben können, was er gebraucht hätte – nämlich das Gefühl, jemandem über ein kaum mehr erträgliches Maß an Trauer hinweggeholfen zu haben; dasselbe kaum mehr erträgliche Maß an Trauer, das er dadurch bei sich selbst zu kompensieren suchte.

So beschloß er, Chris, Jakes langjährige Lebensgefährtin, die mit ihrer jüngeren Schwester erschienen war, nach Hause zu fahren und anschließend ein wenig bei ihr zu bleiben. Während er auf die beiden zuging, um ihnen sein Angebot zu unterbreiten, gewahrte er aus den Augenwinkeln einen großen, breitschultrigen Mann, der, in einen bodenlangen, schwarzen Mantel gehüllt und den Kopf mit dem schwarzen Bowler tief zwischen die Schultern gezogen, ein Stück abseits der kleinen Gruppe zwischen zwei Bäumen stand und in auffälliger Weise herüberstarrte. Als er bemerkte, daß er Matts Aufmerksamkeit erregt hatte, blieb der Fremde noch einen kurzen Moment lang stehen, dann wandte er sich ruckartig um und schritt mit ausladenden Schritten über den nassen Kiesweg davon. Matt fröstelte, natürlich wegen der Kälte des Regenschauers, und er fragte sich kurz, wo er den Mann schon einmal gesehen haben mochte. Doch da er das breite, grobgeschnittene Gesicht des Fremden nirgends einzuordnen wußte und sich auch nicht erklären konnte, was der Kerl auf Jake Schulmans Beerdigung zu suchen gehabt hatte, lief er zu Chris und Eve hinüber, führte sie auf den Parkplatz zu seinem baufälligen 67er Käfer und hatte den Fremden bald darauf vergessen.

Herr Golloch ging ebenfalls nach Hause.

2.

Drei Tage später – Matt Koenig hatte die dunkle Gestalt auf Jakes Beerdigung schon längst wieder vergessen – bekam er beim Leeren seines Postkastens einen auffälligen Briefumschlag zwischen die Finger. Auffällig deshalb, weil als Absender kein anderer als der Name Jacob Schulmans angegeben war!

Während er von den Briefkästen im Erdgeschoß das Treppenhaus zu seiner Wohnung im zweiten Stock hinaufstieg, wobei er tunlichst alle soeben von ihm aussortierten Werbesendungen, Rechnungen und Mahnungen durch den Mittelschacht der Treppe auf eine lange Reise ins Kellergeschoß schickte, besah er sich den merkwürdigen Brief von allen Seiten und überlegte, wer sich einen derart makabren Scherz mit ihm erlauben mochte. Er war gerade zu dem Schluß gekommen, daß es sich nur um einen solchen handeln konnte, da entdeckte er auf der Rückseite des großen Kuverts einen Stempel: *Posthum übersendet durch Halloran & Gacek, Anwälte.* Das erklärte einiges. Scheinbar hatte Jake irgendwann vor seinem Tod einmal ein Schreiben bei seinem Notar hinterlegt mit der Auflage, daß es im Falle seines Ablebens ihm, Matt, zugestellt würde.

Matt schloß die Wohnungstür hinter sich und runzelte die Stirn; es erschien ihm mehr als unwahrscheinlich, daß Jake irgendwie vorausgeahnt haben sollte, daß er just am 27. August 1974 um 16:33 Uhr auf dem Trent Boulevard in seinem schwarzen Mini Morris von einem Herzinfarkt überrascht werden würde, um als Folge davon in einen auf der Gegenfahrbahn herandonnernden Tanklastzug zu rasen und mitsamt seinem Wagen zu Brei zerquetscht zu werden. Gerade dem stets euphorischen, lebensbejahenden Jake sah es eigentlich überhaupt nicht ähnlich, im voraus an das eventuell irgendwann einmal nahende Ende seines jungen Lebens gedacht zu haben ... und doch schien genau dies der Fall zu sein.

Die Erinnerung an das unvorhersehbar hereingebrochene Unglück seines Freundes ließ eine erneute Welle von Emotionen emporbranden, Impressionen vergangener Tage fluteten Matts Denken, vergangener Tage, die niemals mehr wiederkehren würden ... gemeinsamer Proben bis an den Rand der körperlichen Erschöpfung ... die ersten Demoaufnahmen in einem billigen Studio im East End ... Kneipentouren am Wochenende ... ernste und weniger ernste Gespräche *von Mann zu Mann* ... der gemeinsame Urlaub mit den Mädchen in Südfrankreich – Strand, Sonne, Entspannung ... Glück ...

Matt schluckte hart, beherrschte sich jedoch, fegte mit der Hand ein paar Filmmagazine und einen einzelnen Drumstick vom Sessel und setzte sich. Dann riß er mit zitternden Fingern den Umschlag aus braunem Manilapapier auf und sah nach, was ihm sein bester Freund Jake nach seinem Tod noch zu sagen hatte.

Zunächst zog er ein kurzes, amtlich wirkendes Schreiben aus dem Kuvert, in dem Halloran&Gacek ihn darüber aufklärten, daß Jake am 22. August diesen Jahres ein versiegeltes Päckchen bei ihnen eingereicht habe mit der strikten Anordnung, es nach einem ihm widerfahrenden gewaltsamen oder sonst irgendwie ungewöhnlich gearteten Tod binnen einer Woche seinem intimsten Freund Matt Koenig zu übermitteln. Dies sei hiermit geschehen, Unterschrift.

Danach förderte Matt ein kleineres, kartoniertes Kuvert zutage, das an allen Seiten umständlich mit Heftklammern, nachträglich außerdem noch mit einem notariell datierten Klebeband verschlossen war und auf dessen Vorderseite als einzige Verzierung zwei Worte in Jakes sympathisch-hektischer Handschrift prangten: *Matt. Wichtig!*

Das Päckchen enthielt mehrere Bögen eng beschriebenen Papiers sowie eine Fotografie. Diese war von mäßiger Qualität und zeigte Jake, die normalerweise frei wallende Haarmähne im Nacken gebündelt, wie er mit einem Luftgewehr direkt auf den Betrachter zielte. Offenbar stammte es von der Auslöseautomatik einer Schießbude auf dem Rummel und zeigte Jake beim Aktivieren eines Trefferschnappschusses. Matt konnte sich nicht den geringsten Reim darauf machen, was das alles sollte und ging kurz darauf an das nerv- und zeitraubende Unterfangen, die Blätter mit Jakes Gekritzel zu entziffern.

„Hallo Matt!

Nun, da Du Dich anschickst, diese Zeilen zu lesen, läßt das nur eine Schlußfolgerung zu: Ich bin tot. *Es verlangt in diesem Moment, da ich dies hier niederschreibe, einige Anstrengung meinerseits, mir vorzustellen wie es sein wird, wenn ich einfach ... nicht mehr da bin; aber da nichts Geringeres als eben mein Tod mir in nicht allzu langer Zeit annähernd unausweichlich erscheint, sehe ich mich genötigt, Dich über die Hintergründe meines – für mich bevorstehenden, für Dich mittlerweile bereits zurückliegenden – Ablebens zu informieren. Laß mich von vorne beginnen:*

Vor etwa drei Wochen lernte ich im Bus einen Mann kennen; ich fuhr mit der Linie 48 vom Leicester Square die drei Blocks zurück zu Martins Haus, wo ich vorher meinen Wagen geparkt hatte, um einzukaufen (Du weißt, man bekommt bei ihm eher einen Parkplatz als im Zentrum). Ich hatte einen Sitzplatz am Fenster und wollte in der kurzen Zeit, die mir während der Fahrt blieb, einen raschen Blick in den neuen MusicExpress werfen. Kaum hatte ich die Inhaltsübersicht aufgeschlagen, als sich der Bursche, von dem ich Dir erzählen will, neben mich setzte.

Der Bus war ziemlich leer, so daß ich mich ein wenig wunderte, warum er sich ausgerechnet neben mich plazierte, zumal eben dieser Sitz von pubertären Taschenmessern übel malträtiert schien. Noch mehr wunderte ich mich allerdings über die Aufmachung des Typen, als ich zu ihm aufblickte. Es war an diesem Tag wirklich warm, und ich schwitzte, obwohl ich nur eine dünne Kordhose und ein T-Shirt trug; der Fremde neben mir war dessen ungeachtet in einen bodenlangen, schwarzen Mantel gehüllt, dessen Kragen er hochgestellt hatte. Er war von beeindruckender Körpergröße, gut anderthalb Köpfe größer als ich. Zudem trug er einen merkwürdigen schwarzen Hut (so einen runden, kugeligen, bei dem ich nie weiß, wie man die Sorte nennt), der ihn nochmals höher erscheinen ließ. Er wirkte massiv und kräftig; seine breiten Hände steckten, wie ich später feststellen sollte, in dünnen, ebenfalls schwarzen Lederhandschuhen.

Ich bin ganz gewiß keine Memme oder irgendwie feige, wie Du weißt, und hätte vermutlich, wäre mir so eine Gestalt im Supermarkt oder auf offener Straße begegnet, laut aufgelacht; in diesem Moment jedoch fühlte ich mich durch die Anwesenheit des Fremden richtiggehend eingeschüchtert. Er hatte so etwas an sich ... ich weiß nicht, ob Du verstehst, was ich meine? Er war irgendwie ... komisch. Rasch wandte ich meinen Blick wieder der Lektüre zu und versuchte, ihn zu ignorieren, doch da sprach er mich auch schon an!

So hat es also begonnen ...

Er kannte mich. Er kannte meinen Namen. Als ich überrascht den Kopf hob, den Mund schon zur Frage geöffnet, woher er diese Kenntnis hatte, blickte ich ungewollt in seine Augen. Und da erkannte ich es! Intuitiv spürte ich beim Blick in diese grauen, unbeschreiblich intelligent und irgendwie zeitlos wirkenden Augen, daß er alles über mich wußte. Mein Mund klappte wieder zu, ich starrte wie ein Karpfen, ohne daß ich etwas hätte sagen können, und kam mir mit einem Mal entsetzlich klein, unbedeutend und unsagbar dumm vor (was mir, wie Du weißt, im Leben verdammt selten passiert ist ... außer vielleicht in Mathe während der Oberstufe).

‚Jacob Schulman,' sagte der Fremde, ‚mein Name ist Golloch. Marek Golloch. Ich wurde geschickt, Ihnen etwas mitzuteilen!'

Überflüssig zu sagen, daß ich erheblich verunsichert war. Die Stimme des Mannes war ein sonorer Baß, bar jeglicher Emotion. Während ich dasaß, unfähig, etwas zu erwidern, während sich mein Blick in diesen trüben, unendlich klugen Augen verlor, durchforstete ich mein Hirn, woher der Fremde mich bloß kennen konnte. Ich ging zunächst sämtliche Schulbekanntschaften durch. Dann nahm ich mir alle Leute vor, mit denen wir musikalisch jemals zu tun hatten, Du weißt – Veranstalter, Studiobesitzer, Journalisten und so fort. Ich kam zu dem Schluß, daß ich dem schwarzgekleideten Unheimlichen definitiv noch nie zuvor begegnet war, es sei denn, er hätte sich zwischenzeitlich effektiver plastischer gesichts- und körperphysiognomischer Chirurgie unterzogen.

‚Woher ... woher kennen Sie mich?' brachte ich leise hervor.

‚Das tut nichts zur Sache! Hören Sie gut zu. Ich bin als Botschafter gekommen. Es geht um etwas, das von nicht unerheblicher Bedeutung für Sie sein dürfte: das Ende Ihres Lebens!'

Spätestens hier wäre ich unter normalen Umständen aufgesprungen, hätte überrascht aufgelacht oder dem Burschen ein paar in seine breite Visage verpaßt – aber dies waren nun mal alles andere als normale Umstände! Ich warf kurz einen Blick hinter mich in den Passagierraum des Busses, jedoch schien die knappe Handvoll weiterer Fahrgäste überhaupt keine Notiz von der merkwürdigen Gestalt zu nehmen, die alles andere als unauffällig neben mir aufragte.

‚Hören Sie, wenn das ein Scherz sein soll ...', hob ich an.

‚Das ist weissgott kein Scherz!' *rief er, und sein kantiges Gesicht ruckte auf beunruhigend rasche Weise nach vorne, direkt auf mich zu! Seine Augen waren aufgerissen, und die bedrückende Aura, die ihn schon die ganze Zeit über umgeben hatte, wurde nahezu greifbar in ihrer Intensität. Ich begann heftig zu schwitzen. Der Typ brachte seine Nummer einfach viel zu kontrolliert für einen normalen Irren rüber, und vor einem stinknormalen Übergeschnappten kriegt man normalerweise auch nicht so eine Heidenangst. Aber Schiß hatte ich; erst recht, als ich feststellen mußte, daß immer noch keiner der anderen Fahrgäste, geschweige denn der Fahrer des Busses, unserer mittlerweile doch nicht gerade leisen Konversation auch nur die geringste Beachtung zukommen ließ.*

‚Ich pflege nicht zu scherzen', zischte Golloch, wobei sein merkwürdig neutrales und unscheinbares Gesicht nur wenige Fingerbreit vor dem meinen zu schweben schien.

Ich glaubte ihm aufs Wort!

‚Zur Sache, Herr Schulman. Meine Zeit ist knapp bemessen – und die Ihre auch, wie Sie bald feststellen werden; denn Sie werden bald sterben! Ihnen dies mitzuteilen ist mein Auftrag, meine Bestimmung. Ihnen bleibt noch eine kurze Frist bis zu Ihrem Tod, der Sie in einer Gestalt ereilen wird, die zu erfahren Ihnen jetzt noch nicht gestattet ist. Nur soviel: Sie werden mir begegnen, Herr Schulman, in Ihrem alltäglichen Leben: im Supermarkt, auf offener Straße – haben Sie sich nicht genau das vorhin vorgestellt, Jake? – *oder im Bus wie jetzt. Sechs mal werden Sie mich unbeschadet treffen, sechs mal werde ich Ihren Weg kreuzen, Jake, ohne daß Ihnen etwas geschehen wird, aber beim* siebten *Mal ... beim siebten Mal werde ich Sie* auslöschen. *Dann werde ich kein bloßer Botschafter mehr sein, sondern ... ein Vollstrecker!'*

‚Hilfe! Helft mir, hier ist ein Wahnsinniger im Bus! Hilfe!' Ich war mir des Wahrheitsgehaltes meiner Worte keineswegs gewiß. Die Augen der anderen Fahrgäste wendeten sich mir zu, und der Fahrer, der soeben im Begriff gewesen war, sein Gefährt an der Haltestelle Sparrow Square zum Stoppen zu bringen, hob, mich im Rückspiegel anvisierend, erstaunt die Brauen. Mit schweißnasser Stirn deutete ich neben mich, doch der Platz, auf dem ich Herrn Golloch eben noch hatte sitzen sehen, war leer!

Verwirrt sah ich mich, mir der entgeisterten, abschätzenden und verächtlichen Blicke der anderen Fahrzeuginsassen durchaus bewußt, im ganzen Bus um, aber außer eben jenen fünf oder sechs, zum Teil Zeitung lesenden Personen war der Bus, der zwischenzeitlich kein einziges Mal angehalten hatte, völlig leer!"

3.

„Du kannst Dir ungefähr vorstellen, wie mir zumute war, als ich den Bus verließ und zu meinem Wagen ging; spätestens die Befragung des Busfahrers, die ergeben hatte, daß der Platz neben mir angeblich während der ganzen Fahrt unbesetzt gewesen war, ließ mich effektiv an meinem Verstand zweifeln. Ich stieg ins Auto und fuhr nach Hause, wobei die Worte des Fremden noch lebhaft in meinem Gehörgang nachhallten: ‚Sechs mal ... sechs mal ... aber beim siebten *Mal werde ich Sie* auslöschen*!'*

Was für ein Unsinn! Jetzt, nicht mehr der unmittelbaren Gegenwart Gollochs (oder was immer sein richtiger Name war – falls er überhaupt existiert hatte ...) ausgesetzt, erschien mir meine zuvor im Bus empfundene Bedrückung so fern und unwirklich, daß ich den ganzen Vorfall kaum noch ernst nehmen konnte. Ich schaltete das Radio ein und vergaß die Begegnung bald.

Es fiel mir erstaunlich leicht, nicht mehr an die Sache zu denken, die ich später gerne als Resultat meiner von der Hitze, zuviel lauter Musik und einem zuvor bei Martin konsumierten (ziemlich beachtlichen) Joint überreizten Nerven abtat. Ich verdrängte den Schwarzgekleideten schlicht aus meinem Gedächtnis.

Das ging genau acht Tage lang gut. Dann traf ich ihn erneut.

Es war an einem Dienstagnachmittag, und ich kam gerade aus dem riesigen, baufälligen Haus in der Carillion Street, in dem Daniel in dieser merkwürdigen Kommune haust – Du weißt, welches ich meine. Ich hatte ein wenig mit ihm gefeilscht, dabei ein kleines Wasserpfeifchen mit ihm schmauchend, und verließ das Haus als glücklicher Besitzer von 15 Gramm besten Grases, das ich am Abend bei der Probe zum Einsatz zu bringen gedachte – selbstverständlich wollte ich Dir etwas abgeben, keine Frage! Relaxed schlenderte ich bis zur Ecke Sheppard Lane, wo mein Mini in der prallen Sonne parkte. Ich stieg ein und fuhr los.

Zwei Straßen weiter kam ich an einen Fußgängerüberweg, und da ich, wie gesagt, mehr als gut gelaunt war, hielt ich entgegen meiner sonstigen Mentalität an, um mehrere Fußgänger passieren zu lassen. Und während ich da so mit laufendem Motor stehe, alle Fenster geöffnet, um der Hitze im Auto Herr zu werden, sehe ich plötzlich, wie diese schwarze, hochgewachsene Gestalt in Mantel und Hut direkt vor mir die Straße überquert! Ich erkenne ihn sofort! Kaum bemerkt er, daß ich seiner gewahr geworden bin (er muß es irgendwie ... gespürt haben) *bleibt er mitten auf der Straße stehen, starrt mir direkt ins Gesicht und hebt den rechten Arm.* **‚Eins'**, *sagt er laut vernehmlich, wobei er mit dem Zeigefinger auf mich deutet.*

Ich war wie vor den Kopf gestoßen!

Das nächste, was ich mitbekam, war lautes Hupen hinter mir, und ein Blick über die Schulter offenbarte mir eine ansehnliche Reihe von Autos, die sich hinter mir gestaut hatte. Ich spürte ein heftiges Schwindelgefühl, einen Sog wie von kühler, feuchter Luft, die auf der Innenseite der Stirn von links nach rechts den Kopf passiert, und sah wieder nach vorne. Fußgänger waren keine mehr zu sehen, und von Marek Golloch fehlte selbstverständlich ebenfalls jede Spur.

Ich rieb mir die Schläfen, ließ den Wagen wieder an (ich mußte ihn während meines kurzen Blackouts abgewürgt haben) und fuhr weiter. Währenddessen versuchte ich krampfhaft, die zuvor genossene Wasserpfeife, beziehungsweise deren geringen Opiumanteil für diesen Zwischenfall verantwortlich zu machen; leider gelang es mir nicht, mich vollständig davon zu überzeugen, daß Golloch lediglich ein Produkt meiner benebelten

Einbildungkraft gewesen war. Zwar erzählt man sich, daß Junkies und Abhängige kurz vor ihrem körperlichen und geistigen Absturz zuweilen Halluzinationen mit wiederkehrenden oder sich wiederholenden Inhalten erleben, aber irgendwie kam ich mir für diese Art der Erklärung noch lange nicht kaputt genug vor. Ich gab sie schließlich vollständig auf, als ich mein nächstes Zusammentreffen mit ihm, diesmal in völlig nüchternem Zustand hatte, nur wenige Tage darauf!

Ich hatte den Nachmittag mit Chris im Freibad verbracht, wo ich mich, wie Du weißt, vornehmlich zum Bräunen hinzubegeben pflege, da ich ein lausiger, um nicht zu sagen: beschissener Schwimmer bin. Doch an diesem brüllend heißen Mittag hatte ich mich ausnahmsweise von Chris dazu überreden lassen, mit ihr ins Wasser zu kommen ... um es kurz zu machen: Ich hätte es besser gelassen.

Im Becken begegnete ich Marcus soundso, diesem Schrank, der bei Burnt Hours *Schlagzeug spielt. Er hielt es für angebracht, mich mehrmals scherzhaft mit vollem Körpereinsatz kräftig unter die Wasseroberfläche zu drücken.Verständlicherweise brachte mich das aus dem mühevoll beibehaltenen Rhythmus meiner linkischen Schwimmbewegungen, und ich ging prompt unter.*

Marcus, der dies offensichtlich als einen gelungenen Gag von meiner Seite erachtete, machte sich lachend davon, während ich von panischer Hektik übermannt wurde und begann, ums nackte Überleben zu kämpfen, dabei Wasser schluckend wie ein Idiot. Plötzlich, ich sah schon Sterne vor den Augen, packte mich eine kräftige Hand von oben an der Schulter, und ich wurde blitzartig in die Höhe gerissen. Der Bademeister! Gottseidank! *schoß es mir in den Sinn, während ich, noch halb blind von Chlorwasser und Erschöpfung, von zwei starken Armen aus dem Becken gehievt und draußen auf die Betonumrandung gelegt wurde. Als ich, kaum wieder bei Atem, erleichtert die Augen aufschlug, um meinem Retter zu danken, blickte ich unvermittelt in Gollochs riesiges Gesicht! Er kniete, nur mit einer schwarzen Badehose bekleidet, über mir und nahm mit seinen abgründigen, intelligenten Augen zum wiederholten Mal meinen Blick gefangen.* **‚Zwei'**, *meinte er lächelnd, richtete sich auf und entfernte sich rasch.*

Mir wurde augenblicklich speiübel, und ich erbrach mindestens einen Hektoliter Chlorwasser.

Aber jetzt hatte ich endlich einen handfesten Beweis für die Existenz dieses Mannes – er hatte mir das Leben gerettet, und das schloß meiner Meinung nach völlig aus, daß es sich bei ihm um ein reines Produkt meiner Einbildungskraft handeln konnte! Zugegeben, etwas Merkwürdiges haftete der ganzen Szene dennoch an, denn eine spätere Befragung von Chris und einigen anderen Umstehenden ergab, daß mich zwar fast alle hatten sehen können, als ich im Wasser gegen das Untergehen ankämpfte, jedoch scheinbar niemand mitbekommen hatte, daß mich irgend jemand an Land gezogen hatte! Irgendwie mußte mich jedermann just in diesem Moment kurz aus den Augen verloren haben, so lange, bis ich erschöpft und nach Luft schnappend am Beckenrand zu liegen gekommen war ... Somit hatten alle Anwesenden gefolgert, daß es mir alleine gelungen war, mich aus dem Becken zu manövrieren. Jedenfalls konnte sich keiner auch nur im Entferntesten daran erinnern, einen hünenhaften und dennoch überraschend unscheinbaren Mann in einer schwarzen Badehose gesehen zu haben. Du kannst Dir vorstellen, wie mies ich in der folgenden Nacht geschlafen habe ...

Eigentlich hatte ich zu diesem Zeitpunkt noch keinen Grund, mich vor meinen Begegnungen mit diesem Wesen – gleich, ob eingebildet oder real – zu fürchten, aber dies sollte sich nach meiner dritten Begegnung mit ihm schlagartig ändern ... denn da begannen die Schmerzen.

*Ich traf ihn bereits am folgenden Abend wieder; mit Chris war ich abends im Odeon auf einem Konzert gewesen (*The Who *– ich glaube, ich erzählte Dir davon). Da erfahrungsgemäß vor und nach einem Event dieser Größenordnung die Straßen rund um das Odeon derart verstopft sind, daß man grundsätzlich beim Ankommen keinen Parkplatz im Umkreis von drei Kilometern bekommt – von der Vergeblichkeit, durch das anschließende Verkehrschaos flugs wieder wegzukommen ganz zu schweigen – hatten wir uns von Mart in dessen rosa Vauxhall bis in die Nähe der 28. Straße mitnehmen lassen (das war gerade in der Woche, wo ihm das Rasierwasser im Handschuhfach ausgelaufen war; die ganze Karre stank wie ein billiger Puff, erinnerst Du Dich?). Für den Rückweg wollten wir dann ein Taxi nehmen.*

Tatsächlich bekamen wir später auch auf Anhieb eines, warfen uns erschöpft in den Fond und diskutierten lebhaft darüber, ob das Konzert nun ‚durchaus akzeptabel' (Chris' Meinung) oder schlichtweg ‚abgrundtief beschissen' (meine Ansicht) gewesen war. Gegen Ende der Konversation nannte sie mich liebevoll einen misanthropischen Polemiker, bedeutete dem Chauffeur, vor ihrem Haus zu halten und sprang nach einem Abschiedskuß hinaus.

In Gedanken versunken ließ ich mich noch bis nach Hause bringen, zog reichlich müde etwas Kohle aus der Tasche, die ich zwischen den Sitzen hindurch nach vorne streckte, um den Fahrer zu entlohnen – als mir der Atem stockte! Der Mann auf dem Fahrersitz hatte sich umgewendet, den Ellenbogen auf die Rückenlehne seines Sitzes gelegt und lächelte mir mit entnervender Offenheit ins Gesicht.

‚Drei', *sagte Herr Golloch, denn um niemand anderen handelte es sich, und das letzte, was ich feststellte, bevor der Schmerz kam, war, daß ich noch nie in meinem Leben zwei ähnlich gleichmäßige und derartig glänzendweiße Zahnreihen gesehen hatte. Dann schrie ich gequält auf, als sich ein rasender Schmerz wie ein glühend heißer Schürhaken quer durch meinen Schädel bohrte! Als stochere jemand mit einem dampfenden, mit*

Widerhaken versehenen Schürhaken in den hautig-dünnen Membranen Deiner Hirnwindungen herum! Mörderisch, von einer unvorstellbaren, agonischen Intensität! Doch bereits nach wenigen Augenblicken war alles vorbei.

Benommen und mit Tränen in den Augen stolperte ich aus dem Fahrzeug, das sofort mit quietschenden Reifen um die nächste Biegung verschwand. Mit wankenden Beinen erklomm ich die 89 Stufen zu meiner Dachwohnung, warf mich aufs Bett und fiel schluchzend in einen bleischweren, komatösen Schlaf, der bis zum nächsten Abend andauern sollte.

Du magst Dich jetzt zwischenzeitlich fragen, lieber Matt, warum ich Dir oder Chris gegenüber nie ein Wort über diese seltsame Heimsuchung meiner Person habe verlauten lassen, aber nachdem ich mich einer eingehenden Untersuchung bei Dr. Klein unterzogen hatte und mir dieser, selbst nach Hinweisen meinerseits auf verschiedentlichen Konsum diversen Räucherwerkes, *eine uneingeschränkte körperliche und geistige Verfassung attestierte (lediglich meine Leberwerte könnten etwas besser sein, meinte er – ha, ha, ha), begann ich ernstlich an meiner Zurechnungsfähigkeit zu zweifeln: Ich verspürte Schmerzen, wo keine sein konnten, sah Personen, die nicht da waren, hörte Stimmen, die niemand sonst zu hören in der Lage war. Sollten eventuell doch einige der Substanzen, die ich meinem Körper auf die eine oder andere Weise zuführte, eine unerwartete, längerfristig negative Wirkung auf mein vegetatives Nervensystem ausüben? Eine Wirkung, von der selbst Dr. Klein und Daniel, der das meiste von dem Stoff, den er verkauft, selbst anpflanzt, keine Ahnung hatten? Oder war ich schlichtweg aufgrund erblicher oder anderer psychischer Veranlagungen kurz davor durchzudrehen?*

Du wirst verstehen, daß ich in dieser schwierigen Zeit nicht bereit war, meine Zweifel mit irgendjemandem zu teilen; was ich indes tat, war, meinen Alkohol- und Marihuanakonsum auf ein gerade noch erträgliches Minimum zu reduzieren und das Haus vorläufig nur noch selten zu verlassen – eine Phase, an die Du Dich wahrscheinlich noch erinnerst.

Diese halbherzig eingeleiteten Vorsichtsmaßnahmen konnten jedoch auch in der darauffolgenden Woche nicht verhindern, daß ich dem grauenhaften Golloch zwei weitere Male über den Weg lief! Das erste Mal passierte es in Bernie's Rock 'n' Roll-Paradies, *als ich gerade dabei war, die neu reingekommenen Schallplatten und Importcassetten durchzustöbern. Golloch tauchte unvermittelt neben mir auf, zog eine Scheibe von den Byrds aus dem Regal, sagte* **‚Vier'** *und ließ mich, von Krämpfen und unsäglichen Kopfschmerzen geschüttelt, auf dem Boden liegend zurück.*

Das zweite Mal in dieser Woche – das bisher letzte Mal, daß ich ihn überhaupt traf – ergab sich auf dem Rummel, der neulich draußen bei Westbridge stattfand. Ich war, meiner ursprünglichen Vorsicht zum Trotz, mit Martin, Carla und Chris unterwegs, hatte schon ein paar Bier intus und ahnte nichts von der äußerst perfiden Methode, mit welcher der Schwarze Mann dieses Mal vorgehen würde.

*Um den anderen zu imponieren und weil Chris einen von diesen widerlichen rosafarbenen Stoffelefanten, die sie dort als Gewinn rausgeben, plötzlich unheimlich süß fand, ließ ich mich dazu hinreißen, für ein paar Pennies mein Glück an einer von diesen komischen Schießbuden mit Schnappschuß-Automatik zu versuchen. Zwar hegte ich wenig Hoffnungen, in meinem mehr als angeheiterten Zustand auch nur die hintere Rückwand der Bretterbude zu treffen, aber schon der erste von fünf Schüssen saß hundertprozentig im Ziel (*warum wohl? *frage ich mich heute ...). Im gleichen Moment, in dem das Blitzlicht losging, hörte ich die vermaledeite, süßliche Stimme direkt neben meinem Ohr:*

‚Fünf!'

Blitzartig wirbelte ich herum, wobei ich Mart mit dem Gewehr fast die Zähne einschlug, aber selbstverständlich war da längst niemand Außergewöhnliches mehr zu sehen, und den verwunderten Blicken der anderen zufolge hatte auch keiner von ihnen Gollochs Stimme vernommen. Im gleichen Moment kam auch schon der Budenbesitzer heran und händigte mir einen Elefanten sowie ein mäßig scharfes Polaroid aus, das ich interessiert betrachtete; doch als ich die Gestalt, die auf dem Foto hinter meiner linken Schulter deutlich zu sehen war, erkannte, wurde ich urplötzlich von einem unbeschreiblichen Schmerz hinter meiner Stirn niedergestreckt und wälzte mich brüllend auf dem feuchten Asphalt.

Als ich wenig später auf dem Sofa in Chris' Wohnung (wohin die drei mich in ihrer Verwirrung gebracht hatten) wieder zu mir kam, war meine erste bewußte Handlung, daß ich Mart, der mit besorgter Miene neben mir stand, zurück auf den Rummel schickte, um nach der Fotographie zu suchen, die ich irgendwo vor der Schießbude fallengelassen haben mußte. Niemand verstand den Sinn meiner mit schwer nachvollziehbarer Eindringlichkeit gegebenen Order, jedoch willigte Mart notgedrungen ein. Tatsächlich gelang es ihm, den Fetzen Papier in einer Pfütze nahe dem Stand aufzuspüren und zu mir zu bringen.

Mit dem Eintreffen des Fotos zerschlug sich dann allerdings jäh meine Hoffnung, daß auch andere Menschen den auffällig-unauffällig gekleideten Mann hinter meinem Rücken sehen können müßten, der doch zusammen mit mir auf das Polaroid gebannt war. Denn – nicht einmal mehr ich selbst erblickte nun hinter mir auf dem Bild mehr als einen mir völlig unbekannten, schnauzbärtigen Rummelplatzbesucher!

Logischerweise gelang es keinem der Anwesenden, den betreffenden Herrn, auf den ich nur völlig verwirrt in stummem Entsetzen deuten konnte, mit meinem ‚Kreislaufkollaps', den Martin in einem Anflug eingebildeten medizinischen Sachverstandes augenblicklich diagnostiziert hatte, in irgendeine Verbindung zu bringen, und ich muß zugeben, daß ich selbst seit diesem Zeitpunkt ernstlich an meiner geistigen Zurechnungsfähigkeit zweifle.

Weißt Du, was für ein Scheißgefühl das ist, Matt?

Heute ist der 21. August, und bisher bin ich der seltsamen Gestalt nicht mehr begegnet. Aber ich habe Angst. Höllische Angst.

Ich werde versuchen, mit Golloch zu reden, sofern er mir beim sechsten Mal Gelegenheit dazu läßt. Aber ich habe wenig Hoffnung; schließlich hat er bereits seine anfängliche Ankündigung, vor dem siebten Mal werde mir nichts geschehen, durch die furchtbaren Migräneanfälle, die er mir irgendwie verursacht, nicht eingehalten. Wer weiß, ob nicht gar das sechste Mal schon das letzte sein wird?

Nach wie vor habe ich niemandem etwas von dieser schrecklichen Bedrohung gesagt, die sich ja vielleicht doch noch als üble Halluzination in Verbindung mit irgendeiner drogenbedingten Kopfschmerzabart herausstellen mag. Vielleicht habe ich diesen Brief ganz umsonst verfaßt, hole ihn in zwei bis drei Monaten selbst wieder vom Notar ab und lache herzlich und beruhigt, während ich ihn genüßlich zerreiße und bei jedem Fetzen, den ich verbrenne, einen großen Schluck Jack Daniels nehme.

Vielleicht aber auch nicht ...

Und sollte es tatsächlich so weit kommen, daß Dir dieses Schreiben als Folge meines unerwarteten Todes zugestellt wird, will ich, daß Du weißt, wie es wirklich gewesen ist. Wie immer die offizielle Todesursache gelautet haben mag – es war kein natürlicher Tod.

Es war Herr Golloch, der mich getötet hat!"

4.

Es dauerte eine Weile, bis Matt Koenig nach der Lektüre des Briefes wieder klar denken konnte. Stumme Minuten lang saß er in seinem kleinen, chaotischen Wohnzimmer, den Blick starr ins Leere gerichtet, während die zu Beginn der Lektüre angerauchte Zigarette im Aschenbecher vergessen ihr Leben aushauchte und letzte Qualmkringel in die unbewegte Luft des Raumes entließ, während zwei einsame Tränen in seinen Augenwinkeln einzutrocknen begannen, während sich über den Dächern vor dem Fenster träge die ersten Wolken für das vierte Hitzegewitter dieser Woche formierten. Dann begann es hinter Matts Stirn zu arbeiten.

Wäre dieser Brief von jemand anderem als Jake Schulman gekommen, Matt hätte sich ein müdes Grinsen abgerungen, den Verfasser zu seiner regen Phantasie beglückwünscht und dem Stapel Papier umgehend ein ähnliches Schicksal angedeihen lassen wie zuvor den Rechnungen und Werbewurfsendungen. Aber dieses Schreiben stammte von *Jake* – dem Jake, den er schon beim Spielen im Sandkasten kennengelernt hatte und von dem ihn weder die Zeit noch ein nicht unbeträchtliches Spektrum persönlicher Probleme während der letzten 24 Jahre zu trennen vermocht hatten. Nichts hatte sie entzweien können, ihn und Jake, dem er im Leben jedes Wort geglaubt, mit dem er jede sich ihnen entgegenstellende Schwierigkeit, jeden Konflikt gemeistert hatte. Dieser Freund – der beste, den er je gehabt hatte – hatte den vor ihm liegenden Brief verfaßt, und eine weitere Tatsache kam hinzu, die dieser auf den ersten Blick nicht unbedingt glaubwürdigen Geschichte eine erschreckend realistische Wirkung verlieh: Jacob Schulman, der kerngesunde, nicht unbedingt durchtrainierte, jedoch sportliche, keinesfalls irgendwie übergewichtige oder anderweitig infarktgefährdete Jake war tatsächlich *tot*! Tatsächlich völlig unvorhersehbar aus dem Leben getreten ... getreten *worden*? Matt war verwirrt.

Bei genauerer Betrachtung von Jakes Bericht schmerzte es ihn ein wenig, daß sein langjähriger Freund nicht schon damals mit seinem Problem (ganz gleich, ob diese seltsame Bedrohung nun tatsächlich stattgefunden hatte oder nicht) zu ihm gekommen war, um sich auszusprechen, wie sie beide es so oft getan hatten. Doch in Anbetracht des eher irreal anmutenden Inhalts des Briefes glaubte Matt Jakes Motive nur zu gut verstehen zu können. Und obwohl Jake wirklich sein engster Freund gewesen war, und obwohl sein völlig unlogisch erscheinender, grundloser und zu seinem tödlichen Unfall führender Herzinfarkt einige Fragen aufgeworfen hatte, war Matt doch in diesem Augenblick noch weit davon entfernt, der reichlich grotesken Geschichte vorbehaltlos Glauben schenken zu können. Denn immerhin war Jakes Drogen- und Alkoholkonsum in der Zeit vor seinem Tod wahrhaftig ein wenig außer Kontrolle geraten ...

Er brauchte Zeit. Zeit zum Nachdenken.

Noch einmal griff er nach dem Bündel bekritzelten Papiers, als das beigelegte Foto, das er zu Anfang bereits bemerkt hatte, zwischen den Seiten herausrutschte und zu Boden fiel. Er hob es auf.

Interessiert blickte er zum zweiten Mal auf die festgehaltene Szene vor der Schießbude. Jake mit dem Gewehr im Anschlag, Chris neben ihm, die Schulter und einige Krauslocken von Martin am Bildrand – und durchaus kein gewöhnlicher, schnauzbärtiger Rummelbesucher, sondern ein in Schwarz gehüllter, riesenhafter Mann mit Hut, der direkt hinter Jake, teilweise von diesem verdeckt, aufragte!

Ein eiskalter, triefend nasser Waschlappen schien Matt plötzlich heftig ins Gesicht zu schlagen! Es war nicht allein die Tatsache, daß Jakes Brief zufolge keiner von den anderen imstande gewesen war, diese Gestalt zu sehen. Nein, er sah die Person sehr wohl – und *kannte* sie!

Herr Golloch

Die Erkenntnis ließ ihn nach Luft schnappen: Es handelte sich exakt um jene seltsame Gestalt, die Matt auf Jakes Beerdigung zwischen den Bäumen erspäht hatte und auf deren Anwesenheit er sich damals keinen Reim hatte machen können. Jener ungewöhnlich gekleidete, gleichsam auf merkwürdige Weise unauffällige Hüne, den Matt bereits mit erheblichem Erfolg aus seinem Gedächtnis verdrängt hatte. Aber es bestand keinerlei Zweifel, und für Matt stand unumstößlich fest, daß er dieser Sache weiter nachgehen würde ... *denn er hatte Marek Golloch auf Jake Schulmans Beerdigung gesehen!*

Da klopfte es an die Tür.

5.

Matts Kopf wirbelte herum. Er hatte sich bestialisch erschrocken!

Ungehalten stand er auf und schritt in Richtung Tür, bereits darauf gefaßt, beim Öffnen in das faltig-bärtige Antlitz des alten Smethers zu blicken, der in seiner Eigenschaft als Hausmeister dieses Wohnkomplexes Matts Gewohnheit, uninteressante Post einfach in den Keller fallen zu lassen, schon des öfteren mit lautstarkem Unwillen quittiert hatte. Der beleibte Vegetarier hatte einwandfrei zu wenig zu tun, sonst würde er sich nicht über solche Kleinigkeiten derart aufregen.

Als er zur Türklinke griff, deuchte ihm, daß es theoretisch auch Silvia Bellow sein konnte, seine Vermieterin, und mit einem knappen Schlucken stellte er fest, daß er mit der Miete schon wieder drei Wochen hinterherhinkte. Er setzte sein schleimigstes und vertrauensvollstes Lächeln auf und öffnete die Tür.

Direkt vor ihm stand weder Smethers noch seine Vermieterin; Matt starrte entsetzt in das breite, hoch über ihm schwebende Gesicht eines stämmigen, ganz in Schwarz gekleideten Mannes! Entsetzt fuhr er zurück.

Der Fremde trat unaufgefordert einen Schritt in die Wohnung und schloß gewissenhaft die Tür hinter sich. Dann drehte er sich zu dem immer noch bewegungsunfähig dastehenden Matt um und hob grüßend die Hand.

„Guten Morgen, Herr Koenig!“ Sein Mund verzog sich zu einem unmerklichen Grinsen. „Matthew Geoffrey Koenig, richtig?“

„G... Golloch?“

„Oh, ich sehe, Sie haben schon von mir gehört? Das ehrt mich zwar, ändert jedoch nichts an der Tatsache, der Sie mein Hiersein verdanken. Es geht um folgendes: Sie werden bald sterben! Das mag für Sie lächerlich oder unglaubwürdig klingen, aber wie Sie schon am Beispiel Ihres Freundes Schulman bemerkt haben dürften, ist es mir in höchstem Maße ernst.“

„Sie ... Sie haben ihn umgebracht!“ stieß Matt hervor und überlegte krampfhaft, welcher der zahlreichen Einrichtungsgegenstände seiner Wohnung sich am besten als Waffe zweckentfremden ließe.

„*Natürlich!*“ lachte der Mann in Schwarz fast erheitert auf. „Das ist es schließlich, wozu ich existiere. Und nun hören Sie schon auf, sich so auffällig nach irgend etwas umzusehen, was Sie mir über den Schädel ziehen könnten – Ihnen geschieht doch nichts! Zumindest vorläufig ...“

„Ich ...“ Plötzlich konnte Matt die eigenartige Bedrückung, jene schleichende Angst, von der Jake in Verbindung mit seiner ersten Begegnung mit der Gestalt berichtet hatte, besser nachvollziehen, als ihm lieb war; kalter Schweiß sammelte sich in seinem Nacken, verdichtete sich zu einem tropfengroßen Konglomerat salziger Feuchtigkeit und rann unangenehm rasch an der Haut seines Rückens hinab. Ihm war übel, weniger in körperlicher, als vielmehr in *geistiger* Hinsicht, und er verspürte den kindlich naiven Wunsch, sich ins Bett zu legen, die Decke über den Kopf zu ziehen und in aller Stille in sich hineinzuweinen. Jeder Gedanke an eine körperliche Gegenwehr war aus seinem Hirn verschwunden.

„Sechs mal werden Sie mir begegnen, Koenig, sechs mal wird Ihnen nichts geschehen, und Sie werden sich fragen, ob Sie mich tatsächlich gesehen haben, dank der bewundernswerten Eigenschaft des menschlichen Geistes, Dinge, die er nicht zu verstehen in der Lage ist, dem Reich der Phantasie zuzuschreiben ... aber beim *siebten* Mal – werde ich Sie vernichten! Dann werde ich der Vollstrecker Ihres Schicksals sein, wie ich es schon bei Ihrem Freund Jake und vielen Tausend anderen Individuen gewesen bin. Seien Sie auf der Hut, Koenig ... und bis bald!“

Damit drehte der eigenartige Mann sich um, trat zur Tür und war verschwunden.

Matt stand einen Augenblick regungslos mitten im Raum, dann sackte er mit der Kraftlosigkeit eines Querschnittsgelähmten in sich zusammen und erbrach sich am Boden liegend auf seinen Patchworkteppich.

Als er eine gute Viertelstunde später aus dem tranceartigen Dämmerzustand der Angst erwachte, in den ihn seine Begegnung mit dem Unheimlichen versetzt hatte, fragte er sich verzweifelt, wie das Lesen von Jakes Brief seine Imaginationskraft bloß derartig angeheizt und beeinflußt haben könnte, daß er im direkten Anschluß an dessen Lektüre einem Trugbild seiner eigenen Phantasie erlegen war. Doch Jakes Bericht mit dem Polaroid-Foto und das Erbrochene vor ihm auf dem Teppich waren ihm Beweis genug; daß erstens Jake tatsächlich etwas widerfahren war, das sich jeglicher rationalen Erklärung entzog, und daß zweitens etwas sehr Ähnliches auch vor wenigen Minuten in sein, Matts eigenes Leben eingebrochen war ... denn ganz ohne Grund oder nur wegen einer äußerst lebhaften Halluzination hätte er kaum den Inhalt seines Magens auf den Teppich, den er von Sally zu seinem letzten Geburtstag bekommen hatte, entleert! Er stand auf.

Nachdem er den Flur einigermaßen gesäubert und die ganze Wohnung gut durchgelüftet hatte, überlegte er, was jetzt zu tun sei. Sally anzurufen schien ihm das denkbar Falsche zu sein. Mit einem Mal verstand er sehr gut, warum sich Jake seinerzeit niemandem anzuvertrauen gewagt hatte, mußte doch ein jeder, der mit einer derart abseitigen Geschichte an einen Dritten herantrat, damit rechnen, augenblicklich als Irrer gebrandmarkt zu werden. Nein, Kontakt zur Freundin oder anderen Bekannten konnte jetzt nichts bringen.

Nach fast zwei Stunden verzweifelten Grübelns war Matt noch immer zu keinem aussichtsreichen Einfall gekommen. Er ahnte, daß ihm – bis sich dies änderte – nichts anderes übrigbleiben würde, als sich, wie Jake es schon im Ansatz versucht hatte, in seiner Wohnung einzuigeln und sie in der nächsten Zeit möglichst selten zu verlassen, um die Wahrscheinlichkeit, Herrn Golloch irgendwo zu begegnen, so gering wie nur irgend möglich zu halten.

Aber ganz offensichtlich hatte der Unheimliche es bei Matt ein wenig eiliger als im Monat zuvor mit seinem bestem Freund. Das zumindest befürchtete Matt, als er seine erste Begegnung mit dem Mann in Schwarz noch am Nachmittag desselben Tages hatte!

Er war in die Stadt gefahren, um sich einen bescheidenen Vorrat an Lebensmitteln zu besorgen (normalerweise hatte er wenig bis gar nichts Eßbares in der Wohnung gebunkert, da er einerseits oft bei Sally aß, andererseits absolut nichts gegen Fast Food von der Frittenbude um die Ecke hatte). Brot, Saft, Gemüsekonserven und Tütensuppen hatte er schon erstanden, ebenso ein Abschiedsgeschenk für Sally, die am nächsten Vormittag mit dem Zug für eine Woche zu ihrer im Sterben liegenden Tante nach Gloucester fahren würde. Jetzt hatte er eigentlich nur noch vor, ein wenig Frischfleisch zum Einfrieren zu besorgen, da er schon wieder ganz erheblich die Lust am Einkaufen verloren hatte und barbarisch müde war. Zudem war ihm über der routinierten Beschäftigung des Geldausgebens im Treiben der dicht gedrängten, stinkenden Menschenmassen in den Supermärkten und Einkaufspassagen die Dringlichkeit seines Vorhabens, die essentielle Notwendigkeit des Anlegens eines Vorrats in seiner Wohnung, die er zu Beginn noch sehr heftig empfunden hatte, ziemlich abhanden gekommen. Die Konfrontation mit dem wie jeden Tag vonstatten gehenden Alltagsleben, mit all seinen wie üblich die Gänge im Supermarkt verstopfenden alten Frauen und unverschämten Kassiererinnen, hatte sein vormittägliches Erlebnis in kaum noch greifbare, irreale Ferne gleiten lassen.

Es traf ihn daher vollkommen unvorbereitet, als der junge Bedienstete in der Metzgerei, wo Matt gerade als einziger Kunde einkaufte, sich umwandte, um ihm die abgewogene Menge Hackfleisch noch einmal hinzuhalten – und ihn keineswegs der bartstoppelübersäte Jüngling anlächelte, der ihn beim Eintreten begrüßt hatte, sondern just die breite, maskenhaft glatte Visage von Herrn Golloch, der, die weiße, verschmierte Schürze über seinen obligatorischen schwarzen Mantel geschlungen, das Hackfleisch in der einen riesigen Hand hielt, während er mit der anderen auf Matt deutete. „*Eins*", sagte er. Sein Tonfall war völlig emotionslos und wirkte doch auf unerklärliche Weise hämisch, ja ... *böse*. Entsetzt packte Matt die Tüten mit seinen bisherigen Einkäufen, drehte sich um und rannte davon.

Doch auch außerhalb des Ladens bildete er sich ein, ein leises, meckerndes Lachen in seinen Ohren widerhallen zu hören.

6.

Die nächsten Tage im Leben Matt Koenigs waren geprägt von geradezu kataleptischer, sich beständig steigernder Furcht. Denn wiewohl er sich mühte, möglichst wenig unter Menschen zu kommen, kaum die Wohnung zu verlassen, jegliche Vorsichtsmaßnahme einzuhalten, war dies alles doch vergebens in Anbetracht der maßlosen Perfidie, mit der Marek Golloch vorging, um ihm dennoch seine Gegenwart aufzudrängen!

Am folgenden Tag verließ Matt lediglich das Haus, um sich am Bahnhof von Sally zu verabschieden. Im Gewühl der Fahrgäste auf dem Bahnsteig hielt er den Blick geflissentlich gesenkt, um nicht versehentlich einen auf einer Wartebank herumsitzenden Marek Golloch zu erblicken. Schließlich küßte er Sally ein letztes Mal, überreichte ihr die Kleinigkeit, die er am Tag zuvor besorgt hatte, und ließ sie schweren Herzens in den Zug steigen, der wenig später anfuhr.

Matt blickte seiner aus dem Fenster ihres Abteils winkenden Freundin nach, winkte ebenfalls. Ihr Wagen war schon fast außer Sicht, er stand noch immer winkend neben den vorbeirauschenden weiteren Waggons, da gewahrte er plötzlich eine schwarzgekleidete Gestalt, die sich weit aus dem Fenster eines der mittleren Wagen lehnte und ihm mit ausschweifenden Bewegungen zuwinkte. Golloch!

„Zwei!" hallte es über den Bahnsteig zu Matt herüber, und er ließ, wie vor den Kopf geschlagen, die Hand sinken und verfluchte sich selbst dafür, daß er dem Zug auch nur eine Sekunde länger nachgeblickt hatte, als nötig gewesen wäre. Aber der Schrecken war noch nicht ausgestanden.

„Drei!" vermeinte er plötzlich zu hören, sah auf – und starrte abermals in das unbeschreibliche Gesicht des fremdartigen Mannes, der – was mit logischen Mitteln völlig unerklärbar schien – nun aus dem *hintersten Fenster des letzten der vorüberfahrenden Waggons* gebeugt stand und immer noch winkte! Dann war der Zug verschwunden und ließ einen niedergeschlagenen, ratlosen Matt Koenig zurück, der sich, einen dicken Kloß im Hals und zum wiederholten Mal eine massive Übelkeit im Magen, umwandte und langsam in Richtung Parkplatz davontrottete, wobei seine Lippen, mit denen er eben noch seine Freundin zum Abschied (*zum letzten Mal?*) geküßt hatte, zu beben begannen, während zwei einzelne Tränen der Verzweiflung seine Nasenflügel hinabrollten.

Eigentlich war es jedoch von Vorteil, daß Sally vorerst von der Bildfläche verschwunden war, dachte Matt drei Tage später, als er – keine weitere Begegnung mit Golloch hinter sich – den dritten Tag in Folge in seiner Wohnung saß und sich ein Fertiggericht aus der Tüte zubereitete; Sally wäre ohne jeden Zweifel die erste gewesen, die seinen dergestalt veränderten Lebenswandel zur Kenntnis genommen und begonnen hätte, Fragen zu stellen. Ansonsten würde seine Abwesenheit in der Öffentlichkeit momentan wohl niemandem sonderlich auffallen, überlegte er. Bandproben, die sich ohne Leadgitarristen ohnehin schwierig gestaltet hätten, hatte es seit Jakes Tod keine gegeben – Martin hätte dafür momentan wohl ohnehin keine Zeit aufbringen können –, und das neue Semester ging erst in gut fünf Wochen wieder los. Kein Grund, sich wegen seines neuen, zurückgezogenen Lebensstils Sorgen machen zu müssen ... ganz im Gegensatz zur *Ursache* für diese Änderung in seiner Privatsphäre, denn Matt verlor keinen Augenblick mehr aus den Augen, daß seiner zum Abschluß der unheilvollen Bekanntschaft mit Herrn Golloch höchstwahrscheinlich ein ähnliches Ende harren würde, wie es bei seinem besten Freund der Fall gewesen war.

Da klopfte es an die Tür.

7.

Sally Loncraine brauchte einige Tage, bis sie die Nachricht vom Tod ihres langjährigen Lebensgefährten verkraftet hatte. Aber selbst als ihr Tränenfluß eine knappe Woche nach ihrer Rückkehr aus Gloucester zum Erliegen gekommen war, war sie immer noch nicht gewillt, die aberwitzige Tatsache, daß Matt von nun an einfach nicht mehr da sein sollte, zu akzeptieren.

Ihre Tante hatte sich während der Woche, die Sally ihr im Hospital aufgewartet hatte, überraschenderweise wieder ein wenig erholt, so daß sie gut gelaunt am vereinbarten Tag die Rückreise angetreten hatte. Überrascht hatte sie am heimischen Bahnhof feststellen müssen, daß Matt nicht mit dem Wagen gekommen zu sein schien, um sie abzuholen – obwohl ihr Zug ganz pünktlich eingetroffen war.

Auch im weiteren Verlauf des Tages ging bei Matt niemand ans Telefon, worauf sich ihre Enttäuschung über den verpaßten Empfang alsbald in Unruhe verwandelte. Als er schließlich am kommenden Morgen auf ihr Klopfen nicht die Wohnungstür öffnete, bekam sie es mit der Angst. Zwar konnte es immer noch sein, daß Matt überraschend irgendwohin gefahren war, aber dann hätte er zweifelsohne bei ihren Eltern oder gemeinsamen Freunden eine Nachricht für sie hinterlassen. Alle hierfür in Frage kommenden Möglichkeiten hatte sie selbstverständlich bereits telefonisch überprüft – ohne Erfolg!

Am Abend rief sie schließlich die Polizei.

Das Aufbrechen von Matts Wohnung erwies sich als wenig ergiebig, da sich auch hier keinerlei Hinweise darauf finden ließen, daß oder wohin ihr Eigentümer so plötzlich abgereist sein könnte. Auffällig war lediglich die selbst für Matts Verhältnisse geradezu chaotische Unordnung, die in den drei Zimmern und der Küche herrschte. Überall stapelten sich Packungen von Fertiggerichten, teilweise noch mit getrockneten Essensresten gefüllt, leere und halbvolle Coladosen bildeten schiere Kraterlandschaften auf dem Wohnzimmerteppich, und große Mengen hastig bekritzelter und anschließend zerknüllter Zettel lagen hauptsächlich im Schlafzimmer, aber auch in der restlichen Wohnung verstreut. Von Matt Koenig fehlte jede Spur.

Erst, als die Abendausgaben der Zeitungen vom tragischen Tod zweier Fallschirmspringer am vergangenen Freitag berichteten, zeichnete sich ein erster Zusammenhang ab.

Und tatsächlich handelte es sich um niemand anderen als Matt Koenig, den Sally schließlich um 23 Uhr 37 in der sterilen, nach Desinfektionsmitteln stinkenden Leichenhalle von Nottingham South vorfinden mußte. Die Polizisten rechneten es ihr hoch an, daß sie ihn trotz der Tatsache, daß die obere Hälfte seines Körpers fast völlig zerschmettert war, noch zu identifizieren in der Lage war; dann mußten sie einen Sanitäter rufen, der das kollabierende Mädchen ins Krankenhaus brachte.

Die Todesumstände selbst schienen indes verhältnismäßig klar. Matt hatte einen Tag vor Sallys Rückkehr einen Partnersprung mit einem eigens dazu ausgebildeten Spezialisten des Fallschirmspringerklubs *Hopfrog Brothers* gebucht. Wie bei dieser unter Anfängern recht beliebten Art des Fallschirmspringens üblich, war er mit einem Gurtsystem auf der Vorderseite eines erfahrenen Springers befestigt worden, worauf die beiden Männer außerhalb der Stadt über einem ausgedehnten Feld aus gut viereinhalb Kilometern Höhe aus dem Kleinflugzeug abgesprungen waren.

Als man die beiden am Nachmittag des gleichen Tages zertrümmert am Boden fand, ergab sich jedoch ein recht seltsames Bild: Zwar schien sich ihr Fallschirm ordnungsgemäß geöffnet zu haben, die Halteleinen waren jedoch sämtlichst mit einem scharfen Messer durchtrennt worden, so daß die beiden Springer aus mindestens eintausend Metern abgestürzt waren. Der Körper des Springlehrers wies zudem eine auffällig hohe Anzahl tiefer Einstichwunden auf, anhand derer festgestellt werden konnte, daß er vermutlich bereits vor dem Auftreffen auf dem Boden bewegungsunfähig, wenn nicht gar tot gewesen sein mußte. Nach eingehender Suche fand man dann schließlich über einen Kilometer entfernt die Tatwaffe, ein großes Bowiemesser. Es trug die Fingerabdrücke Matt Koenigs.

Es lag nicht nur außerhalb des Begriffsvermögens von Sally Loncraine, sich vorzustellen, warum Matt zuerst seinen Fallschirmpartner brutal erstochen und anschließend auch noch alle Halteschnüre durchtrennt haben sollte, um zusammen mit dem anderen Körper am Boden zerschmettert zu werden. Auch die Polizei und verschiedene Bekannte Matts, die im Verlauf der Ermittlungen befragt wurden, wußten sich darauf keinen Reim zu machen. Was verwirrenderweise noch hinzukam, war die Tatsache, daß Matt nie eine Affinität zum Sport des Fallschirmspringens gehabt, diesen im Gegenteil stets als hirnloses Riskieren des eigenen Lebens bezeichnet hatte. Niemand war in der Lage, zu ergründen, wieso sich der junge Mann ausgerechnet diese Methode für seinen unerklärlichen Selbstmord hätte aussuchen sollen.

Nachdem Sally ihre Verzweiflung mehr oder weniger überwunden hatte, kehrte sie einige Tage darauf, getrieben von einem unerklärlichen Gefühl, etwas Wichtiges übersehen zu haben, nochmals in Matts Wohnung zurück. Und tatsächlich –

weder die Polizei noch sie selbst hatten sich eingehender den in der ganzen Wohnung verstreuten Zetteln und Papierfetzen gewidmet; zwar hatten die Leute von der Spurensicherung den Haufen, der jetzt zusammengekehrt vor dem Eßtisch lag, nach einem als solchen erkennbaren Abschiedsbrief durchsucht, waren jedoch offensichtlich nicht fündig geworden. Als Sally die Papiere oberflächlich durchsah, glaubte sie zu verstehen, warum die Officers ihre Suche bald aufgegeben hatten: Der ausgesprochen heterogene Haufen bestand zum Teil aus fragmentarisch hingeworfenen, datierten Aufzeichnungen Matts, zum Teil jedoch auch aus Briefseiten, die offenbar gar nicht von ihm stammten. Daruntergemischt waren zudem Rechnungen, ungeöffnete Post und ein Foto, welches seinen kürzlich verstorbenen Freund Jake auf dem Rummel beim Preisschießen zeigte. Auch Sally wurde aus diesem Konglomerat unterschiedlichster Fragmente nicht recht schlau, füllte jedoch alles, was sie finden konnte, in einen großen Plastiksack, den sie mitgebracht hatte, und nahm sich vor, in den folgenden Tagen sämtliche Fetzen bei sich zuhause akribisch durchzugehen und zu untersuchen.

8.

„Dienstag:
Gestern das vierte Mal. Nur durch das Guckloch meiner Wohnungstür. Reichte ihm aber aus, mich zu bemerken. Noch keine Schmerzen diesmal.

Verdammt ...

Ich habe Angst!"

„Dienstag (später):
Habe ihn wieder gesehen; er war der Verkehrspolizist, der den Verkehr unten an der Kreuzung West Bend/Orifice Ln. regelte. Bin selber schuld – hätte nicht hinausgehen dürfen!

Diesmal auch Schmerzen – wie Jake erzählte. Unvorstellbar! Klappte zusammen und kam auf dem Gehsteig, umringt von mehreren Hausfrauen, wieder zu mir. Arme Irre – dachten, ich hätte einen Infarkt!

...

Was soll ich tun?"

„Mittwoch:
Heute keine Begegnung. Mir ist schlecht. Kann nicht essen. Wenn Jake bloß da wäre!"

„Donnerstag:
Habe versucht, auf ihn zu schießen! Lieh mir Daniels P38 und drückte ab, als Golloch mir auf dem Flur zum Klo entgegenkam! In meiner eigenen Wohnung!!!

Kugel schien ihm nichts auszumachen, verflucht! Fand später Einschlag in der Wand neben der WC-Tür. Ärger mit Smethers, der den Krach hörte und sofort raufkam; fand mich windend und sabbernd am Boden. Dachte wahrscheinlich, ich hätte mir das Hirn rausgepustet, der Trottel. Schmiß ihn raus, sobald es mir besser ging.

...

Aber so weit bin ich nicht. Noch nicht!

Nein – ich habe eine bessere Idee!"

„Donnerstag (später):
Ich weiß jetzt, wie ich ihn kriegen kann ... loswerden ... wenn es mich ohnehin erwischt ...

Er ist immer in der Nähe, wenn ich gewöhnliche Dinge tue ... und bei ungewöhnlichen??? Wenn nun die Zahl der in Frage kommenden Personen auf eine vorher genau absehbare limitiert wäre?

Wenn die Situation sehr gefährlich *wäre?*

... für Jake!

Ich weiß –"

9.

„Und Sie denken tatsächlich, dieser kleine Tumor könnte für Halluzinationen solchen Ausmaßes verantwortlich gewesen sein, Doktor?"

Sally Loncraine saß auf einem bequemen, lederbezogenen Stuhl im Sprechzimmer von Doktor Klein. Ihr gegenüber ragte der über zwei Meter große, grauhaarige Chefarzt in seinem teuren Rollsessel auf und blickte sie aufmerksam an. Er kaute an einem Bleistift.

„Nun, Miß Loncraine," begann er, „ich weiß nicht, ob es Ihnen bekannt ist, aber die moderne Medizin kennt heute über 230 verschiedene Arten von Tumoren, und höchstens die Hälfte von ihnen ist in hinreichender Weise erforscht, in ihrer Funktion und Wirkung ergründet; darüber hinaus dürfte es vorsichtigen Schätzungen nach noch einmal mindestens ebenso viele bisher völlig unbekannte Tumorgattungen geben, von denen einzelne wahrhaftig kaum imaginierbare Wirkungen haben könnten ... kaum *vorstellbare* Wirkungen, meine ich", fügte er nach kurzem Zögern und einem Blick auf Sallys leicht ratlose Miene hinzu.

„Aber daß Matt regelrechte Wahnvorstellungen gehabt haben muß, in anderen Menschen nur den von ihm verhaßten ... wie nannte er ihn noch? ... egal, diesen schwarzen Mann, gesehen hat ...“ Ihre Stimme klang verzweifelt.

„Miß Loncraine, die Obduktion hat ergeben, daß der etwa murmelgroße Tumor, den wir in der weißen Substanz von Herrn Koenigs linker Hirnhälfte fanden, von einer Art ist, die bisher festgestellten Typen zwar ähnelt, jedoch nicht mit ihnen identisch ist. Welche Auswirkungen er auf die Wahrnehmung und das vegetative Nervensystem Ihres Freundes gehabt haben könnte, liegt vorläufig außerhalb meines Vorstellungsvermögens. Momentan sind die Labors sogar noch außerstande, festzustellen, ob die Wucherung gut- oder bösartig im herkömmlichen Sinne war. Was man interessanterweise bereits kurz nach Beginn der Untersuchungen einwandfrei sagen konnte, war, daß die Konsistenz des erkrankten Gewebes darauf schließen läßt, daß der Tumor keinesfalls älter als etwa drei Wochen gewesen sein kann.“

„Sie meinen, vor einem Monat war Matt noch kerngesund?“

„Wenn Sie es so formulieren möchten – ja!“

„Aber ... aber wie kann das sein? Wie kann ein Tumor, egal welcher Art, so plötzlich – aus dem Nichts ...? Könnte er sich irgendwo angesteckt haben?“

„Kein Tumor auf der ganzen Welt wird durch eine *Ansteckung*, oder zumindest das, was Sie darunter verstehen, übertragen, Miß Loncraine, seien Sie dessen versichert.“ Doktor Klein legte seinen Bleistift weg und schaute demonstrativ auf seine Armbanduhr. „Ich würde sagen, ...“

„Es ist nur, weil ... sein bester Freund Jake ist vor etwas über zwei Wochen unter ziemlich merkwürdigen Umständen ums Leben gekommen, Herr Doktor. Einem Brief zufolge, den ich bei den Sachen von Matt gefunden habe, litt auch er in der Zeit unmittelbar vor seinem ...“

„Miß Loncraine, ich sehe nichts Mysteriöses daran, wenn ein junger Mann, der häufiger Drogen konsumiert als Sie Nahrungsmittel, am Steuer seines Wagens einen Herzinfarkt erleidet und als Folge einen Verkehrsunfall mit tödlichem Ausgang verursacht – falls Sie auf den Todesfall von Jacob Schulman anspielen sollten, mit dem ich zufällig ebenfalls zu tun hatte. Ich denke, wir sollten jetzt für heute ...“

„Und wenn Sie Jake eventuell exhumieren ließen und ihn ...?“

„Ich sage es Ihnen noch einmal, Miß Loncraine: Es gibt definitiv keine Art von Hirntumor, die sich beispielsweise durch Tröpfcheninfektion – wie eine Grippe – von einem Infizierten zum nächsten verbreitet! Genügt Ihnen das jetzt endlich? Und ich werde Jacob Schulman *nicht* exhumieren lassen, um nachzusehen, ob er nicht zufällig auch so einen taubeneigroßen Tumor in seinem Hirn hat – ich habe meine Kompetenzen schon mit der kaum begründbaren Obduktion Ihres Freundes, Miß Loncraine, die ich, wie Sie sich zweifellos erinnern werden, nur aufgrund Ihres inständigen Bittens überhaupt angeordnet habe, schon mehr als ausgereizt. Haben Sie das verstanden? Und jetzt muß ich Sie bitten, mich zu entschuldigen – ich habe noch zu tun!"

„Ich ..."

„Auf Wiedersehen, Miß Loncraine!"

10.

Gegen halb neun Uhr abends beendete Doktor Klein seinen Dienst, zog sich um und nahm den Fahrstuhl nach unten in die Tiefgarage. Dort angekommen, schritt er zügig zu seinem Wagen hinüber, schloß auf, warf seine Aktentasche auf den Beifahrersitz und ließ sich in den fest gepolsterten Schalensitz des Rover fallen. Als er gerade den Schlüssel im Schloß umdrehte, hatte er für einen Augenblick den Eindruck, im Rückspiegel die große, dunkle Silhouette eines Mannes mit Mantel und Hut zu sehen, der direkt hinter seinem Fahrzeug stand. Als er sich jedoch umwandte und genauer hinschaute, erspähte er lediglich in der Ferne Assistenzarzt Cramer von der Septischen, der zu seinem klapprigen Ford Pinto humpelte und im Gehen sein Köfferchen nach den Schlüsseln durchwühlte. Klein drehte sich wieder nach vorne, lenkte den Rover zum Ausgang und fuhr nach Hause.

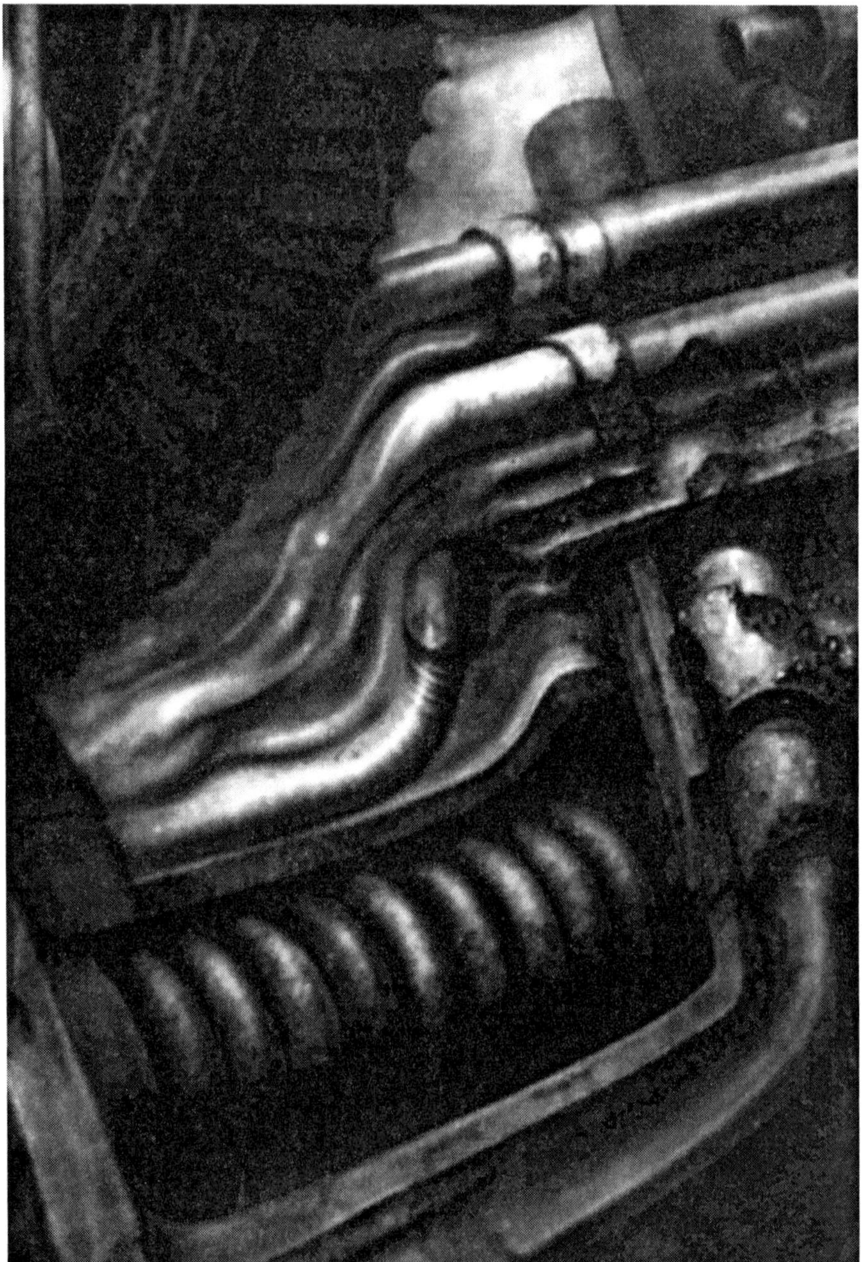

Wo die Toten flüstern

Während der Herbstferien, jener merkwürdigen Zeit, da sich die Türen der Alzeyer Albert Schweizer-Grundschule für viele Tage schließen und erleichterte Kinder in die fragwürdige Obhut jenes grauen Tiers namens Oktober entlassen, in jenen traumatmosphärischen Tagen der Weinlese trafen sich Daniel, Johann und Lisa regelmäßig am Badeweg unter der gewaltigen Eisenbahnbrücke, wo es immer ein wenig nach Urin und Algen riecht, dort wo der Pegel der braunen Selz an regnerischen Tagen manchmal bis zu den Gärten mit ihren verfallenen, toten Lauben reicht.

Sie gingen nie dorthin, während es regnete, obwohl sie sich ansonsten ständig unter den schützenden Sandsteinbrückenbogen aufhielten, von denen es insgesamt fünf gibt; der ganz rechts scheint sich halb in den Steilhang neben der stinkenden Lackiererei gefressen zu haben, der mittlere überdacht den Badeweg, der linke, im kleinen Bahndammwäldchen gelegene, beschützt die schmutzig-schäumende Selz. Die Kinder trafen sich dort nahezu jeden Tag, außer wenn sich die Schleusen des Himmels über der Stadt öffneten, denn dann fing es in all dem Geäst der Hecken und Büsche geheimnisvoll an zu flüstern.

Daniels Vater behauptete gerne, das Gemurmel stamme von den Geistern der Verlorenen, die sich im Leichtsinn oder im Wahn des Unglücks auf die Brücke begeben hatten, dort von einem rasenden Zug erfaßt und in die Selz geschleudert worden waren, wo ihre Kadaver oft wochenlang von dem flachen, braunen Wasser umspült wurden und sich langsam auflösten. So lange, bis eines Tages irgendwelche spielenden Kinder – Kinder wie Daniel, Johann und Lisa – ihre verstreuten, blanken Knochen am Bachufer fanden und sie in ihrer Unwissenheit für die sterblichen Überreste irgendeines bemitleidenswerten Tieres hielten.

Daniel zweifelte nicht an den Worten seines alten Herrns, Skepsis lag nicht in seiner Natur. „Bevor es eine Legende gab, bevor es Sagen gab, gab es die Wahrheit!“ sagte sein Vater immer. Das verstand Daniel zwar nicht ganz, doch es hörte sich für seine jungen Ohren sehr weise an. Und die Weisheit seines Vaters bestätigte das Flüstern der Toten in der Realität.

Ihren Eltern war es gar nicht recht, wenn sich die drei durch das kleine Wäldchen kämpften, um sich unter dem linken Brückenbogen zu treffen, wo ihr Versteck lag, das allen Augen, außer denen der Vögel und Schmetterlinge, verborgen war – obwohl sie dort nie etwas wirklich Schlimmes anstellten; einmal hatten sie versucht, Zigaretten zu rauchen und einen fürchterlichen Hustanfall erlitten; Johann hatte sich sogar übergeben müssen. Ein anderes Mal hatten sie zusammen eine halbe Flasche Wodka geleert, die Lisa aus dem Vorrat ihrer Eltern hatte mitgehen lassen. Diesmal hatten sich alle drei übergeben.

Das Versteck war ein Hort der Spiele und Mutproben: Wer kann auf die höchsten Bäume klettern? Wer kann die Selz über einen selbsterrichteten Staudamm bis zur Brückenmauer überqueren, ohne ins Wasser zu fallen (was Johann ständig tat, worauf er immer zu heulen anfing)? Weitpinkeln; Piepelmann zeigen; Kinderspiele im Herbst.

Nein, sie stellten nichts Schlimmes an, dennoch wollten ihre besorgten Eltern nicht, daß sie sich hier trafen, da vor knapp zwei Jahren ein Mädchen namens Frauke Hohlbein von „einem großen, bösen Mann fürchterlich erschreckt worden war" – seit jenem Tag saß das Mädchen angeblich in der geschlossenen Abteilung der Landesnervenklinik. Daniel war nicht so ganz klar, wie sich jemand so erschrecken konnte, daß er in ein Irrenhaus mußte; er war noch zu jung, um die vorsichtige Umschreibung der Erwachsenen zu deuten.

An jenem verhängnisvollen Oktoberferientag saß Daniel unter dem mittleren Brückenrundbogen, welcher den Badeweg beschützte, blickte besorgt in den Himmel, wo sich bombastische, graubraune Wolkenungeheuer zu einem gewaltigen Monstergebirge aus versteckten Fratzen auftürmten, und strich sich mit seiner ewig zitternden Hand durch das kurze, blonde Haar. *Es wird regnen, mein Kleiner*, schienen ihm die mächtigen, sich gegenseitig verzehrenden, Unheil gebärenden Ungeheuer zuzuraunen. *Wenn Mama oder Papa jetzt da wären, würden sie sich wieder in Wetterfrösche verwandeln, skeptisch in den Himmel blicken und feststellen, daß ein Unwetter bevorsteht. Sie kennen sich aus mit der Meteorologie, sie sind weise! Sie können in einen strahlendblauen Himmel sehen und sagen: „Es wird regnen" – und es* wird *regnen! Und dann wachen die Toten um die Selz herum auf und fangen an zu flüstern!*

Daniel fröstelte, er zog den Kragen seiner grünkarierten Jacke enger zusammen und scharrte mit seinen halb zerfetzten Turnschuhen im Kies herum. Er inhalierte die feuchte Oktoberluft und schloß die Augen. Wie in jedem Herbst glaubte er, den wachsenden Wein im Alzeyer Tal riechen zu können; es war ein unaufdringlicher, aber angenehm aromatischer Duft, der die ganze Welt erfüllte. Seine Eltern behaupteten zwar immer, er würde sich das nur einbilden, man könne den Wein überhaupt nicht riechen, aber er wußte, daß in diesem Fall ausnahmsweise er recht hatte. Seine Eltern waren weise, vielleicht die weisesten Menschen der Welt, aber wenn man älter wird, verliert man seinen Geruchssinn, das wußte Daniel. „Die Strahlung des Weins!“ behauptete er stets, wenn man ihm unterstellte, er würde wieder spinnen, und brachte seine wenigen, aufgeschnappten Physikkenntnisse wild durcheinander. „Die Neutronen ... und die Teutonen, die vor allem ... die vibrieren durch die Spannung in Volt und Kilobyte ... durch die Feuchtigkeit ... überall, im ganzen Tal ... und ... verstrahlen alles! Ja, sie strahlen! Deshalb kann man den Wein riechen!“

Daniel atmete aus – den wachsenden Wein nach wie vor deutlich wahrnehmend –, öffnete seine Augen und blickte beunruhigt in den zornigen, aufgewühlten Himmel, in dem es wie in einem gigantischen leeren Magen rumorte. „Sei kein Angsthase!“ flüsterte er sich selbst zu, um sich Mut zu machen. „Verdammt, sei kein Angsthase, versuch', die anderen nachher einfach zu überreden, zum Robinsonspielplatz zu latschen ...“

In diesem Moment legte sich eine eiskalte Hand auf seinen Nacken und drückte sachte zu!

Daniel schrie hell auf, Tränen des Schreckens traten ihm in die Augen, er wirbelte herum, stolperte zwei Schritte zurück ...

Oh Gott, die zerschmetterten Toten von der Brücke, sie sind von ihren Bäumen gestiegen, weil der Regen naht ...

Ein dicker, kalter Tropfen, zerplatzte auf seiner kleinen Nasenspitze, so daß er noch einmal schrie.

Vor ihm standen Lisa und Johann und grinsten von einem Ohr zum anderen.

„Du hast dich erschreckt, Mauskack!“ rief der blaßblonde Johann, der einen ganzen Kopf kleiner war als Daniel, und hüpfte entzückt kichernd wie ein Dotzball auf und ab. „Du hast dich erschreckt, Lisa, sieh nur, wie weiß er geworden ist, wie ein Gespenst, Mauskack ...!“ Lisa Sembten, ein kurzhaariges Mädchen mit spitzem Kinn, nahm ihren Aspirator aus der Tasche und inhalierte tief. Leicht verächtlich schielte sie zu Johann und sagte dann mit süffisanter Stimme: „‚Mauskack‘ ist Johanns Wort der Woche, er hat's sogar schon beim Scrabble-Spielen gelegt und wollte dafür Punkte kassieren!“

„Mauskack, Mauskack ...!“ Johann lachte wie ein Vierjähriger und hüpfte entzückt in die Höhe, so daß sein dünnes Spinnwebhaar aufgeregt im Wind flatterte. Er war ein eigenartiger Bursche; oft starrte er irgendwelche Dinge an und lachte oder weinte manchmal aus heiterem Himmel, ganz ohne Grund. Lisa behauptete, sein Vater arbeite in der Landesnervenklinik, was natürlich auf ihn abfärben würde. Daniel hielt diese Erklärung für sehr einleuchtend, Lisa war wirklich ein logisch denkendes Mädchen, das gab es selten. Sie war sehr weise, das gefiel ihm. Sie wußten beide, daß Johann einen mächtigen Sprung in der Schüssel hatte;

für Geld aß er in der Schule Frösche und Insekten, es bedurfte keiner Erklärung, wohin das führte.

„Oh Mann!“ rief Daniel erleichtert, als er seine Freunde erblickte, und zwang sich zu einem Lachen, das sich ungewollt ein wenig hysterisch anhörte. „Macht sowas nicht nochmal, okay?“

„Er hat sich erschreckt, Mauskack, erschreckt, erschreckt, erschreckt, Lisa, sieh nur ...!“

„Halt jetzt mal den Mund, Jo!“ rief Lisa, und Johann hörte endlich auf, so doof herumzuhüpfen, aber sein gequetschtes, überdrehtes Kichern konnte er nicht abstellen. Lisa wandte sich Daniel zu, der noch immer kalkweiß im Gesicht war, steckte ihren Aspirator weg und lächelte. „Tut mir leid, ich wollte dich nicht erschrecken!“ log sie ohne rot zu werden und zeigte grinsend ihre Zahnspange. „Also, los jetzt! Rüber zum Dinosaurierfuß, okay?“

„Ich ... ich glaube ... es gibt Regen“, sagte Daniel kleinlaut und blickte mit theatralischer Miene in den grauen Himmel. „Ihr wißt doch, was das bedeutet!“

Johanns Kichern erstarb abrupt. Er machte plötzlich ein Gesicht, als habe er starke Bauchschmerzen. „Dann ... kommen die Toten ...“, hauchte er atemlos. „Vielleicht ... sollten wir heute doch lieber zum Robinsonspielplatz rüber, was meint ihr? Oder zu dir nach Hause, Lisa, ja?“

„Genau!“ rief Daniel erfreut. „Weil, heute bekommen die Toten Münder!“ Weitere kalte Regentropfen zerplatzten bestätigend auf seiner Gesichtshaut.

Doch als er auf eine Antwort wartend in Lisas hübsches, sommersprossiges Antlitz blickte, wußte er, daß er das Flüstern an diesem Tag vernehmen würde, das Raunen der Toten, das Wispern der Verunglückten – denn es war immer Lisa, die die Entscheidungen fällte.

„Es ist an der Zeit, herauszufinden, was sie sagen, meint ihr nicht?“ rief sie lächelnd und blinzelte zweimal.

Sie meinten nicht. Aber sie waren sich darin einig, daß sie vor einem Mädchen (vor einem *Mädchen*!) nicht als Angsthasen dastehen wollten!

So nahmen die Dinge ihren Lauf.

Hintereinander kletterten sie die rutschige Anhöhe neben dem heruntergekommenen Wasserhäuschen hinauf und traten in das kleine Wäldchen. Innerhalb weniger Minuten gelangten sie von dort aus unter den linken Brückenbogen, wo die Selz fast wütend rauschte, dort, wo keine Menschenseele hingelangt, die mehr als zwölf Sommer gesehen hat. Unsicher standen sie so herum und untersuchten kurz den Staudamm, den sie letzte Woche errichtet hatten, der aber fast vollständig fortgespült worden war. Beklommen blickte Daniel in die Höhe, hinauf zu der riesigen, steinernen Rundung, unter der alles ohrenbetäubend laut nachhallte.

Wie in einer Höhle, dachte er. *Wir sind hier in einer riesigen Höhle, wo die Toten schlafen, wo* ... Ein Zug donnerte über ihre Häupter hinweg, so daß sie gleichzeitig erschrocken aufschrien.

„Hörst du das", wisperte Johann atemlos, nachdem sie sich wieder einigermaßen beruhigt hatten. Sein von Natur aus schneeweißes Gesicht war noch schneeweißer geworden, man konnte eine kleine, blaue Ader auf seiner Stirn ticken sehen, sein Mund stand weit offen und entblößte schlechte, schiefe Zähne.

„Was?" fragte Daniel, während die Furcht ihre glitschigen Finger auf seine schmächtigen Schultern legte.

„Es regnet", flüsterte Lisa krächzend. Ihre weichen Lippen befanden sich direkt neben Daniels Ohr, er konnte ihren heißen Atem spüren. „Hörst du's in den Bäumen?"

Aufgeregt bearbeitete Daniel mit seinen Turnschuhen ein schwammiges Stück Holz, das zu seinen Füßen im aufgespülten Selzmatsch lag.

„Ja, ich hör's", hauchte er, und seine Stimme klang piepsiger, als sie ohnehin schon war. „Wir ... wir sollten zusehen, daß wir von hier wegkommen, Lisa, das war wirklich eine saublöde Idee, an so einem Tag hierherzukommen, wir ..."

Daniels Stimme verebbte. Er folgte Lisas entsetztem Blick, der auf seine Turnschuhe gerichtet war, mit denen er heftig gegen das Holz trat. „D-D-Daniel ...", stotterte sie, und Tränen traten in ihre Augen. „Sch-sch-schau mal schnell, g-g-gegen was d-d-du da trittst ...!"

Daniels Herzschlag setzte eine Sekunde lang aus, dann senkte er den Blick, langsam, sehr langsam, während die Toten anfingen, sich in den Bäumen zu unterhalten, so daß die Schnecken aus ihren Häusern gekrochen kamen.

Kein Holz lag zu seinen Füßen! Es war weich, *sehr* weich, glitschig, morastig, sudelig. Es war graubraun. Es war voller Schlamm und Würmer.

Durch eine offen klaffende Wunde konnte Daniel den weißen, gebrochenen Schädelknochen und das tote, auslaufende Gehirn der Leiche erkennen!

Daniel begann zu schreien, Lisa stimmte mit ein, dann kam Johann hinzu, der immer etwas länger brauchte, ehe er verstand, was los war, und zusammen übertönten sie sogar den gespenstischen Gesang der Toten. Die drei Kinder wankten zurück, stolperten übereinander, stürzten in den zähen Matsch, schlugen um sich.

Vor ihnen lag eine halb im Selzschlamm versunkene Leiche mit eingeschlagenem Schädel und verdrehten Gliedern, ein Unglücklicher von den Schienen, dessen wahnsinnige Gedanken durch ein großes Loch im Kopf in die ganze Gegend verteilt worden waren!

Laut brüllend, Tränen vergießend, kämpften sich die drei auf ihre puddingweiche Beine, fielen übereinander, fanden auf dem rutschigen Untergrund kaum Halt, kamen nicht von der Stelle!

Da brach eines der fürchterlichsten Unwetter der letzten Jahre über das Alzeyer Land herein, und das Flüstern der Toten wurde zum agonischen Geschrei, zum schmetternden Wutausbruch, zum heulenden Gelächter! Daniel war voller Schlamm, er schmeckte ihn auf der Zunge, spürte ihn wie unzählige Weinbergschnecken naß und schmierig auf seiner Haut, und die Panik breitete sich wie ein gieriges Strohfeuer in ihm aus, nahm Besitz von seinem überforderten, jungen Geist.

Aus dem Augenwinkel heraus erspähte er Johann, der heulend durch das Dickicht stürmte. Lisa war verschwunden.

Mit wild klopfendem Herzen kämpfte er sich auf seine wackligen Beine, stolperte einige Schritte rückwärts durch eine sich drehende, schmelzende Welt und starrte hyperventilierend zu dem fürchterlich verwesten Toten!

Er lag nicht mehr der Länge nach da, sondern hatte seinen verbogenen, weichen Oberkörper, in dem sich die Maden wanden, angehoben! Mit den Armen versuchte er vergeblich, Halt zu finden. Sein Brustkorb war eingedrückt, gebrochene, weiße Rippen standen wie monströse Stacheln daraus hervor.

Plötzlich kniete die Leiche, die erschreckend groß war, ein Ruck durchzog ihren toten Körper, sie stand aufrecht und begann, zuckend ihre mehrfach gebrochenen Beine zu bewegen! Sie drehte ihr augen- und wangenloses, grinsendes Gesicht in Daniels Richtung und hob grüßend einen halb verfaulten Arm!

Möglich, daß dies der Moment war, da in Daniels Gehirn sämtliche Sicherungen implodierten. Kreischend rannte er los, er verirrte sich im Dickicht, das mit harten Armen nach ihm langte, an seinen Kleidern zerrte und sein Gesicht zerkratzte, er wetzte in die falsche Richtung, während die Toten höhnisch lachten, er stürzte hin, rappelte sich wieder auf, verlor einen Turnschuh, verstauchte sich einen Fuß und rannte weiter, er prallte gegen lebendig gewordene Bäume, die sich ihm in den Weg stellten, schlug sich einen wackligen Milchzahn aus, bemerkte nicht das Blut, das von seiner Stirn floß, rannte weiter, immer weiter, und endlich, endlich gelangte er auf den Badeweg, wo er über den Kies rutschte und hinschlug, so daß sich kleine Steinchen in die aufgeschürfte Haut seiner Wangen und Handflächen fraßen. Seine brennenden Gedanken wirbelten in seinem Kopf durcheinander wie Fliegen in einem Einmachglas.

Stöhnend, schreiend, sabbernd sprang er mit verdrehten Augen auf, rannte weiter durch den dichten Mantel niedergehenden Regens, der das Blut von seinem Gesicht spülte, und hielt sich mit beiden Händen die Ohren zu, um das entsetzliche Flüstern nicht länger hören zu müssen. Er warf keinen Blick zurück, da er wußte, daß der Tote direkt hinter ihm herlief und grinsend seine braunen Arme nach ihm ausstreckte! Er wußte es, er hatte gute Ohren, er konnte mit ihnen den Wein im ganzen Tal wachsen hören!

So hetzte er vorbei an den Gärten, bog schließlich in die Peterspforte ein und gelangte auf die dichtbefahrene Weinheimer Landstraße.

Er registrierte noch das kreischende Quietschen der Bremsen, und er glaubte, es sei das triumphierende Schreien des flinken Toten, der ihn eingeholt hatte, dann prallte etwas gegen seine Hüfte, und die Welt verlor sich in einem ohrenbetäubenden Donnern.

Das Gewitter hatte die Stadt erreicht.

Joseph Markwirt sprang von seinem Traktor, wischte sich die Tränen von den Wangen und blickte die weite Fläche seiner Weinreben entlang. Unten ihm Tal läuteten die Glocken der Nikolaikirche. Sie war das einzige Alzeyer Gebäude, das er noch erkennen konnte, der Rest der kleinen Stadt verschwand in einem unnatürlich dichten, weißen Nebel.

Er ließ seinen Blick über die Weinberge schweifen und überlegte, ob er nach Hause fahren sollte. Auf seinem Hof gab es genügend Arbeit zu erledigen, vielleicht würde sie ihn von seinem Kummer ablenken – von seiner Trauer um seinen kleinen Sohn Daniel, den vor zwei Wochen ein fassungsloser Mann nach Hause gebracht hatte, der behauptete, der Junge sei vor sein Auto gestolpert, er habe nicht mehr bremsen können, es täte ihm leid, aber dem Kleinen schiene ja nichts zu fehlen.

Nichts zu fehlen – was für ein Hohn!

Daniels Füße und Gesicht waren blutverschmiert gewesen, und seine weißen Züge waren von einem entsetzlichen Ausdruck des Schocks entstellt!

Sie hatten ihn zuerst in die Badewanne und dann ins Bett gesteckt, doch sein Zustand hatte sich nicht gebessert, im Gegenteil! Sie zogen Dr. Kormannshaus hinzu, der allerdings auch nicht weiter wußte.

In der folgenden Nacht lag Daniel, der eine Beruhigungsspritze bekommen hatte, in seinem Dachzimmer im Bett, wo er, sich unablässig die Ohren zuhaltend, mit glasigem Blick an die Decke starrend, leise vor sich hinflüsterte: „Höre sie, hört jetzt nie mehr auf, nie mehr, nie mehr ...“

Zum wiederholten Male wischte sich Joseph übers Gesicht, verzweifelt bemüht, die brennenden Tränen zurückzuhalten. Er blickte die Reben entlang, als er plötzlich der grauen, winkenden Gestalt, die zwischen ihnen kauerte, gewahr wurde!

Joseph erstarrte. Die Gestalt war etwa zwanzig Meter von ihm entfernt und verschwand fast vollständig im träge wallenden Nebel. Sie sah schmutzig und naß aus, als sei sie erst vor kurzem in den Alzeyer Stausee gefallen ... und etwas stimmte nicht mir ihrem Kopf! Er sah zu flach aus, als fehlten Stirn und Scheitel. Aber natürlich mußte es sich um eine optische Täuschung handeln – der Nebel war wirklich ungewöhnlich dicht!

„Hallo?" rief Joseph nach kurzem Zögern, bewußt so leise, daß die Gestalt ihn nicht hören konnte. Sie winkte wild, bewegte sich jedoch nicht von der Stelle.

Ein dicker, kalter Tropfen zerplatzte auf Josephs Nase, und plötzlich erbrachen die grauen Wolkenmassen am Himmel einen unglaublichen Platzregen auf das Alzeyer Land.

So schnell es ihm möglich war, drehte er sich um, sprang in das Fahrerhäuschen seines Traktors und startete den Motor. Er verfluchte die Tatsache, daß das Gefährt nur dreißig Stundenkilometer schaffte. Plötzlich wollte er nur noch weg, denn ihm war, als könne er überall um sich herum flüsternde Stimmen vernehmen!

Er drehte sich nicht mehr nach der sonderbaren Gestalt um. Er befürchtete, daß sie wie verrückt winkend über den unebenen Feldweg hinter ihm hergerannt kommen könnte! Und der Traktor war so langsam, so furchtbar langsam!

Er flüstert, dachte Joseph immer wieder, doch er konnte mit diesem merkwürdigen Gedanken nichts anfangen.

Daniel war in der Nacht nach seinem Unfall spurlos aus seinem Elternhaus verschwunden. Joseph Markwirt hatte sein Zimmer am nächsten Morgen verlassen vorgefunden.

Er hatte die Alzeyer Polizei eingeschaltet, die wie ein Bienenschwarm auf der Suche nach Nektar ausschwärmte, da noch zwei weitere Alzeyer Kinder als vermißt gemeldet worden waren – Lisa Sembten und Johann Ziegler, beides Freunde von Daniel.

Man fand die zerschmetterte Leiche des Jungen eine Woche später im Wäldchen jenseits der Eisenbahnbrücken. Daniel mußte des Nachts auf die Schienen geklettert sein, wo ihn ein fahrender Zug erfaßt und in die Selz geschleudert hatte. „Es kommt nicht häufig vor, daß ein Neunjähriger Selbstmord begeht", meinte Kommissar Werth später. „Aber es geschieht nun einmal, jeder ist sich der Tragik bewußt."

Daniels übel zugerichteter Körper, den man bis zu seiner Beerdigung im Bestattungsinstitut Brandt untergebracht hatte, verschwand in derselben Nacht auf ungeklärte Weise. Merkwürdig – und ebenso ungeklärt – war laut Kommissar Werth die Tatsache, daß die verriegelte Tür des Instituts von innen aufgebrochen worden war. Zwei Mitarbeiter des Unternehmens wurden festgenommen, aber nach 24 Stunden wieder auf freien Fuß gesetzt.

Joseph hatte in der Zeit nach dem Unfall wie ein Besessener in seinem Wingert gearbeitet, um so über den furchtbaren Verlust seines einzigen Kindes hinwegzukommen – um zu vergessen.

Immer wieder begegnete er der sonderbaren, winkenden Vogelscheuche. Sie schien sich von Mal zu Mal zu verändern, schien irgendwie kleiner, unförmiger zu werden. Sie kam nie näher als auf zwanzig Meter an ihn heran. Joseph versuchte, sie zu ignorieren. Irgendetwas stimmte nicht mir ihr, *irgendetwas ...*

So arbeitete er tagein, tagaus in den Weinbergen, bis die winkende Gestalt eines frühen Morgens nicht mehr allein auftauchte! Eine weitere, kleinere Gestalt war bei ihr, eine unförmige, fast kopflose Erscheinung, die von weitem wie ein kleiner Junge in nassen Kleidern aussah.

Joseph brauchte einen Moment lang, ehe er die Kleidung erkannte.

Er erschoß sich am gleichen Tag mit einer abgesägten Schrotflinte in einem weinumrankten Wingertshäuschen. Man konnte den Schuß in ganz Alzey hören, doch niemand dachte sich etwas dabei.

Josephs Leiche wurde nie gefunden, nur sein Gehirn, das an der rissigen Wand des uralten Häuschens klebte und dort zu einem abstrakten Gemälde vertrocknet war.

Wenn man in der Dämmerung auf den Feldwegen durch das schöne Alzeyer Land bis in die Weinberge spaziert, kommt es nicht selten vor, daß man im aufziehenden Nebel plötzlich in der Ferne mehrere merkwürdige, nasse Gestalten zwischen den Reben stehen sieht.

Sie winken.

Gehen Sie nicht auf sie zu, die meisten von ihnen sind Kinder, sie könnten sich erschrecken.

Winken Sie zurück!

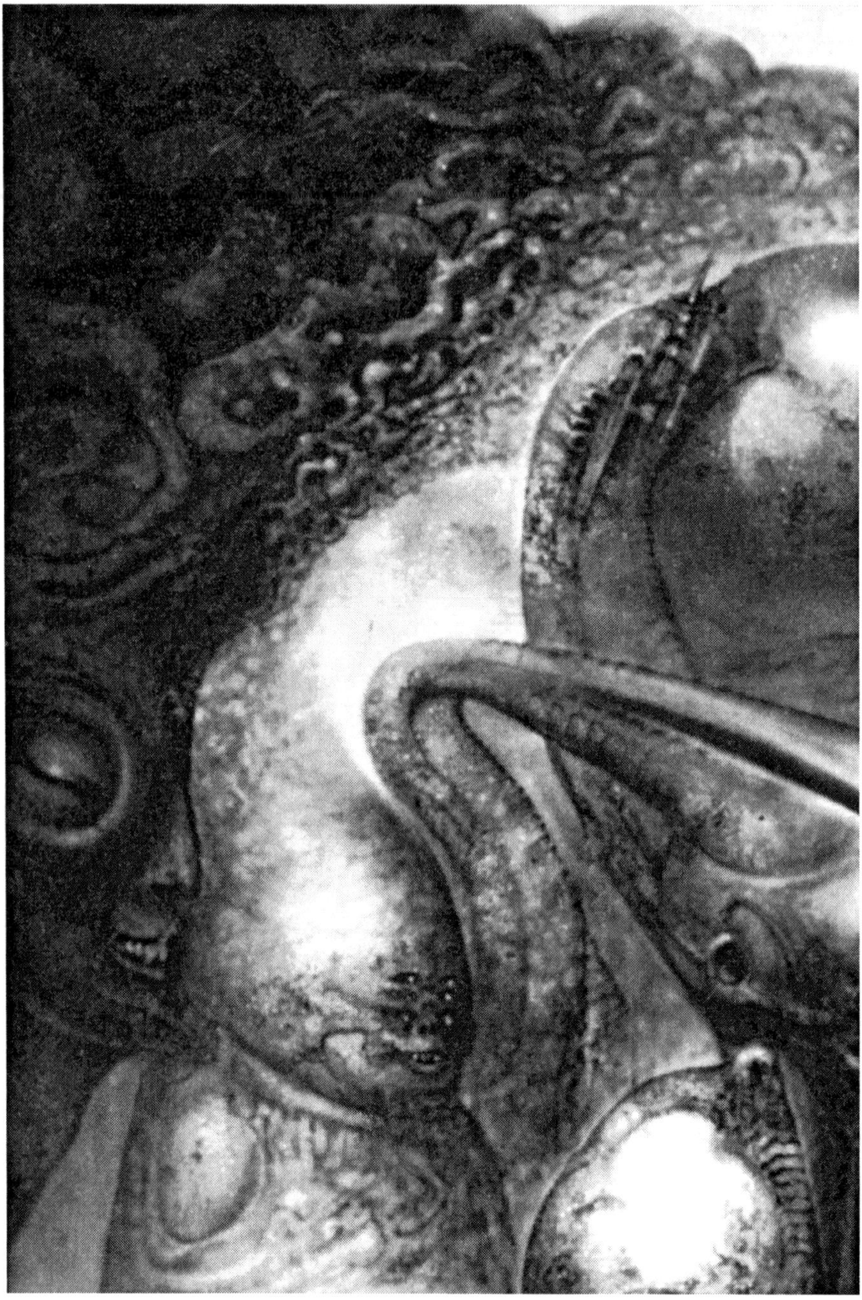

Far From Home

Früher habe ich darüber gelacht.
Konnte darüber lachen. Geschichten über Abduktion ... Entführungen durch exterrestrische Lebensformen ... wie lächerlich es seinerzeit wirkte. Und wie fern alles Lächerlichen die Idee heute auf mich wirkt – hier in meinem gläsernen Gefängnis.

Es war ein Fehler, jenes einsame Bad im Mondschein, soviel weiß ich heute; nie hätte ich den nächtlichen Ausflug an die Küste wagen dürfen, nur wenige Kilometer hinter Pizmo Beach, mich splitternackt in die sternblitzenden Fluten stürzen. Völlig geht mir der Reiz, den meine Unternehmung damals auf mich ausgeübt haben muß, heute ab, hätte ich schließlich auch von umgehenden Strolchen, Kriminellen gar, überfallen und ausgeraubt werden können oder etwas ähnliches ... *oh, wäre es nur so gewesen!*

Zunächst merkte ich nicht recht, was sich verändert hatte. Ganz normal tauchte ich wieder nach oben, durchbrach die Wasseroberfläche, erwartete, das sternklare Firmament der lauen Spätsommernacht über mir zu erblicken – doch da war nichts! Auch zu meinen Seiten war ich außerstande, das zu Beginn meines Tauchganges gar nicht sonderlich weit entfernte, sandige Ufer auszumachen. Alles, was sich außerhalb einer Entfernung von drei Metern befand, verschwamm in einer Art trüben, milchigen Graus, zu statisch und zu undurchdringlich für Nebel oder etwas Vergleichbares. Und als sie schließlich das restliche Wasser aus meinem in Wahrheit kubischen Gefängnis abpumpten, erschloß sich mir endlich die Ursache für meine Blindheit gegenüber sämtlichen optischen Reizen, die außerhalb dieser Sphäre lagen.

Sie mußten in den Tiefen der See gelauert haben, lange bevor ich mich des Nachts dorthin begab ... konnten sie schließlich kaum vorausgeahnt haben, daß ich mir just diese Nacht aussuchen würde, um meiner streitsüchtigen Frau, meinen beengten Arbeitsverhältnissen, meiner ganzen kleinbürgerlichen Existenz zu entkommen, um für einige Stunden allein mit mir und der Natur um mich herum beim Bad in diesem stillen und einsamen Küstenabschnitt ein bißchen zu mir selbst zu finden. Diese letzte Erkenntnis war mir noch vergönnt, bevor sie das Gas – oder welcher Art die Substanz auch gewesen sein mag, mit der sie mir das Bewußtsein nahmen – ins Innere des trockengelegten Würfels leiteten.

Ich erwachte, immer noch nackt, an dem Ort, der von nun an mein ständiges Domizil darstellen sollte, dem Ort, wo ich mich seither aufhalte. Die Dimensionen dieses mich einschränkenden Gevierts sind mir in der Zwischenzeit derart vertraut geworden, daß das alleinige Abschreiten der kaum zehn Meter langen Außenwände des gläsernen Raumes mir Ekel bis zum Erbrechen bereitet. Wie lange ich mich bereits hier aufhalte, weiß ich nicht zu sagen. Einen erkennbaren Wechsel zwischen Tag und Nacht gibt es nicht, und welcher Herkunft das gleichförmig grünliche Dämmerlicht ist, das mir die Frist meiner Existenz in diesem unwürdigen Zustand hinlänglich erhellt, hat sich mir ebenfalls noch nicht erschlossen. Diese Untätigkeit! Nichts ist dazu angetan, mein enervierendes Vegetieren zu durchbrechen oder zu beenden ... bis auf *sie*; sie sind beständig um mich und glotzen durch die augenscheinlich gut ellendicken Panzerwände zu mir herein.

Anfangs war ich geneigt, ihre Anwesenheit auf der anderen Seite des Glases einer Verwirrung meines Geistes zuzuschreiben. Zu abwegig, schlicht zu grotesk war die Tatsache ihres Vorhandenseins in dieser Welt, die doch so augenscheinlich nicht mehr die meine sein konnte! Und doch waren sie da, nie weniger als drei, selten mehr als ein Dutzend, schwimmend, treibend, gleitend in ihrem angestammten Element außerhalb der Scheibe, gegen dessen Eindringen mich lediglich die nach allen Seiten aufragende Masse von Glas schützte. Geradezu elegant könnte man die Art und Weise nennen, in der sie ihre schweren, gleichförmig-gleichfarbigen Körper um mich herum manövrieren, überallhin, auch unter dem gläsernen Fußboden hinweg – denn sie sind Wasserbewohner!

Kurze Zeit später, nachdem ich mich allmählich mit der Unabwendbarkeit meines Schicksals abzufinden begonnen hatte und sich mein Organismus allmählich auf die seltsam halbflüssige, offenbar organische Nahrungsmasse einstellte, die ich nach jeder meiner Schlafphasen wie von Geisterhand dargeboten in einer Ecke meines Gefängnisses liegend vorfand, begannen sie mit den Experimenten. Anders kann ich die sonderbaren Aufgaben kaum umschreiben, die sie mir stellten, wie sie es auch jetzt noch hin und wieder tun. Als ich einmal erwachte, fand ich statt des obligatorischen Haufens des mich ernährenden, dunkelgrünen

Extraktes einen wasserballgroßen Gegenstand aus einem leuchtenden, mir völlig unbekannten Material in meiner Zelle vor. Er war oktagonal geformt und schien keinem bestimmten Zweck zu dienen, den ich nach mehrmaligem Hin- und Herwenden hätte ausmachen können; auch war er relativ leicht, ohne dabei den Eindruck zu erwecken, daß er innen hohl sein könnte. Mir war der Sinn seiner Anwesenheit im Raum gänzlich unklar, und mittels sämtlicher mir zu diesem Zweck geläufigen Gesten versuchte ich, dies den mich wie stets umgebenden Fremden verständlich zu machen: Ich deutete auf den Gegenstand, schüttelte den Kopf, die Augenbrauen fragend hochgezogen, und zuckte mehrmals die Schultern. Ich blieb im Unklaren darüber, ob man meinen Versuch, mich verständlich zu machen, verstanden hatte, aber daß es mit dem Ding eine besondere Bewandtnis haben mußte, ich etwas Bestimmtes mit ihm anstellen sollte, stellte ich spätestens fest, als ich zum nächsten Mal erwachte und wiederum keine Nahrung sondern lediglich den bereits erwähnten, rätselhaften Gegenstand in der Zelle vorfand.

Nach langem Probieren und Herumhantieren fand ich schließlich heraus, was es war; da man den Gegenstand nicht öffnen oder seine äußerliche Beschaffenheit sonstwie ändern konnte, begann ich, ihn in hohem Bogen (die Höhe meines Gefängnisses mißt, wie auch seine Kantenlänge, geschätzte zehn Meter) durch die Luft zu werfen, ihn dabei wechselweise zu Boden fallen lassend oder auffangend. Wie ich alsbald feststellte, erfüllte dies meine Beobachter mit nicht geringer Aufregung, denn mehr und mehr von ihnen fanden sich im Laufe meiner Übungen um meine gläserne Behausung herum ein und starrten mit ihren ausdruckslosen Knopfaugen zu mir herein. Doch noch immer schien ich nicht exakt das ausgeführt zu haben, was man von mir erwartete, denn nach wie vor verweigerte man mir die Nahrung. Folglich fuhr ich fort, die sinnlosesten Versuche mit dem Objekt anzustellen, setzte, stellte, legte mich darauf, trat es mit dem Fuß durch die Gegend, balancierte es schließlich gar auf Stirn und Nase für einige Sekunden auf dem Kopf – und fand prompt, als ich mich daraufhin umwendete, einen einladend großen Haufen der dunkelgrünen Nährmasse in der äußersten Ecke meiner Zelle vor! Ohne mir Gedanken darüber zu machen, wie er so schnell und völlig geräuschlos ins Innere der Glaswände hatte gelangen können, noch dazu ohne jegliches Eindringen von Wasser, stürzte ich mich darauf und begann alles hastig hinunterzuschlingen; nur im Verborgenen ahnte ich die technologische Vollkommenheit, die jenes Volk erreicht haben mußte, vermischt mit dem Unglauben über die Sinnlosigkeit des von mir geforderten Tuns.

Seither finde ich des öfteren die verschiedensten Gegenstände in meiner Wohnstatt vor, und ein jedes Mal gelingt es mir, nach kurzer oder längerer Probezeit die von mir geforderte Aktivität damit auszuführen. Sei es nun eine augenscheinlich stählerne, zu einem Kreis gebogene Stange, die, jedem Naturgesetz zum Trotz mitten im Raum schwebt, und durch die ich mich mittels einer Flugrolle wegzubewegen habe, sei es ein zur Abwechslung runder leuchtender Gegenstand ähnlich dem ersten, den ich hüpfend auf dem Kopf balancieren und mehrere Meter weit tragen muß, stets komme ich irgendwann dahinter, was die Fremden im Sinn haben, und führe es – gezwungenermaßen – aus. Doch nie erschließt sich mir, auch bei längstem Nachsinnen und Überlegen, welchen Nutzen sie aus meiner dergestalten Beschäftigung ziehen mögen?

Mit zunehmender Dauer meiner Gefangenschaft beginne ich mir – nicht zuletzt in Ermangelung einer anderen Beschäftigung für meinen rastlosen Geist – Gedanken hinsichtlich der Konsequenzen meiner Erlebnisse zu machen; auf meinem Heimatplaneten bin ich nicht mehr, soviel glaube ich der kaum wahrnehmbar geringeren Schwerkraft und den seltsamen Lichtverhältnissen außerhalb meines Gefängnisses entnehmen zu können. Folglich brauche ich mir wohl keine Gedanken über eine in der Zwischenzeit möglicherweise stattgefundene Übernahme der Erde durch diese Fremden zu machen. Dennoch verursacht mir ein ganz bestimmter Gedanke in regelmäßigen Abständen eine Gänsehaut ... es ist nicht die Sorge, daß sie eventuell weitere Erdbewohner in weitere gläserne Zellen dieser Art stecken könnten, um sie sinnlose Kunststücke aufführen zu lassen. Einzelschicksale wie das meine fallen nicht ins Gewicht, dessen bin ich mir schmerzlich bewußt. Vielmehr habe ich oft kurz vor dem Einschlafen den Eindruck, die wahre Gefahr für die menschliche Rasse könnte in der maßlosen Unterschätzung einer *längst bekannten* und dennoch nicht zur Kenntnis genommenen Gefahr liegen! Wüßten die Menschen, daß die Erde bereits seit Jahrtausenden *vor Ort* durch die Fremden aufs Genaueste beobachtet wird, daß längst zahllose Kontakte zwischen der Erdbevölkerung und ihnen stattgefunden haben – man würde unzweifelhaft wachsamer sein, gefaßt vielleicht auf das, was da eines Tages kommen mag ... wenn sie sich entschließen mögen, die Erde zu ihrem neuen Heimatplaneten zu machen, sagen ihnen doch die Lebensbedingungen in den dortigen Gewässern recht wohl zu. Mutmaßlich würde man auf der Erde sogar gegen sie vorgehen, gegen diese eines Tages zu erwartende Übernahme. Aber man stellt sich ja in all der dortigen kleinhirnigen Verbohrtheit beim Stichwort Außerirdische lieber kleine grüne Männchen vor, die mit viel Getöse und bombastischen Lichteffekten auf der Erde – dem *festen Erdboden*, welch ein Hohn! – landen und Kontakt aufnehmen. Von daher würde selbst ein Hinweis meinerseits auf die Gefahr, in der meine Heimat schwebt, so ich ihn der Menschheit denn zuspielen könnte (und wie sehr ich mir anfangs noch das Hirn zermarterte, wie ich dies in meiner derzeitigen Lage nur anstellen könnte!), aus ebendiesem Grunde höchstwahrscheinlich mißverstanden oder verlacht oder beides! Jedoch – wie müßig sind diese Gedanken, ist es mir doch erwiesenermaßen ohnehin unmöglich, auch nur die geringste Änderung meines Zustandes herbeizuführen, meiner Gefangenschaft zu entkommen ... und sei es durch die Beendigung meines Lebens, zu der mir ebenfalls jede Möglichkeit fehlt. Je weiter ich einmal mehr den Gefilden des Schlafes entgegentreibe, desto resignierter wird mein Geisteszustand, bin ich schließlich nur ein Exponat, ein Clown in einem Einmachglas ... eine kosmische Kuriosität ... ein Witz aus Menschenfleisch ... beende meine müßigen Gedanken lieber ...

Ich drehe mich auf die andere Seite und blicke, bevor der Schlaf mich übermannt, noch kurz in die zeitlos grauen Knopfaugen des Delphins, der gerade unter mir vorbeischwimmt.

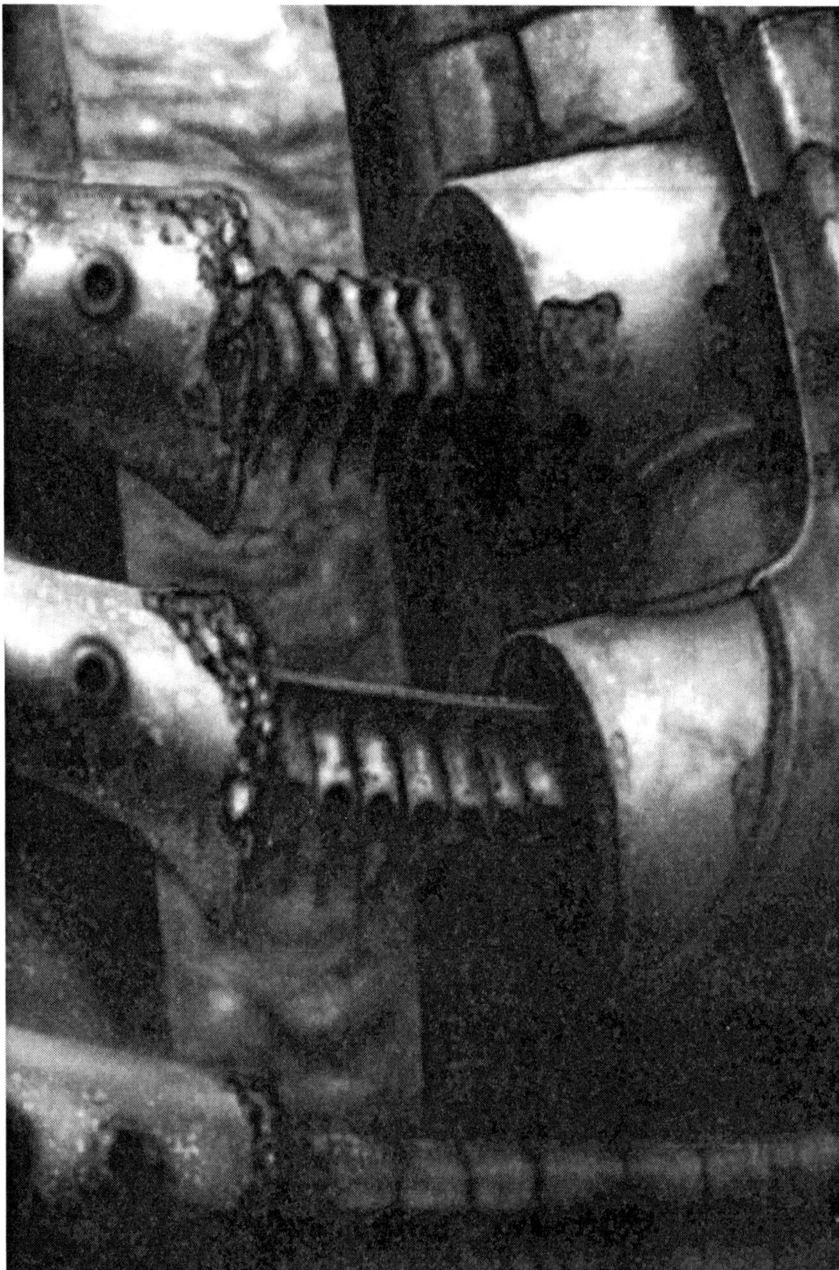

Die Bedeutung der Ewigkeit

Joshua Morell schlüpfte in sein luftiges, weißes T-Shirt, das angenehm nach blumigem Waschmittel duftete und den trägen Geruch nach Schweiß und scharfem Haarshampoo vertrieb, welcher den Umkleideraum erfüllte, als die kratzige Stimme von Benny Hitch direkt neben seinem Ohr erscholl.

„Wenn du Schwuchtel dich wenigstens angestrengt hättest ... dann müßte ich dir jetzt nicht deinen beschissenen, kleinen, haarlosen, unterentwickelten Sack abreißen, verstehst du?"

Hastig zerrte Josh an seinem T-Shirt, da er einen schlimmen Moment lang glaubte, er wäre gemeint. Es verfing sich jedoch dummerweise in seinem nassen Haar, so daß er sich vollkommen darin verhedderte.

„Hey, ich red' mit dir, du Wichser!"

Panikartig befreite sich Josh aus dem klammen T-Shirt-Knäuel. Er zog es über den Kopf, so daß er wieder mit nackter Brust, lediglich mit einer gelben Unterhose bekleidet, in dem warmen Dampf stand, der aus der Gemeinschaftsdusche zu seiner Rechten quoll, aus der nackte Jungs mit nassen Haaren und geröteter Haut strömten. Um ihn herum wurden Spinde aufgerissen, Haare wurden abgetrocknet, Jeans angezogen.

„Hey, du Wichser! Bist du taub, oder was?"

Joshuas Hals verkrampfte sich vor Furcht, als er bemerkte, daß Benny tatsächlich einige Schritte vor ihm stand. Er redete jedoch nicht mit ihm, sondern mit David Hopkins, der nackt, naß und erschreckend winzig, mit einem roten Handtuch zwischen den Beinen, versteinert wie aus weißem Salz gemeißelt auf der Holzbank kauerte. Benny, der von seinen Freunden aus irgendeinem saudummen Grund nur ‚Nudel' genannt wurde, war bereits vollständig angekleidet, ein großer, schwarzgelockter Ritter in ledernem Panzer, gut zwei Köpfe größer als der schmächtige David.

„Okay, Wichser", sprach er und griff nach Davids Handtuch. „Hast du da 'nen Steifen versteckt, oder was? Laß mal sehen!" Er riß das Handtuch an sich und stieß plötzlich ein widerlich grunzendes Lachen aus. „Ach du meine Güte, was ist das denn für ein popeliges Ding? Meine Fresse! Mann, Hopkins, entschuldige, daß ich dich eben ‚Wichser' genannt habe, das ist eine Beleidigung für alle Wichser dieser Erde!" Eine Woge schallenden Lachens rollte durch die Umkleidekabine.

David bewegte sich nicht, sondern blickte aus finsteren, müden Augen, halb versteckt hinter seinem nassen Pony, zu Nudel hinauf.

„Steh auf, du Unke! Steh auf und wichs uns was vor! Wenn du kannst!“ Das Lachen wurde lauter. Nudel beugte sich hinab und legte eine prankenartige Hand auf Davids Oberschenkel. David zuckte bei der Berührung heftig zusammen, bewegte sich jedoch nicht. Das überdrehte Lachen der anderen Jungen, die nicht wußten, wie sie sich verhalten sollten, schwoll an.

„Soll ich dir an die Eier gehen?“ flüsterte Nudel grinsend, schmatzend, sabbernd. Seine Hand strich über Davids nacktes Bein. Josh sah, daß seine schwarzen Shorts vorne ausgebeult waren.

„Hol ihn dir!“ rief jemand neben Josh. „Reiß ihm die Eier ab!“

„Mach's ihm!“

Diese Wichser! dachte Josh, der sich dem Lachen anpaßte und seine Gesichtszüge in ein dümmliches Grinsen zwang. *Die Schwachköpfe haben Blut geleckt und wollen jetzt was geboten bekommen! So eine Scheiße! Nicht das erste Mal, daß so was passiert!*

„Weißt du,“ zischte Nudel, Davids Bein und seinen eigenen Schritt streichelnd, „wenn du dich bei dem Scheiß-Fußballspiel ein verdammt klein bißchen mehr angestrengt hättest, hätten wir Scheiße nochmal gewonnen! Aber dich kann man ja nicht mal ins Tor stellen! Was kannst du überhaupt, du Null?“

„Reiß ihm die Eier ab, Nudel!“

„Kastrier' ihn endlich, Mann!“

Josh grinste. Das Herz schlug ihm bis zum Hals, als er mechanisch einen unsicheren Schritt nach vorne machte, seinen Mund aufsperrte und den Worten lauschte, die plötzlich völlig selbständig daraus hervorgesprudelt kamen:

„Wenn du ihn nicht sofort in Ruhe läßt,“ hörte er sich sagen, „dann reiß ich dir *deine* Eier ab und häng sie dir wie Kirschen um die Ohren! Alles klar, Nudel?“

Das Gelächter verebbte abrupt. Nur noch das Prasseln des Wassers war zu vernehmen. Josh spürte, wie sich zwei Millionen Augenpaare auf seinen halbnackten Leib richteten.

Langsam, wie in Zeitlupe, drehte sich Nudel zu ihm um. Das schiefe Lächeln stand häßlich und festgefroren in seinem Gesicht, aus dem zwischen dunklen Mitessern vereinzelt krumme, schwarze Haare sprossen. Seine hellbraunen Augen versprühten Laserstrahlen, die sich direkt in sein Herz brannten und es zum Schmelzen brachten.

Oh Gott! dachte er. *Josh, du Idiot! Was hast du getan?*

„Hör-hör-hör mal z-z-zu“, stieß er hektisch hervor, während ihm eine unglaubliche Hitze in den Kopf schoß und sein Denken röstete. „Hör zu, Nudel! Du-du-du willst ihm an-an d-d-die Eier gehen? Bist du-du schwul, oder was? Du-du bist d-d-doch keine Kakerlake, oder? Du verprügelst Kakerlaken, aber du bist selbst keine, hab' ich recht?"

Ohne Vorwarnung zischte Nudels Hand nach vorne und klatschte frontal in Joshs Gesicht, so daß er einen Meter zurücktaumelte und von den Leibern seiner halbnackten Klassenkameraden abgefangen wurde, die erschrocken aufschrien.

„Ho ... ho ...!" Josh hielt sich die Wange und hob besänftigend eine Hand. Der Boden unter seinen Füßen fühlte sich plötzlich irgendwie schlüpfrig an, als stünde er auf einem Brett, das auf einem Bett aus Murmeln ruhte. Er hatte Schluckauf bekommen. „Ho, ho, Nudel ... das hat ja richtig weh getan, Mann!" Er zog seine Hand zurück und atmete ein wenig auf, als er kein Blut sah. „Okay, Nudel, ich seh' schon, du hast 'nen Steifen in der Hose versteckt, wirklich beeindruckend! Willst dich über den Kleinen da hermachen, aber das läuft nicht, klar? Willst ihn begrapschen und dein blödes Schwulsein als Coolheit tarnen! Ich sag' dir jetzt was, und weil ich es dir sagen muß, sage ich's langsam: Laß ihn in Frieden! Er kann sich nicht wehren, das weißt du! Nimm meinetwegen mich! Nimm mein Ding! Friß es und erstick dran! Na los, nur zu! Mach' schon!"

Was ist in dich gefahren? kreischte eine schockierte Stimme zwischen seinen Schläfen, während er gebannt den Worten lauschte, die selbständig aus seinem Mund strömten. *Bist du jetzt vollkommen wahnsinnig geworden, oder was?*

Ja, dachte er benommen. *Ich bin wahnsinnig geworden, ich bin endgültig durchgeknallt! Verabschiedet euch vom guten, alten Joshua Morell, er war ein toller Bursche, wirklich!*

„Du willst 'nen knackigen Schwanz?" schrie er den zwei Köpfe größeren Benjamin ‚Nudel' Hitch an. „Da hast du 'nen knackigen Schwanz! Hier!" Mit diesen Worten griff er sich in die gelbe Unterhose, holte sein Ding hervor, das sich erschrocken in seinen Unterleib zurückzuziehen versuchte, und wedelte damit wild vor Nudel herum. „Der ist lang genug, um dich beim Blasen zum Kotzen zu bringen! Was ist los, Benny Hitch! Hey, Nudel, was ist denn plötzlich los?"

Benjamin ‚Nudel' Hitch starrte Josh fassungslos an und knetete dabei abwesend seinen Schritt durch den dünnen Stoff seiner Shorts. „Schon gut", murmelte er leise. „Is' schon gut, Mann! Krieg' dich mal wieder ein!" Mit seiner rechten Hand deutete er auf Josh, der mit seiner gelben Unterhose an den Knöcheln, Masturbation persiflierend, im Wasserdampf stand, nickte ihm verächtlich zu, drehte sich um und stolzierte bemüht arrogant aus dem Umkleideraum. Die anderen Jungs beschäftigten sich auffällig damit, endlich in ihre Jeans zu kommen und sich die Haare trockenzurubbeln, als wäre nichts geschehen. Man verkniff sich einen Kommentar, wenn Nudel aus dem Konzept geworfen wurde.

Du bist wahnsinnig geworden, flüsterte eine traurige Stimme in Joshs Kopf bedauernd, als Nudel verschwunden war. *Du bist dümmer als ein Haufen Scheiße, laß dir das gesagt sein!*

„Das war vielleicht 'ne beknackte Nummer!" erklang in diesem Moment eine helle Stimme neben seinem Ohr, und als er sich umwandte, stand der schmächtige David Hopkins erleichtert lächelnd neben ihm. Das Haar hing ihm triefend im Gesicht. Das rote Handtuch hatte er sich wieder um die Hüften geschlungen.

Plötzlich wurde sich Josh seiner eigenen Nacktheit bewußt. Hastig bückte er sich und zog seine Unterhose wieder hoch. „Ich glaub', ich kann mein Testament machen", hauchte er, fassungslos über seine eigene Courage. Er machte einen Schritt zurück, ließ sich auf die nasse Holzbank fallen und begann ein wenig hysterisch zu kichern.

„Ja, das kannst du", flüsterte David, anerkennend lächelnd. „Das kannst du wirklich!"

Eine Viertelstunde später verließen die beiden gemeinsam die städtische Rundsporthalle, jenen verhaßten Hort der Erniedrigung, der Schwäche und Unterlegenheit. Obwohl es schon fünf Uhr war, herrschten draußen Temparaturen von 40 Grad Celsius im Schatten. Die Sonne briet Land und Gemüt.

„Kommst du nach dem Abendessen nochmal vorbei?" fragte Josh seinen Freund, der gerade seine altmodische Schultasche auf dem Gepäckträger seines Fahrrades befestigte. „Wir wollten doch die blöden Glühwürmchen fangen und mit einem Marmeladenglas eine Glühwürmchenlampe bauen! Das gibt garantiert ein gemütliches Licht!"

„Fühl' mich offen gestanden nicht so", meinte David mit seiner piepsigen Stimme und wischte sich den Schweiß von der Stirn. „Bin irgendwie total kaputt. Ich glaub , ich leg' mich daheim ein bißchen hin. Mir ist schlecht!"

„Hey!" rief Josh enttäuscht. „Ist das der Dank dafür, daß ich dir das Leben gerettet habe? Vergiß doch die Nummer von vorhin, das war alles halb so wild! Nudel ist so dumm wie er scheiße ist! Er ist 'ne schwule Pottsau, und es ist nun einmal Gesetz, daß solche Leute wie wir, die immer als letzte in die Fußballmannschaft gewählt werden, regelmäßig Ärger mit ihm bekommen! Daran solltest du dich gewöhnt haben!"

„Deswegen ist mir nicht schlecht, du Depp! Ich weiß auch nicht. Vielleicht hab' ich 'ne Sommergrippe oder so was!"

„Meine Güte, du bist dauernd krank, Kleiner! Dauernd! Vielleicht hast du ja auch einfach nur zuviel gewichst!"

„Das wird's sein!" David schnaubte durch die Nase, lachte nicht. Besorgt griff Josh nach seinem dünnen Arm und blickte in sein weißes Gesicht.

„Hey, du siehst wirklich beschissen aus. Ist dir schwindlig oder so?"

„Ja, ziemlich!"

„Mußt du kotzen?"

„Nein, Mann! Ich kipp' auch nicht um, okay? Ich fahr' jetzt nach Hause! Morgen bin ich wieder fit!"

„Einverstanden! Also – bis dann!"

„Ja, bis dann!" David räusperte sich, litt kurz ein gekünsteltes Lächeln und flüsterte dann: „Danke für vorhin, du Sackgesicht! Das war echt stark!"

Das war echt dumm! dachte Josh und erwiderte das Lächeln. „Ich weiß", sagte er ironisch triumphierend.

Er blickte seinem Freund nach, der auf dem knirschenden, quietschenden Fahrrad über die schmelzende Landstraße fuhr. Als er verschwunden war, vergewisserte er sich kurz, daß kein Benny Hitch hinter der nächsten Ecke auf ihn lauerte, dann zog er die Riemen seines Rucksackes strammer und machte sich auf den Weg nach Hause.

Das erste, was Josh sah, als er am Nachmittag des nächsten Tages die Haustür öffnete, waren Davids schwarze Converse-Schuhe. Gerade wollte er seinen Freund mit einem fröhlichen ‚Hallo' begrüßen, als er erschrocken innehielt. Eine eigentümliche Kälte fuhr ihm entgegen, trotz der zum Schneiden dicken Luft, in der Zikaden ihr Konzert anstimmten und sich müde Vögel im kühlen Schatten der höchsten Baumwipfel versteckten.

„Du große Fliegenscheiße", murmelte er. „Große, heilige Fliegenscheiße, was ist denn mit dir passiert? Bist du ... bist du immer noch krank, oder was? Wird wohl nichts mit Skateboardfahren heute! David? Hey David, was ist denn passiert?"

Langsam hob David sein fahlweißes Gesicht. Wirre Strähnen, die aussahen wie öliges Gras, hingen ihm über die mit dunklen Flecken gepflasterte Stirn, auf der kleine Tropfen wie Diamanten glitzerten. Josh bemerkte einen seltsamen, süßlichen Geruch nach überreifen Bananen, der von ihm ausging. „Sind ... deine ... Eltern ... da?" fragte David so leise und krächzend, daß Josh Mühe hatte, ihn zu verstehen. Seine Stimme war so brüchig und trocken wie der Sommer.

„Nein, außer mir ist keiner da! Wieso ...?"

„Erklär' ich dir drinnen! Kann ich reinkommen? Muß dir was zeigen!" Er starrte Josh aus schwarz unterlaufenen Augenhöhlen an und bewegte sich nicht. „Du mußt mir den Blutdruck messen, okay?"

„Wieso denn das? Ist dir immer noch schlecht? Warum bist du nicht daheim geblieben und hast mich angerufen?"

„Ich will nur, daß du mir mal den Blutdruck mißt! Hast du noch die Manschette von deinem Alten?"

„Ja, oben im Zimmer." Josh trat einen Schritt zur Seite, und David schlurfte an ihm vorbei in den Flur. Der Geruch nach überreifen Bananen wurde stärker – aber da war noch etwas weitaus Unangenehmeres, das Josh an das Reptilienhaus im Zoo erinnerte – einen düsteren, kühlen, steinernen Ort, wo es nach Dingen stank, die im Dunkeln lebten. Seiner Mutter war dort überhaupt nicht wohl gewesen. Er erinnerte sich daran, wie sie ihn hinausgeschubst hatte, in das Sonnenlicht, das sein Gesicht gewärmt hatte.

„Kannst du mir vielleicht mal sagen, was los ist?" Josh ergriff Davids Schulter und schüttelte ihn, behutsam, um ihm nicht weh zu tun. Sofort ließ er ihn wieder los. Sein Freund fühlte sich trocken und irgendwie porös an. Wie ein Fossil.

„Ich ... muß dir was zeigen". David streckte einen weißen Arm aus, auf dem dicke Adern wie Blutpipelines dunkelblau hervorstanden.

Joshuas Herz setzte kurz aus, er spürte, wie die Luft einer dünnen Flüssigkeit gleich aus seinen Lungen floß.

„D-D-David!"

„Was ist?"

„Deine ... deine Augen!"

„Was ist mit ihnen?"

„Sie ... sie sind gelb!"

„Sind sie?"

Joshua schluckte, der Kloß blieb jedoch an seinem Adamsapfel hängen und verursachte einen Stau in der Kehle, die sich aufzublähen und ihm die Sauerstoffzufuhr abzuschneiden schien. „Sie ... sie waren nicht immer gelb", flüsterte er kraftlos und inhalierte mühsam einen Schwall Bananenluft.

David zuckte mit den Achseln. „Sie jucken. Alles juckt! Keine Ahnung, wie die Säfte im Körper reagieren! Wahrscheinlich werden sie abgebaut, is' ja auch egal! Also, mißt du mir jetzt mal bald den Blutdruck, oder was? Dein Vater ist doch Arzt, ich mein' ... du kennst dich mit Medizin aus und so! Du glaubst sonst, ich wollte dich verarschen!"

Josh nickte automatisch. „Okay", sagte er leise. „Alles klar."

Er rannte in sein Zimmer und holte die Blutdruckmanschette und das Stethoskop, mit denen sie in den vergangenen Jahren zahllose Male Arzt und Patient gespielt hatten, wobei sie zu den absonderlichsten Diagnosen gekommen waren;

die Patienten, die zumeist von David gespielt wurden, litten immer an Pest, Ruhr, AIDS, Krebs oder anderen tödlichen Krankheiten. Josh kannte Davids Körper wie seinen eigenen. Er kannte seine Arme, seine Beine, seine Füße, jeden Fußnagel, er wußte um eine kahle Stelle an seinem Kopf, die aber nicht weiter auffiel, er kannte seine schmalen, glatten Hände, die flink und agil war, er kannte sogar seinen Hintern, denn seine Patienten bekamen immer Spritzen – natürlich ohne Kanülen. Er kannte auch jene Region, an der es verboten war, neugierig herumzuschnüffeln. Aber Josh war Arzt, und Ärzte dürfen alles. Und David ließ alles mit sich anstellen. Wahrscheinlich hätte Josh ihm sogar eine Glatze scheren dürfen, wenn es im Sinne der gespielten Medizin gewesen wäre.

Josh kannte den Körper seines Freundes in- und auswendig, kannte seine Bewegungen, wußte sogar, wie sich seine Brust hob und senkte, wenn er atmete.

Der Junge, der jetzt unten im Flur stand, sah seinem Freund zwar zum Verwechseln ähnlich, doch er schien es irgendwie nicht zu sein. Es waren nicht nur diese merkwürdigen Augen. Mit seiner gesamten Erscheinung stimmte etwas nicht! Etwas ... war falsch!

Er ist krank, dachte Josh. *Er hat die Gelbsucht oder so was, ich muß ihn zu Pappa bringen ...*

Er nahm die Blutdruckmanschette aus einer Schublade und kehrte in den Flur zurück, wo David noch immer herumstand und sich im Wandspiegel betrachtete.

„Okay, wollen mal sehen", sprach Joshua mit dem seriösen Ton eines geschulten Arztes und befestigte die Blutdruckmanschette an Davids Oberarm. Er pumpte die Luft aus der Manschette, blickte auf die Anzeige und lauschte nach Davids Puls.

Er vernahm ein Knirschen, das vom nachgebenden Gummi auf dessen trockener Haut herrührte.

Sonst nichts.

Josh schüttelte den Kopf, als könne er damit die Stille aus seinen Ohren vertreiben, setzte das Stethoskop erneut an und versuchte es noch einmal.

Stille.

„Irgendwas stimmt mit dem Ding nicht", meinte er nach einer Weile, klopfte auf die weiße Membran und zuckte zusammen, da die Stöpsel des Geräts noch immer in seinen Ohren steckten. Es funktionierte ausgezeichnet!

„Du kannst nichts hören, wo nichts ist", hauchte David und lächelte matt.

„Tut ... tut dir irgend etwas weh?"

David schüttelte den Kopf und das Lächeln von seinem Gesicht. „Gar nichts tut weh!"

„Wenn ... hey, David, wenn du krank bist, dann laß uns zu meinem Vater in die Praxis gehen ... er kann dich untersuchen ...“

David sah Josh einen Augenblick lang an, dann nickte er.

„Okay, laß uns gleich ...“ Weiter kam Josh nicht, denn in diesem Moment zischte Davids Arm verwirrend schnell in die Höhe und packte seine rechte Hand. Ebenso verwirrend schnell zog er sich das weiße T-Shirt über den Kopf und entblöste seinen Oberkörper, der mit blauen Flecken gepflastert war, als hätte ihn jemand mißhandelt. Er führte Joshs zitternde Hand über seine Brust und drückte seine Handfläche fest auf die gemaserte Haut, die sich eindeutig zu grob und großporig anfühlte.

„Spürst du das?“ fragte er krächzend, mit Tränen in den seltsam gelben Augen.

„David, was ...?“ Joshuas Finger kniffen in leblose Marmorhaut.

„Tut mir leid, wenn ich dich aus dem Konzept werfe, Josh, aber fühlst du die Haut? Spürst du das Schlagen meines Herzens?“

„D-D-David ... was ... ist ... mit dir ...?“ Josh versuchte vergeblich, seine zuckende Hand unter Kontrolle zu bringen. Nach einer Weile gelang es ihm, und er konzentrierte sich auf das, was die Nerven in seinen Fingerspitzen an sein Gehirn sandten.

Kälte. Feuchtigkeit.

Stille.

„Hörst du es schlagen?“

„Nein.“ Joshua ließ seine Hand wie eine Spinne über die Haut krabbeln.

Nichts.

„Ich auch nicht!“ David strich sich das fettige Haar aus der fleckigen Stirn und schloß die gelben Augen. Josh vermeinte kurz, ein leises, körniges Knirschen zu vernehmen, als die Lider die Pupillen bedeckten.

David zeigte seine schiefen Zähne hinter den ausgefranst wirkenden, blassen Lippen. „Ich kann's nicht mehr spüren“, hauchte er. „Denn ich bin vergangene Nacht im Schlaf gestorben!“

Alle Zweifel wurden keine fünf Minuten später über den Haufen gefahren und zerklirrten wie Davids Knochen und Zähne.

Sie hatten das Haus verlassen und waren die schmelzenden Sommerstraßen entlanggelaufen, die aussahen, als hätte sie seit hundert Jahren niemand mehr betreten. Es war der heißeste Sommer, an den sich Joshua erinnern konnte. Die Sonne hatte die Flüsse ausgetrocknet, war wie eine glühende Flamme darüber gezogen und hatte alles verdampfen und die Menschen träge werden lassen. Es war eine Zeit des Schlafes, da die Leute zu müde waren, sich zu bewegen, während die ausgetrocknete Farbe von ihren Häuserfassaden abblätterte.

Sie kamen an ihrem Stammspielplatz vorbei, wo blasenwerfende, verwaiste Gummireifen an rotglühenden Ketten wie erstarrte Uhrpendel herumhingen. Der Wind brachte keine Erfrischung, sondern Staub, der den Sauerstoff zu ersetzen suchte, und noch mehr Hitze. Wie der Glutball einer Atomexplosion fegte er über die verdorrten Gräser.

Während Josh darüber nachsann, welche Erklärung es für den unheimlichen körperlichen Zustand seines Freundes geben könnte, blieb dieser plötzlich stehen, beugte sich hinab und hob einen Holzstiel mit geschmolzenem, gelbem Speiseeis auf, das wie Eiter aussah. Dutzende von Ameisen wuselten darauf herum. Er hielt ihn erst gegen die heiße Sonnenperle, die am hellblauen Himmel stand, dann in Joshs Richtung, als wolle er ihn auffordern, den letzten Rest vom Stiel zu lecken.

„Du mußt mich verstecken", flüsterte er tonlos und hustete krampfhaft, wobei ihm der Eisstiel aus der Hand fiel. „Ich kann nicht nach Hause gehen oder in die Schule oder so." Er litt sein Lächeln. „Josh, du bist der einzige, dem ich jetzt vertrauen kann! Etwas verändert sich! Alles juckt! Die ... ich weiß nicht ... die Flüssigkeiten fließen aus meinen Poren. Aber das ist es nicht, nein, das ist es nicht ..." Er schloß seine entzündeten, gelben Augen. „Es ist nicht nur der Körper, verstehst du? Es ... es ist kompliziert, geradeaus zu laufen, weil die Muskeln ... verschwunden sind. Ich meine, natürlich sind sie noch da, aber ... irgendwie auch wieder nicht. Und das Sprechen ... es ist ekelhaft! Ich muß nicht atmen, brauche aber Luft, um Worte zu artikulieren. Kannst du dir das vorstellen? Es ist, als müßte ich vor jedem Wort ein Gebläse einschalten. Aber auch das ist es nicht. Etwas passiert ... in meinem Kopf! Etwas Beunruhigendes!"

Joshua spürte, wie seine Beine in der Sommerhitze schmolzen. Er bekam Schluckauf, wie immer, wenn er nervös war, und wischte sich hektisch den klebrigen Schweiß von der Stirn. „Du ... redest totalen Blödsinn!" sagte er mit sich überschlagender Stimme. „Ich rufe jetzt Pappa an, er wird dich untersuchen! Du bist krank!"

„Du glaubst mir noch immer nicht, was?"

Joshua versuchte, den heftigen Schluckauf zu unterdrücken. „Ich ... glaube, du bist krank", brachte er mühsam hervor. „Hast dir irgendetwas Bösartiges, Außerirdisches eingefangen oder so!"

David lachte krächzend auf. „Meinetwegen", meinte er und sprang plötzlich mit zwei stolpernden Sätzen auf die glühende Landstraße!

Josh hatte keine Ahnung, woher der beigefarbene Ford kam; er tauchte einfach aus dem Nichts auf, wie ein Geist, und die Welt wurde erfüllt vom Quietschen der Reifen, die auf dem heißen Asphalt zu wenig Halt fanden. Ein dumpfer Aufschlag. Klirren.

David wurde von dem Gefährt erfaßt, das mindestens 60 Stundenkilometer schnell fuhr, und in die Luft geschleudert. Wie eine knochenlose Puppe flog er mit grotesk um sich schlagenden Gliedmaßen über die Landstraße, prallte auf, wurde von der Wucht erneut in die Höhe gerissen, überschlug sich und knallte mit dem Kopf auf den Asphalt. Mit verdrehten Armen und Beinen blieb er etwa 30 Meter entfernt liegen.

„David“, flüsterte Josh, auf den sich der lähmende Schreck gestürzt hatte wie ein wildes Tier. Urin lief an der Innenseite seiner Hose in seine roten Chucks, und einen verwirrenden Augenblick lang dachte er, die Pisse müsse so heiß sein wie der Asphalt, den er durch die Gummisohlen spüren konnte. „David ...“ Er stolperte zwei Schritte vorwärts, außerstande, das blitzartige Geschehen der letzten Sekunden richtig zu verarbeiten. *Ein Alptraum*, dachte er. *Du träumst bloß, keine Angst ...*

„David ...!“ Er begann zu rennen. „David ...!“

Eine Wagentür wurde aufgerissen, ein sonnengebräunter Mann mit buntem Hawaihemd stieg mit weit aufgerissenen Augen aus dem Fahrzeug, aus dessen Innerem laute Reggae-Musik tönte.

„Oh mein Gott, oh großer Gott!“ lallte er mit starrem Blick. Speichel floß aus seinem Mundwinkel. „Ich ... hab’ ihn nicht gesehen, er stand plötzlich mitten auf der gottverdammten Landstraße, mich trifft keine Schuld, ich hab’ ihn doch gar nicht sehen *können* ...!“

„David ...!“ Joshuas Füße wirbelten Staub auf, er schlitterte über kochendes Blut, das sein Freund während des Fluges verloren hatte. Tränen rannen aus seinen Augenwinkeln, sein ganzer Körper zitterte, als stünde er unter Strom.

Dann endlich hatte er David erreicht.

Ruckartig setzte er sich im Straßenstaub auf. Träges, dunkelrotes Blut, strömte, fast schwarz schimmernd, über sein Gesicht. Seine Vorderzähne waren eingeschlagen, so daß er wie ein alter, gebißloser Mann aussah. Mit einer verdrehten Hand wischte er sich das ölige Haar aus den Augen. „Du mußt mir glauben“, flüsterte er, ohne den heulenden Joshua direkt anzusehen. Er packte einen Fuß, der im falschen Verhältnis zu seinem geschundenen Bein in den zerissenen Shorts stand, und rückte ihn mit einem deutlich vernehmbaren Krachen wieder zurecht. Es hörte sich an, als zerbreche er einen dicken Rettich.

„D-D-D-David ..." Josh war überzeugt, im nächsten Moment durchzudrehen. Hinter ihnen kam der Mann mit dem Hawaihemd angerannt.

„Oh Gott, es war nicht meine Schuld, das kann jeder bezeugen, jeder ..."

„Du mußt mir glauben", nuschelte David. „Ich bin tot!"

Der zitternde Mann, dessen Gesicht schlagartig einiges seiner Sonnenbräune verloren hatte, blieb stehen. „Das ... das kann nicht sein", fiepte er nach einigen Sekunden, in denen Josh glaubte, sämtliche Herzschläge der Welt spüren zu können. „Ich ... ich hab' dich eben überfahren!" Er lachte wild und grundlos auf. „Hey, aber du stehst ja auf eigenen Füßen! Hast du dir was gebrochen?" Er ignorierte das Blut und das Hirn, das aus Davids geplatzter Schädeldecke quoll.

„Nichts passiert, nur ein paar Schürfwunden." David konnte seinen Mund kaum öffnen.

„Oh Gott!" schrie der Mann, der ganz offensichtlich unter Schock stand, und lachte. Er hörte sich an, als wäre er kurz davor, hysterisch zu werden. „Dachte schon, ich hätte dich überfahren!"

Und damit drehte er sich in seinem wehenden Hemd um und rannte glucksend und kichernd zu seinem zerbeulten, blutbespritzten Auto zurück. Kurz darauf flüchtete er mit quietschenden Reifen.

Josh starrte seinem Freund in die ekelhaft gelben Augen.

„Du ... mußt mich verstecken, Josh ... im Schuppen hinter der Kirche, wo die alten Bänke und Kreuze aufgehoben werden. Da geht nie jemand hin! Du ... weißt schon ... dort, wo wir uns früher immer getroffen und nach Ratten gesucht haben! Du mußt mich verstecken ... darfst keinem was sagen ... auch deinen Eltern nicht ... dein Vater würde mich untersuchen wollen ... Josh, was ... was passiert, wenn sie mich untersuchen und ich dabei *wirklich* sterbe? Wenn ich ... plötzlich einfach weg bin? Ich ... ich will nicht weg sein! Vielleicht ... wenn ich mich verstecke und warte ... vielleicht geht es dann ja von selbst wieder weg!"

„D-D-D-David ...!" Joshua betrachtete das graue Gehirn, das aus dem gebrochenen Schädel floß, und in dem sich erste Fliegen wie in süßem Erdbeergelee niedergelassen hatten.

David verstecken, David verstecken ... warten, bis es von selbst wieder weg geht ...

Die Gedanken wirbelten in seinem Kopf durcheinander. Er starrte in Davids gelbe Augen, die keine Pupillen mehr zu haben schienen, und erkannte in ihnen sein eigenes Spiegelbild.

„T-t-t-tut es weh", brachte er schließlich stammelnd hervor.

David schüttelte seinen Kopf, der zu lose auf seinem dünnen Hals zu sitzen schien. „Nein, ich spüre überhaupt nichts!"

Josh nickte, beugte sich nach vorne und erbrach sich auf den kochenden Asphalt.

Er war ein Junge, der in wohlbehüteten Verhältnissen aufgewachsen war. Er hatte bis zu diesem Tag noch nie einen Toten gesehen.

„Großer Gott, was ist denn mit dir los, Junge? Ist dir nicht gut?"

Josh blickte auf. Langsam schwappten die Worte seines Vaters wie tote Fische durch den trüben Fluß seines Verstandes. Automatisch schüttelte er seinen Kopf. „Alles ... in ... Ordnung ...", brachte er mechanisch hervor.

Sein Vater, ein großer, blonder Mann, der immer nach frischer Pfefferminze roch, legte ihm eine Hand auf die Stirn. „Fieber hast du keins. Ist dir vielleicht vor lauter Hunger schlecht?"

„Nein. Mir ... geht's gut!"

Sein Vater blickte ihn besorgt an. „Sag' mal, hast du heute zufällig irgendwann David getroffen?" fragte er.

„Nein!" stieß Josh etwas zu schnell hervor. „K-k-k-keine Ahnung, w-w-wo der steckt! Bei mir ist er nicht gewesen!"

„Seine Mutter hat vorhin angerufen. David wollte dich heute Nachmittag nämlich besuchen! Hm, das gibt mir jetzt allerdings ein wenig zu denken. Er ist nicht mehr nach Hause gekommen!"

„Nein?"

„Weißt du, wo er abgeblieben sein könnte?"

„Keine Ahnung!"

Thomas Morell betrachtete seinen Sohn, streckte seine Hand aus und berührte ihn an der Schulter. „Irgendwas ist doch passiert", sagte er sanft. „Wo warst du denn den ganzen Nachmittag? Du siehst aus, als hättest du dich im Regen verlaufen, und die Tropfen hätten deine ganze Farbe vom Körper abgewaschen. Wie eine alte, verstaubte Fotographie!"

„Ich bin in Ordnung!" sagte Josh und lief an ihm vorbei, hinauf in sein Zimmer.

Am Abend des nächsten Tages war Josh nervlich zumute, als habe ein Fingernagel in seinem Kopf stundenlang über eine Schiefertafel gekratzt, so daß er zum Schuppen zurückkehrte, in dem sich sein Freund versteckt hielt.

Sich nach allen Seiten absichernd, schlüpfte er durch die verrostete Eisentür in die Schwärze und Kühle des kleinen, windschiefen Verschlages. Augenblicklich schlug ihm der monströse Geruch verfaulter Bananen in die Nase.

„David", flüsterte er und betrachtete die Staubflocken, die aufgeregt im Sonnenlicht schwebten, das wie gebündelte Laserstrahlen durch die schmutzigen Scheiben fiel und verrottete Kirchenbänke beleuchtete, die sich an der kahlen, steinernen Wand zu grotesken, instabilen Gebilden türmten. Überall standen und lagen Holzkreuze herum, große, kleine, massive, zerbrechliche, verfaulte, wurmstichige, vermoderte. Bei einem war der Querbalken abgebrochen, an einem anderen hing ein kopfloser Jesus.

„David? David ... ich hab' niemandem was gesagt ... brauchst keine Angst zu haben ... sie suchen dich ... die Polizei war bei uns ... aber ich hab' nichts gesagt ... auch Pappa nicht ..." Tränen traten ihm in die Augen, seine Beine zitterten, sie drohten plötzlich, sich selbständig umzudrehen, um seinen Körper aus diesem staubig-stinkenden Ort in Sicherheit zu bringen.

In diesem Moment erklang hinter einem unförmigen Ungeheuer aus brüchigen Kreuzen eine tiefe, rauhe Stimme. „Danke", sagte sie. „Danke ...osh!"

Er kauerte im Schatten unter den Kreuzen. Er hatte sich ausgezogen, die Kleider lagen verstreut zu seinen Füßen, schmierig, voller Blut und Erbrochenem und einer gelblichen, galligen Undefinierbarkeit. Sein Körper sah irgendwie in sich zusammengefaltet aus, als bestünde er aus Pergamentpapier. Wie ein zerfetzter Papierdrachen. Große blaue Flecken pflasterten seinen schrumpeligen, spindeldürren Leib. Seine Füße und Hände – große Knoten sehnigen Fleisches – hatten einen dunkel-violetten Farbton angenommen, seine Brust war eingefallen, sein Geschlechtsorgan hing als kurzer, schwarzer Lappen zwischen seinen blau marmorierten Beinen. Seine gelben Augen versanken in ihren abgründigen Höhlen, die Wangen versuchten, sich in seinen Mund zu stürzen, so daß seinem Antlitz etwas unangenehm Maskenhaftes anhing. Sein Haar war von einer dicken, kotigen, ölig- glänzenden Masse überzogen.

„Oh Scheiße", fiepte Josh und stolperte einen Schritt zurück. „Scheiße, Scheiße, Scheiße ...!"

„Du ... brauchst keine Angst zu haben", röchelte das Wesen unter den Kreuzen, das nur noch entfernt wie David Hopkins aussah. Ruckartig richtete es sich auf, und einen Moment lang hatte Josh den Eindruck, es würde an unsichtbaren Fäden in die Höhe gerissen werden. Mit einem klatschenden Geräusch fiel es sogleich wieder nach vorne und kroch dann erschreckend flink auf Josh zu! Wie ein sterbendes Tier blieb es vor ihm liegen und blickte ihn aus trüben, gelben Augen an.

„Ich ... wüßte gerne ... woran ich gestorben bin", röchelte David. „Brauchst keine Angst zu haben, ich ... ich bin okay ... mach dir keine Sorgen ... das wird sich schon wieder einrenken ... müssen nur auf ... die Schmetterlinge warten ..."

„D-D-David ...!" Josh liefen die Tränen über die bebenden Wangen. Der Gestank, der den stickigen Raum erfüllte, war erdrückend. Langsam sank er in die Knie, schob sein Gesicht vor das seines Freundes und berührte seine brüchige Schulter, aus der immer noch Körpersäfte quollen. „David ... ich ... ich ..."

„Hier ... haben wir früher immer gespielt, weißt du noch? Keine Zeit jetzt ... zum Spielen ... aber es tut nicht weh ... kann mich nur nicht mehr richtig bewegen ... es geht zu schnell ..."

„David ..."

„Weiß noch ... wie mein Opa im Krankenhaus lag ... im Sterben ... mit Speiseröhrenkrebs oder so ... weiß noch, wie er immer welker und stinkender wurde ... wir sind jeden Tag hingefahren, jeden Tag ... wollte nie, daß er mich anfaßt ... mein Körper brannte vor Ekel, wenn er mich berührte ... jeden Tag ... und er verfaulte und spuckte Eiter ... jeden Tag ... und irgendwann wollte ich ihn nur noch anschreien. ‚Stirb endlich!' wollte ich schreien ... Erinnere mich an den Tag, an dem er abkratzte ... Wir waren im Krankenhaus, und nachdem uns die Nachricht überbracht worden war, fingen wir alle an zu heulen ... aber ich weinte nicht, weil ich traurig war ... ich heulte vor Erleichterung ... nie mehr Krankenhaus und Gestank und Eiter ... wir waren froh, daß es endlich vorüber war, und ich wußte, daß alle froh waren, und alle wußten um meine Erleichterung! Verstehst du, was ich meine? Der Tod ... ist die Befreiung vom Leid! Daran muß ich dauernd denken! Ist dir ... eigentlich mal aufgefallen, daß man von sich selbst immer denkt, man wäre unsterblich? Der Tod ... *geschieht* ... aber er macht sich immer über andere her! Ab und zu geschehen ... wirklich schreckliche Dinge! Sie stoßen irgendwelchen x-beliebigen Leuten zu ... ohne Grund! Ein Schulbus fährt auf einen Gehsteig und tötet ein spielendes Baby ... Man kann diese Dinge nicht verstehen oder ändern oder kontrollieren ... Schicksal, Zufall ... es kommt drauf an, wo man gerade steht, wenn's kracht. Und man glaubt, daß man immer richtig steht, dort wo's sicher ist. Man hält sich für unsterblich ... und das ist das Vergessen der Bedeutung der Ewigkeit ... es ... ist ihre Lüge."

David riß seinen Mund auf, in dem sich kaum noch Zähne befanden. Schwarze Melange floß wie Öl.

„Oh Gott, David, was ..." Josh hielt sich eine schweißnasse Hand vor den Mund.

„Alles löst sich auf ... aber ... ich habe ... keine Angst ..." Er lachte heiser, röchelnd. Tief in seinem Hals gurgelten Flüssigkeiten. „Jetzt müssen wir nicht mehr hierher kommen, um heimlich zu rauchen ... kann rauchen, wann immer ich will ... bring mir ein paar Zigaretten mit, kann ja nicht mehr an Krebs sterben ...

was man alles machen könnte ... man könnte sich auf die Autobahnbrücke stellen und einfach runterspringen, vierzig Meter in die Tiefe ... das ist mit Sicherheit ein tolles Gefühl ... immer wieder und wieder ... sag', Josh, wußtest du, daß sich der Magen selbst verdaut, wenn man gestorben ist?"

Das Ding öffnete wieder seinen Mund, erzeugte ein Geräusch, das an das Gurgeln eines verstopften Abflußes erinnerte und erbrach einen weiteren Schwall seiner zu Matsch gewordenen Innereien.

„Gut ... daß du mich versteckt hast ... Etwas passiert ... der Körper zerfällt ... ich glaube, das ist das erste Stadium ... aber da ist noch etwas anderes ... höre schlecht ... sehe dich kaum ... sprechen ... ist schwierig ... die Sinnesorgane geben ihren Geist auf ... mein ... Gehirn stirbt, Josh, mein Gehirn, mein Gehirn ..." David verfiel in einen eigenartigen Singsang. „Mein Gehirn, mein Gehirn, mein Gehirn ... kann nur noch kriechen ... fühle gar nichts mehr, keine Angst ... nur etwas, eine Sache ... bereitet mir ernsthafte Sorgen ... habe *Hunger*, Josh ..."

„Ich .. ich ... ich ..." Josh lehnte sich nach vorne. Er registrierte nicht mehr den unglaublichen Bananengestank, der ihn an alte, gelbe Männerscheiße denken ließ. Tränen trübten sein Sichtfeld, die wirren Worte seines Freundes hörte er kaum noch. Ohne nachzudenken nahm er das schmierige Skelett, das vor ihm kauerte, in die Arme. „David ... alles wird gut werden, das verspreche ich dir ..." Seine Tränen vermengten sich mit dem zerfallenen Fleischbrei, den schmelzenden, toten Zellen. Er drückte seine Wange auf die weiße Spitze eines hervorlugenden, blanken Knochens.

„Ich ... mag Schmetterlinge ...", flüsterte der deformierte, ausgefranste Mund neben Joshs Ohr. „Hol' mir Schmetterlinge in den Schuppen, kann sie um mich herumflattern lassen ... es ist doch Sommer ... Schmetterlinge, Josh, Schmetterlinge ..."

Josh ließ David ruckartig los und stieß ihn erschrocken zurück. An seinen Kleidern und an seiner Wange klebte der braune, stinkende Brei.

„Was ...?" krächzte er. Es war ein atemloser, entsetzter Laut, der sich in dem mit summenden, schwarzen Schmeißfliegen angefüllten Raum verlor. Er starrte seinen Freund an, und mit jedem Herzschlag wurde der furchtbare Anblick klarer und heller; am liebsten hätte er sich die Handgelenke in die Augen gedrückt, doch er war außerstande, sich zu bewegen.

„Ja, Schmetterlinge ... bunte Schmetterlinge ..."

Langsam erhob sich Josh und versuchte angestrengt, auf seinen wackligen Beinen zu stehen. Das blonde Haar klebte ihm schweißnaß im Gesicht, ein Speichelfaden hing von seiner Unterlippe.

„Niemand ... kennt die wahre Bedeutung ... der Ewigkeit", krächzte das verwesende Ding. „Wollen ... wir singen ... kannst du mir ... Zigaretten mitbringen ... und Schmetterlinge, Schmetterlinge ..." Er verfiel wieder in seinen Singsang. Es war schon schlimm, ihn Sprechen zu hören, aber sein leiernder Gesang war unerträglich.

„D D David ... was ... geschieht mit dir?"

„Ich ... habe in der Nacht geträumt ... als mich die Ewigkeit vergessen hat ... Schmetterlinge, Josh, bunte Schmetterlinge ... sie flogen an mir vorbei ... etwas ... ist schiefgegangen ... doch das ist nicht das Problem ... das Problem ist, daß alles stirbt ... der Schmerz ... die Erinnerung ... die Angst ... die Gedanken ... kann dich kaum sehen und hören, kein entsetzlicher Schmerz ... aber du könntest fliegen ... kannst nicht sterben ... könntest auf die Autobahnbrücke klettern und runterspringen ... fliegen ... wie ein Vogel ... wie ein Schmetterling ... immer wieder und wieder ... bis alle Knochen zerbrochen sind und du dich nicht mehr bewegen kannst ... ich habe Hunger ... weil mein Gehirn zerfällt ... alles ... vergessen ... verstehst du mich?"

„David ..." Josh schluchzte, bekam kaum noch Luft. Er verstand überhaupt nichts von dem, was sein Freund ihm mitzuteilen versuchte. Er fühlte sich so hilflos wie nie zuvor in seinem Leben.

„Ich ... meine ... du mußt jetzt gehen ... und darfst nie wieder kommen ... ich ... verliere mich ... wenn das Gehirn zerfällt, wird man wahnsinnig ... Schmetterlinge ... bring' mir Schmetterlinge, Josh ... bitte!" Davids gurgelnde Singsangstimme hatte einen verzweifelt flehenden Ton angenommen. Josh sah, daß schleimige Tränen aus den toten Augen der Kreatur rannen. „Das Gehirn zerfällt ... spüre, wie ich mich verliere ... und deswegen ... wirst du ... jetzt ... gehen ...!"

„Ich ..."

„Ich ... werde ... dir ... *wehtun*, Josh ...!"

Das Ding starrte in Joshs Augen, der den Blick nur wenige Sekunden erwidern konnte. Dann drehte er sich um und stolperte weinend aus dem Schuppen, hinaus in den schwülen Sommer.

Es geschieht selten, daß der Verstand eines Zwölfjährigen so rapide in sich zusammenstürzt, wie es bei Joshua Morell der Fall war. Er war nur ein Junge, der sich damit beschäftigte, ob man wohl im Gehen scheißen konnte und wovon Fische träumten, ein Junge, der gern Skateboard fuhr und im Sommer fast jeden Tag ins Schwimmbad ging, ein Junge, der zwei Wellensittiche besaß und sich in diesem Jahr zu Weihnachten ein Aquarium wünschen wollte.

Aber nun war die Welt zu einem Traum geworden, in dem sich alles verlangsamte und unklarer, unrealistischer wurde, und aus dem es kein Erwachen gab.

Während er über die kochenden Straßen rannte, drehte er sich immer wieder um, da er befürchtete, daß das gräßliche Ding, das einst sein bester Freund gewesen war, mit ausgestreckten Armen hinter ihm herstolpern könnte.

Denn es kann sich bewegen! kreischten hysterische Stimmen in seinem Schädel. *Es kann sich bewegen, bewegen, bewegen ...!*

Josh begegnete auf seinem Weg keiner Menschenseele, und schließlich erreichte er das verlassene Gebäude, in dem er sein bisheriges Leben geführt hatte. Er eilte direkt ins Badezimmer, riß sich in Lichtgeschwindkeit die von Schweiß, Urin und Davids Fleisch aufgeweichten Kleidungsstücke vom Leib, drehte die Wasserhähne über der Badewanne auf und legte sich in das für die sommerlichen Temparaturen viel zu heiße Wasser. Ganz allmählich spürte er, wie sich sein Herzschlag beruhigte.

Durch seinen Kopf wälzte sich eine Schar unterschiedlicher Stimmen. Sein Gehirn war wie ein Radio, das bei Gewitter unter gestörtem Empfang leidet.

Du mußt es Pappa sagen, riet ihm ein heller Frauensopran, der in seiner Vorstellung einer jungen, blonden Grundschullehrerin gehörte. *Er ist Arzt, er weiß, wie man David helfen kann!*

Großer Gott, nein! schrie sogleich ein aufgeregter Großvater-Tenor. *Er wird ihn mit seinem Skalpell zerschneiden! David ist ein wissenschaftliches Phänomen, das man untersuchen muß! Aber wenn man ihn untersucht, wird er wirklich sterben, Josh. Sterben – verstehst du das? Warte noch ein paar Tage! Vielleicht ... geht es ja von selbst wieder weg!*

Aber er ZERFÄLLT! meldete sich seine eigene Kopfstimme verzweifelt zu Wort. *Er fällt auseinander! Er verfault, er stinkt ...*

Also, wenn deine einzige Sorge ist, daß er stinkt ...!

Sein Gehirn ist das Problem! Es löst sich auf! Sein Geist verschwindet, und was zurückbleibt, ist nicht David Hopkins, sondern ... etwas anderes! Das Denken sitzt direkt hinter den Augen. Und Davids Augen sind viel zu weit nach hinten gerutscht!

Lieber Junge, meldete sich die freundliche Lehrerin erneut zu Wort. *Ist dir eigentlich aufgefallen, daß sich David trotz seines Zerfalls noch erstaunlich gut bewegen kann?*

(Gehirn zerfällt ...)

(Habe Hunger ...)

(Schmetterlinge ...)

(Ich werde dir wehtun ...)

„Lieber Gott", fiepte Josh und faltete seine verkrampften Hände, während er sein Kinn auf die Brust preßte. Beten war in dieser Sekunde besser als Denken. „Lieber Gott, bitte mach, daß es aufhört, sich zu bewegen!"

„Hallo, Josh! Na, mein Lieber, wo hast du denn geste... Großer Gott, Josh, was ... du meine Güte, was ist denn mit dir los? Ist dir immer noch schlecht?"

„Ich geh' ins Bett, Pappa!"

„Bist du krank? Laß mal sehen ... Himmel, du bist ja kochendheiß! Du hast Fieber!"

„Hab' gebrochen!"

„Wir legen dich jetzt erstmal ins Bett, dann untersuche ich dich!"

„Ja, Pappa."

„Okay, Josh, ist's jetzt besser?"

„Ja."

„Du hast dir 'ne Sommergrippe eingefangen. Ich hab' dir was gegen das Fieber gegeben. Nachher sehen Mutti und ich nochmal nach dir. Brauchst du noch was? Willst du was trinken?"

„Nein."

„Okay. Versuch du schlafen, mein Großer. Die Brechschüssel steht neben dem Bett. Wenn etwas ist, brauchst du nur zu rufen."

„Okay."

„Gute Nacht, mein Junge."

„Gute Nacht, Pappa."

Die Welt war ein Traum, und in dem Moment, da sein Vater behutsam die Tür seines Zimmers schloß und das anheimelnde Flurlicht abschnitt, schlossen sich die Klauen des Wahnsinns endgültig um Joshua Morell. Möglicherweise war dies der Grund, warum er in jener Nacht umgehend in einen dämmrigen, traumreichen Schlaf glitt, denn entweder bringt der Wahnsinn schreiende Hysterie mit sich oder krankhafte Ruhe.

Er träumte, er stünde nackt in seinem Zimmer vor dem Fenster und starrte nach draußen in eine unnatürlich lichtlose Nacht. Vor der Scheibe schwebte der verrottete David, dessen Zerfall noch weiter fortgeschritten war. Sein Unterkiefer fehlte vollständig, so daß Josh in seine weißverschleimte Luft- und Speiseröhre sehen konnte. Er war schwarz am ganzen Körper, nur an einigen Stellen schimmerten schmierig die braunen Knochen durch. Sein Geschlechtsorgan war verschwunden, nur ein kleiner, farbloser Fetzen zeugte noch von seinem Penis. Seine Augenhöhlen waren leer und dunkel, die Schädeldecke auseinandergebrochen. In den scheußlichen Überresten der Hände hielt er sein zerstörtes Gehirn. Er wippte mit dem Kopf wild vor und zurück und stieß gurgelnde Laute aus, die Josh sogar durch das dicke Glas vernehmen konnte, gegen das Schleimtropfen klatschten.

„Angar ... Angar ...!" röchelte er, während er sein Gehirn knetete, massierte, zerquetschte. „Angar ... Angar ... Angar ...!"

Und dann verstand Joshua das Wort plötzlich.

Es sollte *Hunger* heißen!

Das Gehirn rann, schmelzender Butter gleich, zwischen Davids Finger hindurch und regnete hinab in die Schwärze.

„Angar ... *Angar* ...!"

Joshua erwachte schwitzend, einen erstickten Schrei ausstoßend, aufrecht in seinem klammen Bett sitzend. Blitze erhellten das Zimmer. Vor dem Fenster donnerte es krachend.

Einen Moment lang lauschte er dem Pulsieren seines Blutes in den Ohren, dann setzte er langsam einen Fuß aus dem Bett, wobei Urin an seinem Bein entlang zu Boden tröpfelte.

Benommen torkelte er durch sein Zimmer, von dessen Decke Modellflugzeuge baumelten, in mühevoller Kleinarbeit mit David zusammengebaut, und stellte sich ans Fenster, durch dessen Ritzen ein leichter, angenehm kühler Luftzug seine Wangen liebkoste. Er starrte in den Garten, wo die alte Tanne von kräftigen Windböen hin- und hergeworfen wurde. Der Regen prügelte gegen die Scheibe, als wollte er sie zerstören.

„David ..." In Joshs Kopf herrschte eine merkwürdige Tumbheit, als hätte man ihm ein Betäubungsmittel direkt in die Schläfen injiziert. Er betrachtete sein Spiegelbild im Glas und griff sich wie ein verstörtes Kleinkind aus Reflex in den nassen Schritt.

Er kann jederzeit raus, wisperte die strenge Großvaterstimme in seinem Schädel. *Er kann jederzeit raus und durch den Regen zu dir kommen! Er kann sich erstaunlich gut bewegen, trotz seiner Deformationen! Kann losziehen, um seine Schmetterlinge zu sammeln! Kann dich besuchen, wann immer er will! Er hat Hunger!*

Langsam senkte Josh seinen Blick, starrte zur Wiese.

Es donnerte und blitzte.

Josh hob seinen schweißglänzenden Arm, inhalierte dessen Duft.

Es war David! Natürlich! Er hatte den Bananengestank trotz des fast einstündiges Bades nicht abwaschen können. Er haftete noch immer tief in seinen Poren!

Plötzlich mußte er sich vorstellen, wie sein Freund im blendenen Blitzlicht unter den alten Kreuzen im Kirchenschuppen kauerte und in sich selbst zerfiel.

Ein schwaches Lächeln stahl sich auf seine weichen, fast mädchenhaften Züge, während sich seine Finger in das Pyjamaoberteil verknoteten. „Okay, David ... ich ... ich weiß jetzt, wie ich's wieder in Ordnung bringen kann! Alles wird gut werden! Ich verspreche es dir! Ich ... bin ... haha ... ich bin schließlich dein Arzt!"

Joshua drehte sich um und machte sich auf den Weg nach draußen.

„Es ist das Beste", flüsterte Josh seinen schlafenden Eltern zu, die in ihre Bettdecken verwickelt dalagen. Hier in ihrem Schlafzimmer roch es frisch, nach der indischen Seife, die sie immer benutzten, ein Geruch, den Josh irgendwie immer mit Tautropfen auf hellgrünen, eingerollten Farntrieben assoziiert hatte. „Es ist das einzige, was ich tun kann, Pappa." Josh betrachtete das stoppelbärtige Gesicht seines Vaters und spürte, wie das Weinen in seinem Inneren gluckerte. Er bemühte sich, möglichst kein lautes Geräusch zu produzieren, um sie nicht zu wecken. Er schielte zur Anzeige des Digitalweckers auf dem Nachttisch. Zwei Uhr dreißig. Noch genug Zeit.

„Du würdest ihn nur zerschneiden, Pappa. Es ist besser, wenn ich es mache ... bevor er noch mehr verfault, aber sich trotzdem weiter bewegt! Es ist nur ein Traum, ein Fiebertraum ... und in Träumen kann man nichts falsch machen, da sie ohne Bedeutung sind ... das sagt jedenfalls die Lehrerin ... in meinem Kopf ... David ist tot ... ich kann ihn also nicht mehr töten ... ich öffne nur eine Tür ... in die Ewigkeit ..."

Mit einer flüchtigen Handbewegung wischte sich Josh die Tränen von den weißen Wangen. Er hätte seine Eltern zum Abschied gerne geküßt, doch er befürchtete, sie damit zu wecken.

Barfuß, nur mit seinem schweiß- und urinnassen Schlafanzug bekleidet, stapfte er nach draußen in das tobende Sommernachtsgewitter, hin zu der Garage, aus der er zuvor den Kanister mit Benzin geholt hatte.

Mit angeklatschten Haaren, deren Spitzen ihm in die Augen stachen, stand Joshua Morell in dieser Nacht dreckverschmiert und zitternd mit einem bis zum Rand gefüllten Benzinkanister in der Hand vor der Tür des Kirchenschuppens, in dem sich sein toter Freund versteckt hielt. Der Pyjama klebte wie eine zweite Haut an seinem Leib, seine nackten Füße bluteten, doch er spürte die Risse und Wunden an seinen Sohlen nicht, spürte nicht den peitschenden Regen, den schneidenden Wind, der ihm ins Gesicht schlug.

Langsam stellte er den Kanister ab und klopfte vorsichtig an die Pforte.

„D-D-David ...", flüsterte er mit einer quiekenden Stimme, die nichts mehr mit seiner alten gemein hatte. „David ... i-i-ich hab' d-d-deine Schmetterlinge dabei!"

Mit den Fingerspitzen stieß er gegen die Tür, die nach innen aufschwang. Augenblicklich schlug ihm der erstickende Bananengestank ins Gesicht.

„David?" Josh betrat den düsteren Raum, der angefüllt war mit braunen Flecken und schwarzen Pfützen, in denen weiße Maden ertranken. Er hinterließ blutige Fußabdrücke auf dem staubigen Boden.

„David?" Nichts, keine Antwort. „David ... i-i-ich hab' deine Schmetterlinge d-d-d-dabei ... vielleicht wunderst du dich, warum ich um diese Zeit komme, mitten in der Nacht ... aber Schmetterlinge ... erhalten das Gehirn ... David ... los, versteck' dich nicht ... komm' raus ... hab' keine Angst ..."

Er beugte sich hinab, lugte unter die Schatten, die die Kreuze im gleißenden Blitzlicht warfen.

Er suchte eine halbe Stunde lang, doch David schien den Schuppen verlassen zu haben!

Er konnte sich wirklich noch erstaunlich gut bewegen.

Vier Uhr dreißig. Nicht mehr viel Zeit, die Schmetterlinge zu sammeln und zum Gehirn zu bringen, nicht mehr viel Zeit, die Ewigkeit einzuleiten.

Mit dem Benzinkanister zwischen den Füßen saß Joshua im Wohnzimmer und starrte zum Fernseher, dessen Mattscheibe nicht glühte. Er hatte sich den Daumen in den Mund gesteckt und saugte daran, als erhalte ihn dieses kindliche Nuckeln am Leben.

Vier Uhr dreißig. Kein David, keine Schmetterlinge!

„Fernseher", nuschelte er, verzückt grinsend. „Kein Traum, kein Schmetterling, und er bewegt sich immer noch, flink wie eine Spinne! Instinkte. Bewegt sich. Keine Schmetterlinge. Wandelt. Sucht! Aber sein Gehirn schmilzt, es besteht aus Butter! Kein Empfinden, keine Gedanken! Instinkte! Keine Schmetterlinge, keine Schmetterlinge ..."

Das Telefon schrillte. Joshues Kopf drehte sich mechanisch zur Seite, ohne die Zustimmung seines umnebelten, unzurechnungsfähigen Gehirns abzuwarten.

Sie müssen weiterschlafen ... , flüsterte die Lehrerin.

Sie zerschneiden ihn, wenn sie wach werden ... , flüsterte der Großvater.

Beide hatten recht. Rasch senkte er die Hand auf den Hörer und nahm ab.

„Schmetterlinge", flüsterte Josh in die Sprechmuschel.

Am anderen Ende der Leitung rauschte es, dann erklang kurz eine tiefe, erdige Stimme, die eher von einem sterbenden Tier denn von einem Menschen zu kommen schien.

Aber Tiere sind nicht in der Lage, Worte zu artikulieren oder zu telefonieren! flüsterte Großvater und begann kreischend zu lachen.

Josh lauschte, und als nichts mehr folgte, ließ er den Hörer wieder sinken.

Er kommt näher! wisperte die Lehrerin. *Er sucht. Er wird dich finden! Instinkte!*

Langsam mühte sich Josh auf seine Beine, die 2000 Jahre alt zu sein schienen.

„Der Schmetterling kann telefonieren", murmelte er und hob mit letzter Kraftreserve den Benzinkanister hoch. Schwer atmend torkelte er die Treppe zu seinem Zimmer hinauf.

Oben angelangt schloß er die Tür hinter sich ab, hielt den Kanister mit beiden Händen in die Höhe und ließ das Benzin über seinen Kopf, sein Gesicht, seinen Körper laufen, klirrend kalt, ätzend, Säure, die seinen Pyjama fraß. Er trank gierig, wie ein Verdurstender in der Wüste, der eine Oase entdeckt hat. Endlich schien der entsetzlich faule Bananengeschmack aus seinen Poren zu weichen.

Mit Benzin getränkt nahm er die Streichholzpackung aus seiner Pyjamahose und legte sich lächelnd auf sein nasses Bett. Er betrachtete die wütenden, blauen Blitze vor der Scheibe und genoß das Donnern, das den Boden zum Vibrieren brachte.

Und während er langsam in einen der Bewußtlosigkeit gleichkommenden Schlaf glitt, wiederholte er immer wieder den gutturalen Laut, der durch den Hörer des Telefons an sein Ohr gedrungen war.

Angar.

Als Josh seine schweren Augenlider hob, behauptete die Digitalanzeige seines Weckers, es wäre fünf Minuten nach sechs. Alles roch nach Benzin, alles fühlte sich naß und verklebt an. Er hatte sich im Schlaf irgendwie ungünstig gelegt, seine Hand war grotesk verdreht und ruhte auf seiner Brust, der Stelle, wo sein Herz saß.

Joshua stutzte. Trotz der Verwirrung, die ihn befallen hatte, begann er, mit fiebriger Genauigkeit seinen Brustkorb abzutasten.

Um ganz sicher zu gehen, hielt er die Luft an. Das war die einfachste, wissenschaftlichste Methode, wie Großvater fand. Wie geht es dem Patienten? Nun, Herr Doktor, sehen wir mal, wie lange er die Luft anhalten kann!

Um viertel vor sieben zwang er sich erstmals wieder zum Atmen.

Joshua breitete die Arme aus und versuchte, den Wind, der hier oben uneingeschränkte Macht hatte, zu spüren, versuchte, die Regenluft zu atmen, das Benzin, mit dem sein Pyjama getränkt war, zu riechen, das Donnern der Schwertransporter zu erfassen, doch seine Sinnesorgane registrierten nichts; starben. Die Geräusche der immer dunkler werdenen Tageswelt waren in Watte verpackt, seine Zunge hatte sich in ein taubes Stück Fleisch verwandelt, und seine Haut war gefühllos geworden. In seinem Gehirn herrschte ein seltsamer Friede. Ein einziges, herrliches Bild erfüllte sein sterbendes Denken: Er dachte an einen riesigen Schwarm Zitronenfalter, der sich von einer dunkelgrünen Wiese in den blauen Himmel erhob und das Land, einer dichten Wolkendecke gleich, der Sonne beraubte. In seiner verglühenden Phantasie konnte er sogar das Schlagen ihrer unzähligen, zarten Flügel vernehmen.

„Wie ein Schmetterling", flüsterte er noch einmal und ließ sich rückwärts vom höchsten Punkt der Autobahnbrücke fallen, die er so mühsam erklommen hatte. Und die Welt drehte sich, und Joshua flog, endlich flog er, und die Zitronenfalter umsäumten seinen Leib und streichelten ihn mit dem Staub ihrer brüchigen Flügel, und nichts war mehr von Bedeutung, und das Gefühl war, oh, es war ...

Ewig.

David hatte nicht gelogen. Es gab keine Schmerzen mehr, die Ewigkeit kennt kein Leid.

Sie kennt nur Vergessen.

Joshua Morell sprang an diesem Morgen so oft vom höchsten Punkt der Brücke, bis seine jungen Knochen so zerbrochen waren, daß er nicht mehr nach oben zurückkehren konnte.

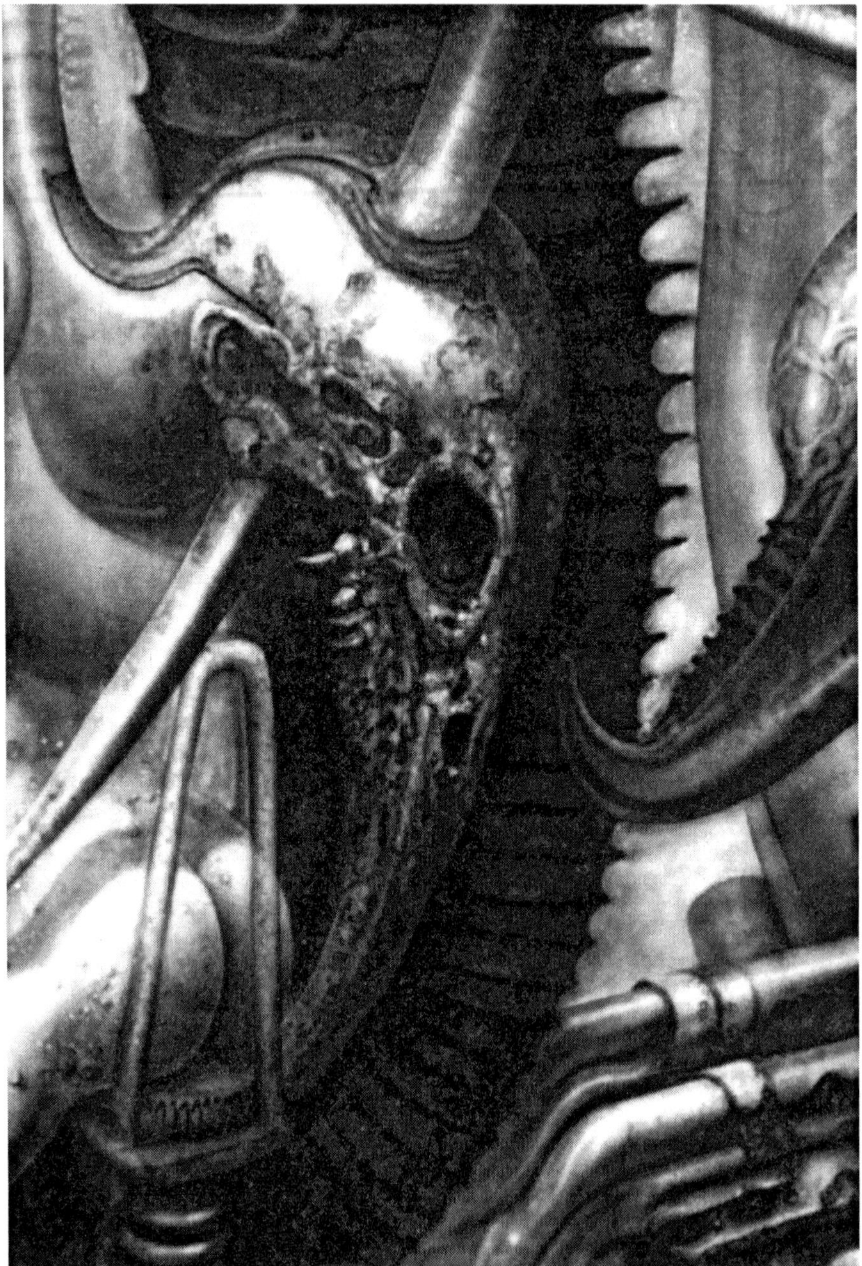

Wo kein Adler wagt zu landen

„Inmitten der nebelumrankten Hochebenen der petroskanischen Berge, so erzählen sich die jugoslawischen Ziegenhirten im flackernden Schein ihrer Kartoffelfeuer, existiert ein Bergplateau, das von jeglicher Lebensform gemieden wird, auf das nicht einmal die mächtigen Adler der oberen Berghänge ihren krallenbewehrten Fuß setzen. Auf diesem Plateau, das den Namen Sohorršand trägt, sei, so sagt man, vor unvordenklichen Zeiten ein Geschehnis vorgefallen, so blasphemisch und fürchterlich, daß der Herrgott im Himmel selbst sich beleidigt fühlte von soviel Schlechtigkeit und zur Strafe den Ort mit einem grausamen Fluch belegte. Kein Lebewesen sollte jene Stelle wieder betreten, bevor noch die gewaltige Schuld, die auf sie geladen ward, abgegolten sei."

„Ja, ja, klingt beeindruckend." Professor Barth gähnte herzhaft. „Breker war schon immer berüchtigt für seine unakademischen, pathetischen Formulierungen."

Doktor Karel Pavondra, der ihm im engen Abteil des Zuges gegenübersaß, klappte sinnend das Buch, aus dem er eben vorgelesen hatte, zu; es war *Brekers Lexikon ethnologischer Irrungen und überlieferten Volksglaubens*, und sein Rücken trug eine Signatur der Universitätsbibliothek Prag.

„Sie müssen zugeben, werter Kollege," hob Pavondra die Stimme, „daß bei genauerer Betrachtung zuweilen noch wesentlich abwegigere Gerüchte und Überlieferungen doch sehr greifbare Hintergründe aufweisen. Denken Sie beispielsweise nur an jene spanische Sage über eine Rasse rudimentär intelligenter, riesiger Würmer, die seit Anbeginn der Zeit im flüssigen Kern der Erde leben soll ... ich erwähnte diesen Mythos und seine Auslöser in meinem letzten Buch, wenn ich mich recht erinnere ..."

„Ja, das taten Sie." Edwin Barth, ein großer, hagerer Mann mit gänzlich in Grau gehaltener Garderobe und einem seit mindestens zwanzig Jahren aus der Mode gekommenen Zwicker auf der Nase, seufzte leise. „Ich will ja auch gar nicht abstreiten, daß etwas Wahrhaftiges dahinterstecken *könnte* – sonst säße ich wohl kaum mit Ihnen in diesem verdammten Zug! Ich weiß nur nicht recht, ob die Sache diesen ganzen Aufwand überhaupt lohnt!"

Doktor Pavondra sah beleidigt aus dem Fenster. Draußen ratterte die hügelige Landschaft Zentraljugoslawiens in nicht eben halsbrecherischem Tempo vorüber, und der Doktor fand einen Augenblick Zeit, sich der Anfänge ihrer gemeinsamen Reise zu entsinnen.

Sie waren vor drei Tagen von Prag aus aufgebrochen, Professor Edwin Barth, Biologe und Verhaltensforscher, ursprünglich aus Paris stammend, und er selbst, Karel Pavondra, passionierter Historiker und Doktor der Ethnologie; Pavondra hatte diesmal seine ganze Überredungskunst aufbieten müssen, um den Professor, der momentan leider nicht (wie er selbst) für die Dauer eines Forschungssemesters vom Universitätsbetrieb ausgenommen war, davon zu überzeugen, daß es wirklich von außergewöhnlicher Dringlichkeit sei, mit ihm zusammen die Reise nach Südjugoslawien anzutreten.

Barth, mit dem ihn trotz dessen zuweilen übertrieben pragmatischer Ader bereits seit vielen Jahren – genauer, seit der Professor von der Pariser Universität einem Ruf nach Prag gefolgt war – eine enge Freundschaft verband, hatte in vielen Bereichen ähnlich gelagerte Interessen wie er selbst. Bereits mehrfach waren sie gemeinsam in die entlegensten Regionen der Erde aufgebrochen, um uralte, häufig nur in suspekten, kultistischen und äußerst raren Dokumenten angedeutete Überlieferungen zu entmystifizieren und ans Licht zu bringen, was der wahre Auslöser dafür gewesen war, daß bestimmte phantastische Begebenheiten sich tief im allgemeinen Kulturgut eines Volkes verwurzelt hatten. Der Professor beklagte sich zwar regelmäßig, daß ihm seine Frau stets die Hölle heißmache, wenn er für längere Zeit relativ spontan verreise – er war im Gegensatz zu Pavondra seit fast zwanzig Jahren glücklich verheiratet –, nichtsdestotrotz stimmte er, vom Doktor nur lange genug beschwatzt, am Ende immer wieder zu, die jeweils aktuelle Reise anzutreten.

Dieses Mal hatte die Überredungsphase allerdings erheblich länger gedauert. Pavondra wußte nicht zu sagen, ob es daran gelegen haben mochte, daß die Sage, die er diesmal auserkoren hatte (eben die vom geheimnisumwitterten Plateau Sohorršand in Jugoslawien) Barth in nur relativ geringem Maße interessierte; was er sich eigentlich nicht recht vorstellen konnte, hatte sein Freund doch zu Beginn, als der Doktor das Thema eines Abends bei einem guten Glas Wein vor dem heimischen Kamin angedeutet hatte, ausgesprochen erfreut und motiviert gewirkt. Wahrscheinlicher war da schon die Möglichkeit, daß dem harmoniebedachten Barth das Projekt von seiner nur ungern allein zurückbleibenden Ehegattin in der Folgezeit vehement vergällt worden war, weswegen der Doktor seinen Freund mehrfach und immer wieder verbal hatte anrempeln und bearbeiten müssen, bevor dieser sich vor einem knappen Monat endlich anschickte, eine zwei- bis dreiwöchige Beurlaubung von seinen Vorlesungen und sonstigen Veranstaltungen an der Universität zu beantragen. Am letzten Dienstag waren sie dann schließlich aufgebrochen.

Sie hatten zunächst den regulären Eilzug von Prag über Brünn nach Bratislava genommen. Dort waren sie umgestiegen in einen Güterzug mit einigen wenigen Passagierwagen, der sie in kurzer Zeit nach Budapest brachte. Sie übernachteten dort und nahmen am folgenden Tag einen Bummelzug, der sich über Dutzende kleiner Dörfer, deren Namen keiner der beiden Freunde je gehört hatte, einen Weg in grob südlicher Richtung mit Endziel Belgrad suchte. Nachdem sie die zweite Nacht ihrer Reise in einer winzigen Ortschaft mit unaussprechlichem Namen kurz vor Belgrad zugebracht hatten (der Zug hatte es natürlich nicht mehr vor Einbruch der Nacht geschafft, in der Hauptstadt anzulangen, und über eine Nachtfahrerlaubnis verfügte der reichlich debil wirkende Lokführer nicht ...), machten sie, in Belgrad angekommen, die böse Entdeckung, daß der einzige Zug, der sie in absehbarer Zeit von hier aus in die für sie interessanten südlichen Regionen des Landes, unter anderem die petroskanischen Berge, bringen konnte ... exakt jener vermaledeite Bummelzug mit seinem schwachsinnigen Fahrer war! Notgedrungen hatten sie das Gefährt ein weiteres Mal bestiegen, und nun tuckerten sie mit einer Geschwindigkeit, die gerade den stets auf Korrektheit und Eile bedachten Barth ein ums andere Mal zu Wutausbrüchen verleitete, weiter gen Süden.

„Verdammtes Pech aber auch ...", knurrte der Professor vor sich hin. Pavondra wandte den Kopf wieder vom Fenster weg und sah seinen Freund und Kollegen direkt an.

„Sagen Sie, lieber Freund, erinnern Sie sich noch an die amüsante Überlieferung bezüglich dieser angeblich intelligenten Pflanzenart im Amazonasdschungel, die – wie war es noch? – den Menschen als Gottheit anbetete und ihm, den Eingeborenen zufolge, regelmäßig Opfer ...?"

„Ha, wie könnte ich diese Horrorfahrt je vergessen?" schnaubte Barth und wandte sich mit einem resignierenden Achselzucken, das ganz offensichtlich ihrer nicht zu ändernden Reisegeschwindigkeit galt, seinem Partner zu. Er hatte tiefe Ringe unter den Augen.

„Vier Wochen lang unter den härtesten nur denkbaren Bedingungen im tiefsten Urwald Südamerikas ... nur, um dann eine lächerliche, bisher unbekannte Abart des gemeinen Giftefeus vorzufinden, die entgegen dem üblichen Wuchs obskure, fast geometrische Muster beim Umranken großer Urwaldriesen zur

Schau trägt." Das kantige, bartlose Gesicht des Professors verzog sich unwillig, fast angewidert.

„Die ‚Opfergaben' an die Eingeborenen ..."

„Kleintiere, die, von der etwas höher als üblich konzentrierten Dosis des Pflanzengiftes überwältigt, tot am Fuße des betreffenden Baumes liegenblieben. Erbärmlich!"

„Aber, aber, werter Kollege – nun übertreiben Sie bitte nicht! Immerhin erregte unsere damals in der Folge unserer Expedition verfaßte Abhandlung in der Fachwelt großes Aufsehen ..."

„Weil jeder Student sich vor Lachen auf die Schenkel schlug, ja!" Der Professor ließ den Blick aus dem Fenster schweifen und begann, sich wieder über die Geschwindigkeit jugoslawischer Bummelzüge zu mokieren.

Pavondra sah ein, daß sein Kollege augenblicklich nicht in allzu gesprächiger Laune war und überließ ihn sich selbst. Während er einen Apfel aus seiner Reisetasche holte und ihn mit seinem Taschenmesser sauber zerlegte, argwöhnte er grinsend, daß sich Barth, seinem ostentativ zur Schau getragenen Desinteresse zum Trotz, höchstwahrscheinlich ebenso auf die vor ihnen liegenden Forschungen und neuen Erkenntnisse freute wie er selbst.

Kaum einen Tag darauf, es war am frühen Nachmittag, befanden sich Pavondra und Barth bereits, bepackt mit gewaltigen Rucksäcken und Tornistern, beim Anstieg über die Fußhügel des petroskanischen Gebirges. Ihr Zug war am Vorabend in ein Hundertseelendorf namens Basjalac eingefahren, und nach einer unbequemen, nichtsdestotrotz erholsamen Nacht im Gemeinschaftsschlafsaal des einzigen Gasthauses waren sie zu Fuß aufgebrochen, da wenige Meilen außerhalb bereits die ersten steinigen Ausläufer des gesuchten Gebirgsmassivs begannen.

Glücklicherweise war jener Bereich des jugoslawischen Mittelgebirges, der die Bezeichnung Petroska trug, ein recht leicht überschaubarer und nicht übermäßig steiler Abschnitt, so daß die beiden Mittfünfziger sich guten Gewissens daran gemacht hatten, ihm allein, ausgerüstet mit kaum mehr als einer normalen Wanderausrüstung, zu begegnen. Auf einen ortskundigen Führer hatten sie geflissentlich verzichtet, wollten sie sich doch exakt an den spärlichen geographischen Angaben verschiedener altserbischer Überlieferungen orientieren, anhand derer sie den von ihnen gesuchten Ort, die Hochebene mit Namen Sohorršand, am ehesten zu finden hofften.

„Ich würde vorschlagen, wir versuchen, diesen Ausläufer des Berges, der hier links hinter der Anhöhe in Sicht kommt, noch vor Anbruch der Dunkelheit zu erreichen", schlug Professor Barth gegen Abend nach einem wider Erwarten doch verhältnismäßig anstrengenden Marsch vor. „Dort können wir unser Zelt aufschlagen. Einverstanden?"

Pavondra, der nach ihrer letzten Pause vor etwas über einer halben Stunde schon wieder rechtschaffen aus der Puste war, konnte nur nicken. Der Professor, gut eineinhalb Köpfe größer als er, hatte mit seinen endlos langen Beinen einen Schritt vorgegeben, den mitzuhalten ihm erschreckend schwergefallen war. ‚Vielleicht sollte ich doch endlich etwas abnehmen ...', dachte er bei sich, als er keuchend an seinem wulstigen Körper hinabsah und sich plötzlich wie im Traum aus unbeteiligter, externer Perspektive einem Heinzelmännchen gleich über den schotterigen Untergrund hüpfen sah – es war ein ziemlich lächerlicher Anblick. Er verfluchte innerlich, daß er nie sonderliches Interesse für die holde Weiblichkeit hatte aufbringen können; wäre er ein Draufgänger und Aufreißer gewesen, hätte er seinen nicht einmal übermäßig alten Körper bestimmt besser in Schuß gehalten. Aber seine Haushälterin, die er seit fast ebenso vielen Jahren beschäftigte, wie Barth mit seiner Frau Ellie verheiratet war, bekochte ihn mit schöner Regelmäßigkeit ganz ausgezeichnet, egal, wie weit sich sein Bauch schon über dem Hosenbund wölbte. Sobald er wieder zurück in Prag war, würde er etwas gegen seine Korpulenz unternehmen, das nahm er sich fest vor.

„Sehen Sie nur, dort, Herr Kollege!" riß ihn die Stimme Barths aus seinen Gedanken, die ihn kurz von der Tatsache abzulenken vermocht hatten, daß er keuchte und schnaufte wie eine altersschwache Dampfmaschine.

„W... was ist?" brachte er hervor.

„Dort oben!" Barths Finger wies auf den Punkt, den er aus der Ferne bereits zu ihrem Nachtlager auserkoren hatte. Von einer Stelle hinter einer Felserhebung, nicht einzusehen von ihrem derzeitigen Standort, stiegen dünne, graue Rauchkringel in die klare Abendluft empor.

„Ein Lagerfeuer! Also werden wir heute nicht alleine nächtigen. Kommen Sie schon, Herr Doktor, lassen Sie uns zu jenem einsamen Wanderer aufschließen, wer immer es sein mag!" Und er stiefelte beängstigend schnell den Hang hinauf. Pavondra beeilte sich nachzukommen.

Wenig später stießen sie hinter der von unten bereits erspähten Felsnadel tatsächlich auf einen weiteren Wanderer, der allerdings im Gegensatz zu ihnen selbst mit einem augenscheinlich jugoslawischen Führer unterwegs war.

Der untersetzte, dick vermummte Reisende stellte sich ihnen als Frederik H. Pökler aus Deutschland vor; er trug einen dichten, tiefbraunen Vollbart, der ihm fast bis auf die Brust reichte, und seinen Kopf bedeckte eine karierte Schildmütze, von der Pavondra vermutete, daß sie eine beginnende Glatze verdeckte. Alles in allem machte der Fremde einen sehr umgänglichen Eindruck, der lediglich durch die rüde Art getrübt wurde, mit welcher der Deutsche mit seinem einheimischen Führer Olaf umging. Der Anwesenheit der beiden Neuankömmlinge ungeachtet, scheuchte er den kaum Zwanzigjährigen wie ein Tier im Lager umher und belegte ihn dabei beständig mit unverständlichen deutschen Flüchen und Beleidigungen.

„Mach Feuer, *du Hurensohn*! Na los, spute dich, oder ich prügele dir das Hirn aus dem Schädel, *verdammter Auswurf!* ... So, meine Herren; legen Sie doch ab und leisten Sie mir am Feuer Gesellschaft. Es gibt genug Hammelfleisch und Wein für alle. *Olaf!* Schaff' Fleisch her, aber sofort!"

Nach einem kurzen Austausch von Blicken legten Pavondra und Barth ihr Gepäck nieder und setzten sich zu dem gesprächigen Herrn Pökler ans Feuer. Es stellte sich heraus, daß er ebenfalls Akademiker war und im Auftrag der biologischen Fakultät der Universität Braunschweig in Deutschland unterwegs war. Er war am Vortag bereits hier angekommen, seinem „unzuverlässigen und erbärmlich faulen" Führer Olaf, den er in Basjalac für eine großzügige Summe von dessen Vater „ausgeliehen" hatte, habe er es jedoch zu verdanken, daß er noch nicht mit dem eigentlichen Aufstieg habe beginnen können.

„Es ist furchtbar mit ihm ... arbeitsscheu und diebisch, so sind sie halt, die Jugoslawen, nicht wahr, meine Herren, ha, ha! Und was sagten Sie doch gleich, sei das Ziel *Ihrer* Expedition in dieses Gebiet?"

Professor Barth erklärte nach einigem Zögern ihrem stimmgewaltigen Gastgeber, der nach dem zweiten Glas starken roten Weins von ihnen nur noch ‚Fred' genannt werden wollte, worin der Zweck ihrer Forschungsreise bestand. Pökler, der bereits erheblich angeheitert gewirkt hatte, schien mit einem Mal wieder deutlich nüchterner zu werden und hörte bemerkenswert aufmerksam zu.

Als Barth geendet hatte, stellte der Deutsche seinen Becher fort, wischte sich mit dem Handrücken den Mund sauber und sagte dann: „Nun, meine Herren – da haben wir ja so ziemlich den gleichen Weg vor uns ... stimmt's nicht, Olaf? *Olaf!*"

Auf sein Geschrei hin kam der verschreckte Jugendliche, der während des Essens weitab des Feuers in der Nähe der Zelte gesessen hatte (auf Befehl Pöklers hatte er das Zelt der Freunde ebenfalls schon aufgebaut), herangeschlichen. Pökler zog ihn zu Boden, und als er neben ihm auf dem nackten Fels saß, sagte er: „Hör gut zu, Olaf: Die beiden Herren hier suchen ebenfalls das Hochplateau von Sohorršand, ist es nicht ein Zufall? Dann erkläre den beiden doch bitte kurz, weswegen dies just der Weg ist, den wir zwei Hübschen auch suchen, und den zu finden ich dich jugoslawischen *Schweinehund* deinem nichtswürdigen Vater abgekauft habe! Eh?" Er hieb Olaf mit der flachen Hand ins Genick, und der Junge begann stockend auf Serbisch zu erzählen:

„Herr Pökler sucht ... ist auf der Suche nach dem ... *Gott-Tier!* Man sagt, es lebt irgendwo in der Nähe der geheimnisvollen Ebene von Sohorršand und ..."

„Wir dachten, dieses Hochplateau gelte unter Einheimischen als ‚von Gott verflucht' und deswegen unbetretbar?" warf Pavondra überrascht ein.

„Das war früher einmal, ja, Herr", antwortete Olaf. „Aber seither ist schon lange Zeit bekannt, daß es nicht ein Fluch Gottes war, der diese Region für jedes Lebewesen unzugänglich und verboten gemacht hat, sondern die Anwesenheit der Rasse des *Gott-Tiers*, Herr. Ich ..."

„Halt dein Maul!" schaltete sich Fred Pökler wieder in die Runde ein. „Es sieht so aus, als suchten wir tatsächlich die gleiche Örtlichkeit, meine Freunde, wenngleich aus verschiedenen Gründen. Es spricht also nichts dagegen, daß wir gemeinsam weiterreisen, oder? Im Gegenteil – das erhöht, denke ich, noch unsere Chancen, das Plateau tatsächlich aufzuspüren. Indes, worum es mir bei der Suche geht, ist folgendes: Schon länger beschäftigt sich ein eigener Forschungszweig in Deutschland mit der Eventualität der Existenz eines Wesens, das sich auf einer weit höheren Evolutionsstufe befindet als der Mensch."

„... als der ...?"

„Aber Sie ..."

„Gewiß, meine Herren, erscheint Ihnen dies zunächst abwegig und irrational, ist doch der Mensch nach althergebrachten Normen die ‚Krone der Schöpfung'. Tatsächlich aber ... ist dies inkorrekt!"

„Und wie wollen Sie erklären, daß dieses Wesen der Menschheit während der gesamten Weltgeschichte noch niemals begegnet ist, geschweige denn davon in irgendwelchen verschollenen Fabeln und Überlieferungen die Rede ist? Man müßte irgendwo zumindest im Ansatz davon gehört haben. Das ist doch irrig!" Pavondra war aufgebracht, da er den Eindruck hatte, als versuche sein Gegenüber, sich mehr als dilettantisch in ein Thema einzumischen, das er als sein Spezialgebiet erachtete.

Barth ging die Sache etwas gelassener an: „Ich bin ebenfalls der Ansicht, lieber Herr Pökler, daß Ihre These ziemlich unhaltbar ist. Wie, frage auch ich Sie, kann es zugehen, daß dem Menschen die Existenz eines solchen Wesens über all die Jahrhunderte, *Jahrtausende* unbemerkt geblieben sein sollte? Sagen Sie mir das, wenn Sie können!"

„Meine Herren!" Pökler war jetzt ganz ruhig. „Führen Sie sich folgendes vor Augen: Ein ausgewachsener Menschenaffe – lassen Sie uns sagen, ein Schimpanse – ist ungefähr so lernbegabt, haptisch wie sprachlich – in Form der Zeichensprache beispielsweise –, wie ein vier- bis fünfjähriges Kind. Können Sie mir folgen?"

„Hmmph!" sagte der Doktor.

„Weiter!" insistierte Barth.

„Als nächstes stellen Sie sich nun im Vergleich eine Existenzform wiederum oberhalb des Menschen vor – deren Neugeborene oder Abkömmlinge wären folgerichtig doch in gleicher Relation bereits mit vier oder fünf Jahren so intelligent und gebildet *wie ein ausgewachsener Mensch*! Wie ein Mann von 40 oder 50 Jahren! Wie hoch, schätzen Sie, dürfte der intellektuelle Status eines solchen Wesens dann erst im ausgewachsenen Zustand, sagen wir, mit 50, 60 ... gar 100 oder mehr Jahren sein? Potenzieren Sie es mit den üblichen Entwicklungsfaktoren – es ergäbe sich ... eine nahezu unvorstellbare Überintelligenz!"

„Womit Sie unsere Frage immer noch nicht beantwortet hätten", bemerkte Barth kühl. „Wieso hat der Mensch dieses fabulöse Wesen noch nie zu Gesicht bekommen?"

Pökler schaute die Freunde seltsam an. Dann sagte er: „Weiß der wilde Schimpanse im Dschungel, daß irgendwo, in einer Gegend, die er nie betreten wird, ein ihm in unglaublichem Maße überlegenes Wesen in gewaltigen Siedlungen, ‚Städte' genannt, haust ... der Mensch nämlich? Meine Herren, wenn wir voraussetzen, daß es diese Spezies von Wesen, die uns auf intellektueller Ebene um ein Vielfaches überlegen ist, tatsächlich gibt ... könnte sie es dann nicht mit fast nebensächlicher Beiläufigkeit bewerkstelligen, daß wir tumben, primitiven, wir affigen Trottel – *sie gar nicht wahrnehmen können*? Sie könnte unsichtbar für unser Auge sein, sie könnte eine Gestalt annehmen, die wir nicht im Traum mit einem lebendigen Wesen assoziieren würden ... oder sie könnte sich schlicht in eine unzugängliche Region der Erde zurückziehen, über die bestenfalls kurze Zeit später solche Gerüchte und Sagen aufkommen, wie Sie, Herr Pavondra, ihnen so gerne nachspüren." Er richtete sich auf. „Ja, meine Freunde: Ich bin überzeugt davon, daß sich hinter der jugoslawischen Sage des Gott-Tiers vom Sohorršand-Plateau nichts anderes verbirgt als der *Homo superior Poekler*! Der Übermensch! Die ultimative *Überexistenz*!"

Als Pökler, heiser vom lauten, euphorisch-kehligen Erzählen, nach seinem Becher griff und gierig den Wein in seine Kehle sog, beugte sich Barth zum Doktor hinüber. „Er ist krank! Ich bin überzeugt, daß er ..."

„Gemach, gemach. Seien Sie nicht voreilig, lieber Freund! Egal, was hinter seinem oder unserem regionalen Mythos nun stecken mag, ich bin gerade jetzt, nach all diesen grotesken Neuigkeiten und zusätzlichen Informationen, mehr denn je interessiert daran, die Angelegenheit zu ergründen! Sie nicht auch, Herr Kollege?"

Barth ließ sich seufzend zurücksinken und griff ebenfalls nach seinem Becher.

Am nächsten Morgen brach man gemeinsam auf. Barth und Pavondra bemühten sich redlich, dem armen Olaf beim Abbau und Zusammenräumen der Zelte behilflich zu sein, aber jedesmal, wenn der Deutsche sie dabei erwischte, brüllte er den Jugoslawen an, was diesem denn einfiele, sich schon wieder von den feinen Herrn helfen zu lassen, und prompt hagelte es Schläge. Nichtsdestotrotz waren sie eine knappe Stunde nach dem Aufstehen aufbruchfertig. Im Verlauf des Anstiegs bestrich Pökler die Freunde mit einer nie enden wollenden Salve nur bedingt gehaltvollen Geredes.

„... Sie sich nur vor, wie der *Homo superior* schon seit jeher an der Entwicklung der Geschicke der Welt beteiligt sein könnte, wissen wir doch schließlich nichts über seine mentalen und eventuell telepathischen oder hypnotischen Fähigkeiten ... er könnte ohne unsere Kenntnisnahme *alles*, vom Dreißigjährigen Krieg bis zum Konflikt in Korea vor ein paar Jahren, direkt verursacht oder anderweitig herbeigeführt haben ... stellen Sie sich vor, wenn nach all diesen Jahren nun ein erster direkter *Kontakt* zustande käme ... ich könnte ..." Und so fort.

Irgendwann nahm Pavondra den Professor beiseite und sagte leise: „In Ordnung, mein Freund, ich glaube, Sie haben recht; dieser Mensch ist wahrhaftig nicht ganz zurechnungsfähig. Ich kann mich des Eindrucks nicht erwehren, daß ihm die Lektüre von Maupassants *Le Horla* irgendwie zu Kopf gestiegen ist ... ‚superiore', den Menschen dominierende Rasse und so weiter. Ich schlage Ihnen folgendes vor: Lassen Sie uns mit seiner Hilfe das Hochplateau finden, es kurz im Hinblick auf unsere Adlersage in Augenschein nehmen – und ganz flugs wieder verschwinden! Der Mann kostet mich allmählich den letzten Nerv ..."

„Und den Jungen nehmen wir mit!" bestimmte Barth, praktisch denkend wie stets, als er mit mißbilligender Miene zur Kenntnis nahm, wie Pökler dem unter dem Gewicht des gesamten deutschen Gepäcks strauchelnden jungen Jugoslawen zur Strafe einen deftigen Handkantenschlag versetzte. „Ich wüßte gerne, wie *der* eine Anstellung an der Universität bekommen konnte ...?" murmelte er.

„Ob er wirklich einen akademischen Grad inne hat? Ich bezweifle es ernstlich."

„Geld? Ja, Geld und Beziehungen, das dürfte es sein – vergessen Sie nicht, woher er kommt ..."

Schweigend gingen sie weiter.

Am Abend dieses Tages ließ Pökler den jungen Olaf von neuem die Volkssage vom Gott-Tier herunterbeten, um dann, auf seine unnachahmliche Art darauf aufbauend, seine eigenen Theorien weiterzuspinnen. Als der Jugoslawe sich an einer Stelle erdreistete, einer besonders einseitigen Auslegung Pöklers zu widersprechen, erhielt er von diesem einen Schlag ins Gesicht, daß er hintenüber fiel und bewußtlos im Schatten liegenblieb.

Am nächsten Morgen war Olaf verschwunden.

„Ich sag's ja, ich sag's ja!" tobte Pökler. „Unzuverlässige Bande, diese dreckigen Hirten, unbrauchbar und vertrauensbrüchig! *Schweinehunde* allesamt! Läuft einfach so davon, der *Abschaum*! Aber warte, mein Bürschchen, dich krieg' ich schon noch mal in die Finger, das schwör' ich Dir ..."

Mit vereinten Kräften packten die drei verbliebenen Akademiker ihr Lager zusammen und machten sich wieder auf den Weg. Doch kaum waren sie dem an ihren Lagerplatz grenzenden, ausgesprochen steilen Schotterhang für etwa zehn Minuten gefolgt – wobei sie sich diesmal aus Sicherheitsgründen gegenseitig angeseilt hatten –, blieb Pökler, der vorausging, plötzlich stehen und wies mit ausgestrecktem Arm nach vorne.

Pavondra und Barth folgten seiner deutenden Hand mit den Augen und bemerkten sogleich, daß nur wenige Kilometer vor ihnen, umgeben von zwei oder drei spitz zulaufenden Bergrücken, am Ende eines nochmals recht steil emporführenden Anstiegs, eine dicke, weiße Nebelwand hing. Grob geschätzt befand sich der von diesem Wetterphänomen verdeckte Bereich auf etwa zweieinhalbtausend Metern Höhe, und angespornt von der Aussicht, ihr Ziel vielleicht endlich gefunden zu haben, machten sich die drei wieder auf den Weg.

Mehrere Stunden später hatten sie die Nebelwand, die aus der Nähe wahrhaftig außergewöhnlich dicht und undurchdringlich schien, erreicht, und nach kurzer Absprache marschierten sie hinein, Pökler voran.

Keine fünf Minuten später vernahmen Pavondra und Barth von weiter vorne aus dem Nebel ein ersticktes Keuchen. Sie beeilten sich, auf dem sehr ebenen und erstaunlich geröllfreien Untergrund schneller voranzukommen, da standen sie auch schon neben dem staunenden Frederik Pökler auf der anderen Seite der Nebelbarriere. Und der Anblick, der den Deutschen hatte laut vernehmlich ausatmen lassen, war tatsächlich beeindruckend:

Vor ihnen senkte sich der granitartige Untergrund, auf dem sie bereits die ganze Zeit dahinmarschiert waren, sachte ab und lief auf einer gewaltigen, fast kreisrunden Fläche von gut einem Quadratkilometer aus, die zu den drei Seiten, die nicht von der Nebelwand verborgen wurden, von unerklimmbaren Steilwänden umsäumt war. Am Rande der Ebene lagen zuhauf schartige Felsbrocken unterschiedlichster Größen verteilt, offenbar durch Geröllawinen von den Wänden heruntergerissen; darüber hinaus war das Plateau ebenso glatt und sauber wie die Strecke, die sie während der letzten Minuten durch den Nebel zurückgelegt hatten.

In der Mitte der Fläche ragte als einzige Unregelmäßigkeit im fast perfekten Rund der wie frisch gefegt anmutenden Ebene ein exaktes Dutzend monolithischer, dunkelgrauer Findlinge säulengleich in die Höhe. Jeder war annähernd vier Meter hoch, und ihre Formation bildete, wie es auf den ersten Blick erschien, ein rohes Quadrat. Einzelne Schwaden des weißen Nebels wanden sich schlangenhaft und behäbig um die Steine herum.

„Meine Herren – darf ich vorstellen: *Sohorršand*!" Pökler breitete in einem Anflug ungerechtfertigten Stolzes die Arme aus und wedelte in ziemlich lächerlicher Weise durch die kalte Gebirgsluft, wobei der Zeltsack seinem Zugriff entglitt und polternd zu Boden ging. Das Geräusch hallte unwirklich laut über das Plateau und zu ihnen zurück. Dann war es wieder still.

„Es ... ist wirklich sehr still hier, finden Sie nicht auch?" flüsterte Pavondra unwillkürlich.

„Ach was! Wo sollten denn hier oben auch Geräusche herkommen, meine Herren?" Pöklers Stimme klang obszön laut. Er raffte seine Sachen wieder auf. „Kommen Sie dann?" rief er und stürmte voran. Kopfschüttelnd folgten die beiden Freunde ihm.

Als sie endlich zu dritt – ohne die Hilfe Olafs – die beiden geräumigen Zelte ganz in der Nähe der unerklärlichen steinernen Monumente aufgeschlagen hatten, war der Tag bedauerlicherweise bereits so weit vorangeschritten, daß Pavondra und Barth von einer eingehenderen Untersuchung der Monolithen und des restlichen Plateaus Abstand nehmen mußten. Nach Einbruch der Dämmerung saßen sie noch ein wenig mit Pökler an einem improvisierten Lagerfeuer und planten den Ablauf des nächsten Tages.

„Ich werde Fallen aufstellen!" verkündete Pökler soeben, aber keiner der beiden Gelehrten bemühte sich, ihn darauf aufmerksam zu machen, daß ein Wesen von überragender Intelligenz wohl kaum in eine primitive Bärenfalle tappen würde – und einen zumindest Pöklers Intellekt übertreffenden IQ zu besitzen, dürfte überdies bereits den wenigsten der schon bekannten Tieren sonderlich schwerfallen, darin waren sich beide, ohne es aussprechen zu müssen, einig. Als der Deutsche geendet hatte, herrschte wieder die unangenehm drückende Stille. Mit der

Dunkelheit war auch der Nebel auf dem Plateau dichter geworden und hüllte Zelte wie Monolithen in ein trübes, milchiges Grau.

„Es geht kein Wind hier oben", bemerkte Barth sachlich und wischte die beschlagenen Gläser seines Zwickers trocken.

„Ja. Merkwürdig", gab auch Pavondra zu.

„Überhaupt nicht merkwürdig!" fand hingegen Pökler und steckte sich ein klobiges Stück Hartwurst in den Mund. „Woher soll denn hier Wind kommen, meine Herren?" fragte er kauend. „Nach drei Seiten hin haben wir Berge, und die Nebelwand liegt nach Norden raus – von da bläst kein Wind ... sonst wäre der Dunst ohnehin schon längst verschwunden. Also, alles ganz logisch!" Er schnitt zufrieden eine weitere Scheibe Wurst ab.

Die beiden waren nicht überzeugt.

Als er wenig später gemeinsam mit dem bereits schlummernden Barth im Zelt lag, konnte Karel Pavondra nicht umhin, sich vorzustellen, was wäre, wenn an alledem, was der Deutsche die ganze Zeit über lautstark von sich gab, tatsächlich ein wahrer Kern sein sollte. Er war hierhergekommen in der Absicht, eventuell irgendwelche archaischen Steinzeichnungen vorzufinden, die von Einheimischen vor Jahrhunderten als Zeichen Gottes mißdeutet worden sein könnten, oder wenigstens etwas vergleichbar Offensichtliches ... jedoch hatte er außer den merkwürdigen Findlingen im Zentrum der Ebene am heutigen Tage auf Anhieb nichts erblickt, was auch nur ansatzweise Aufschluß über den Anlaß zu einer Mythenbildung in der Vergangenheit hätte geben können. Wie dem auch sei, das Rudel von Steinen würde er sich definitiv am nächsten Tag genauer vornehmen. Doktor Pavondra drehte sich auf die andere Seite und schloß die Augen.

Er war schon fast eingeschlafen, als er vermeinte, nicht weit entfernt ein leises, mahlendes Geräusch zu vernehmen. Aber es war zu leise und er war zu müde, um sich darüber jetzt Gedanken zu machen. Noch schwankend, ob er sich das Geräusch nun eingebildet hatte oder nicht, fiel er nach den erheblichen Strapazen des vorangegangenen Tages in tiefen, wohlverdienten Schlaf.

Am nächsten Morgen war auch Pökler verschwunden.

Aus dem Tagebuch von Karel Pavondra, 6. Juni 1956:

Sehr merkwürdig: Heute morgen war unser Mitreisender Frederik ‚Fred' Pökler plötzlich nicht mehr im Lager aufzufinden. Bin ziemlich sicher, daß er nicht einfach gegangen ist, denn all seine Habseligkeiten, sein Zelt und seine Vorräte sind noch hier. Vielleicht hat er in der Nacht seinen jugoslawischen Führer draußen herumschleichen hören und ist ihm nachgehetzt ... hoffentlich hat er sich im Dunkeln nicht verletzt; obwohl ich mir bei genauerer Betrachtung eigentlich kaum vorstellen kann, warum Olaf uns nachgeschlichen sein sollte ...

(Später)
Auf der Ebene ist Pökler nicht; Barth und ich haben alles abgesucht, haben jeden Quadratmeter begangen. Auch jeden der sechzehn in Form einer Acht stehenden Monolithen haben wir genau untersucht. Nichts. Merkwürdigerweise konnten wir dabei feststellen, daß ihre tief zerfurchte Oberfläche wärmer zu sein scheint als der glatte, steinerne Boden, auf dem sie stehen ... aber der Eindruck kann täuschen. Haben keine Geräte für eine genaue Messung dabei. Werden jetzt die Nebelbank nach Pökler absuchen, laut nach ihm rufen; vielleicht liegt er irgendwo mit gebrochenem Knöchel herum und kann sich auf die Entfernung nicht bemerkbar machen ...

(Noch später)
Kamen eben auf die Lichtung zurück, da wir ein schleifendes Geräusch zu hören glaubten; aber als wir aus dem Nebel kamen und die Ebene betraten, fanden wir sie leer wie zuvor. Lediglich der Nebel auf dem Plateau schien sich wieder ein wenig verdichtet zu haben, und – zählte ich nicht vorhin sechzehn *Findlinge in der Mitte der Ebene? Ich muß mich vertan haben, denn es sind achtzehn, und ihr Grundriß ähnelt nicht so sehr einer Acht als vielmehr einem Kreuz ...*

Mir kommt ein unangenehmer Verdacht!

(Abends)
Habe mit Barth gesprochen; er hat mich ausgelacht, aber er stimmte mit mir dahingehend überein, daß wir uns heute nacht nur so stellen, als würden wir schlafen ... vielleicht weiß ich jetzt bald, was einst Anlaß zur Bildung des Sohorrsand-Mythos gab!

Man fand das Tagebuch von Doktor Karel Pavondra am 11. Juni des Jahres 1956 in den Fußhügeln der petroskanischen Berge in Südjugoslawien, direkt neben seiner verunglückten Leiche. Im Polizeibericht gab ein junger Jugoslawe namens Olaf Šoraki, der den Körper des Toten aufgefunden hatte, später zu Protokoll, er sei aus Sorge darüber, daß die drei Männer, die er wenige Tage zuvor in die Berge begleitet und dann aufgrund von Unstimmigkeiten des Nachts überstürzt verlassen habe, immer noch nicht wieder hinuntergestiegen und in seinem Heimatdorf aufgetaucht seien, aufgebrochen, nach ihnen zu suchen.

Als Todesursache stellte man bei Herrn Pavondra einen Genickbruch fest, sein gesamter Körper allerdings war verunstaltet von verschiedenen Prellungen und zahllosen weiteren Knochenbrüchen. Es war offensichtlich, daß der Doktor beim überstürzten Versuch, die oftmals tückischen Geröllhänge alleine hinabzusteigen, das Gleichgewicht verloren hatte und einen beträchtlichen Teil der Strecke hinabgestürzt sein mußte.

Von Professor Barth und dem Deutschen mit Namen Pökler fehlte jede Spur. Auch als die Polizei, den Beschreibungen in Herrn Pavondras Tagebuch folgend, das hinter der beschriebenen Nebelwand gelegene Hochplateau betrat, stieß sie auf keinen Hinweis auf den Verbleib der beiden Gelehrten. Etwas obskur mutete einem der Polizeibeamten lediglich die Erscheinung des von den Forschungsreisenden zurückgelassenen Zeltlagers an; aus einem Teil des Gestänges waren, so berichtete er später, höchst komplexe geometrische Figuren und zweidimensionale Konstrukte gebildet worden, nicht unähnlich den Schriftzeichen bestimmter hochstehender Kulturen, die er nicht benennen konnte. Vorräte, Privatgegenstände und der Rest des Lagers waren wie von einer großen Gewalt zermalmt worden.

Abgesehen davon war die Ebene völlig leer.

Und noch immer erzählen sich die jugoslawischen Ziegenhirten im flackernden Schein ihrer Kartoffelfeuer von einem Bergplateau, das von jeglicher Lebensform gemieden wird – aus gutem Grund! Und nicht einmal die mächtigen Adler der oberen Berghänge setzen ihren krallenbewehrten Fuß auf dieses Plateau, welches da trägt den Namen *Sohorršand*.

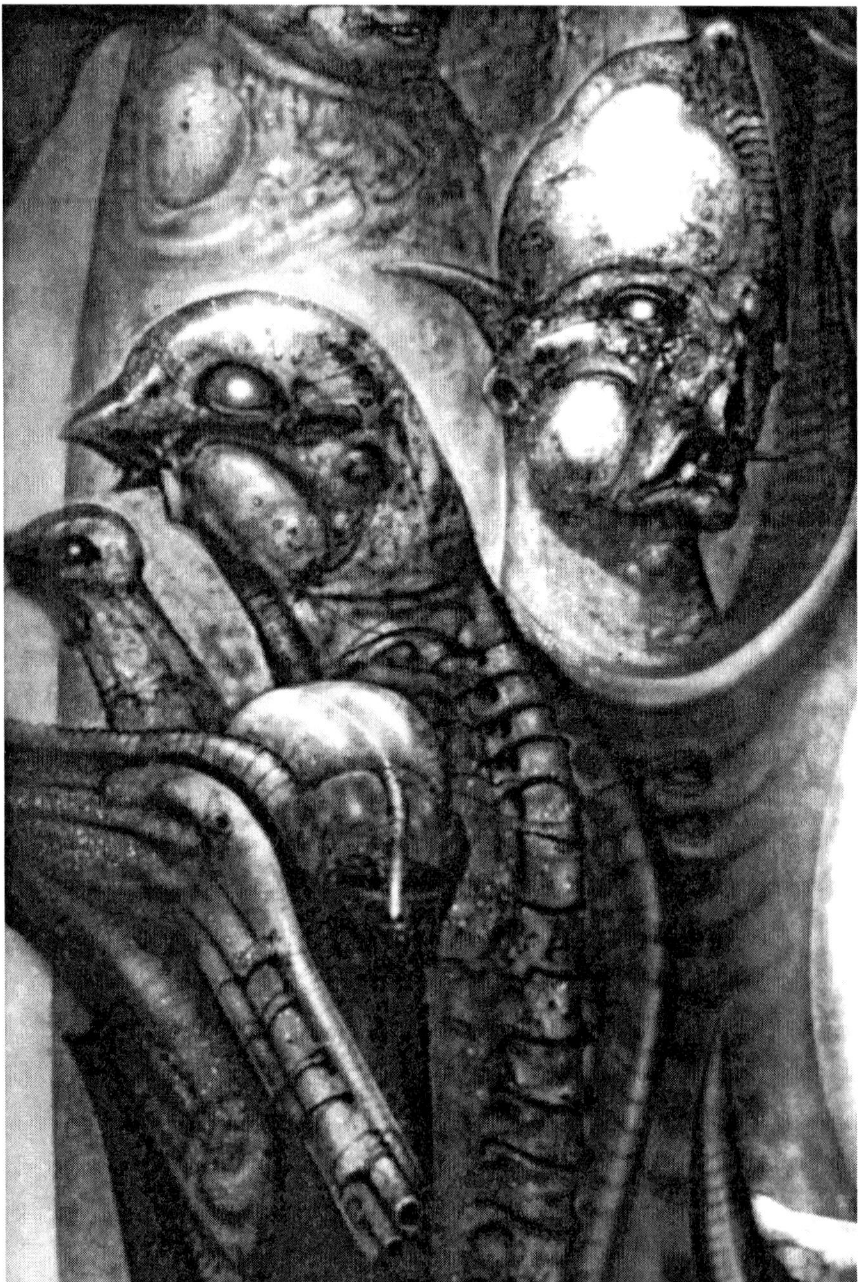

Geburt eines Sterns

Mutter,

so unendlich hast du mich enttäuscht! Ich wußte es, wußte es seit dem plötzlichen Ausbruch deiner stinkenden Krankheit, die dich aufgezehrt hat. Du bist der Apfel, von dem du mir immer erzähltest! Der wurmstichige Apfel, außen prall und rot und gesund, mit glatter Haut, innerlich verfault und braun und madig.

Aber du hattest recht: Die Menschen wissen nicht, was ihnen entgeht, sie spüren nicht das Elend, in dem sie sich befinden; man nimmt die stille, schmierige Dunkelheit nicht wahr, wenn man unentwegt von ihr umgeben ist! Doch wenn man sich nicht der Reinheit mit ganzer Seele hingibt, kommt das Chaos! Du mußt es wissen! Sag', Mutter, wie ist das Chaos? Hast du es dir so vorgestellt?

Du warst nicht rein, Mutter! Du verlangtest innere Reinheit, aber du warst nicht rein, sonst hättest du nie den Weg in dein schmutziges Grab gefunden, aus dem ich dich habe befreien müssen.

Nach acht Monaten. Wie soll ich dich jetzt noch auf den Pfad der Tugend zurückführen?

Du hast mich enttäuscht, so unendlich tief verletzt! Du hast niemals den Hochgenuß zelebriert, stets nur von ihm berichtet – ihn mir aufgezwungen!

Mein Hochgenuß bedeutet Licht!

Mein Hochgenuß bedeutet Freude!

Mein Hochgenuß ist ein schreiender Friede voll Kraft und Stärke!

Es donnert, das Blitzlicht wird von jeder einzelnen Kachel reflektiert, erzeugt einen blau-weißen Schimmer, der süß in meinen reinen Augen schmerzt. Ich möchte gar nicht mehr wegschauen, bin traurig, wenn die zuckende Energie wieder erlischt.

Der Donner ... oh, der großartige Donner, die tiefen, mächtigen Schläge, die den Boden zum Vibrieren bringen, kraftvolle Kanonendetonationen an der Front.

Ich stehe in jener erwähnten, schmierigen Dunkelheit, und der beißende Geruch der verdampfenden Flüssigkeit in der Badewanne bringt meine Nasenflügel zum Beben. Obgleich splitternackt im kühlenden Wind stehend, verlassen Millionen salziger Schweißtropfen jede Pore meines Körpers.

Ein Blitzen. Ein Donnern.

Ich setze mich auf den Klodeckel, dessen samtweicher, roter Plüschbezug an meinen Hinterbacken kitzelt. Ich nehme das alte, rostige Rasiermesser, das einst Vater gehört hat. Ein gutes Gerät! Der Griff ist so verwaschen rot wie der Bezug des Toilettendeckels. Welch wunderbare Farbe, der Schimmer geöffneten Fleisches, der Glanz der Offenheit! Dein Fleisch glänzt nicht, Mutter. Es ist weich und grün.

Acht Monate ...

Weißt du um die Poesie des Fleisches, die Ästhetik des Blutes? Du hättest sie kennenlernen sollen!

Jetzt bin ich die Wahrheit, die du mich gelehrt hast!

Erinnerst du dich an die *Waschungen*, wie du es immer nanntest? An den Prozeß, der zur Vernichtung des Drecks, des Abfalls, der Schlacke, des Morastes, des Kotes diente? Ich erinnere mich gut an meine salzigen Tränen, die ich in diesem Badezimmer vergossen habe, als du noch ein Leben diesseits des Grabes geführt hast. Aber du handeltest weise! Immer hattest du recht! Deshalb saugen die Wurzeln der Enttäuschung meine Liebe auf!

Es war notwendig, meine Erziehung in die harte Zuchthand zu nehmen, nachdem Vater von der Unreinheit ins Grab beordert worden war. Die Ärzte nannten es Krebs, ich nenne es innere Schmutzlache. Aber all diese parasitären Erinnerungen werden wir nun hinter uns lassen, Mutter, denn ich begebe mich auf den Weg zur Reinheit, Sauberkeit, Fleckenlosigkeit, Unberührtheit, Sittlichkeit, zur Vollkommenheit, zur Heiligkeit, zur Vollendung!

Ein Weg zur Unschuld!

Ein Weg zum Hochgenuß!

Ich fange damit an, mir die Fußzehen zu rasieren. Es ist interessant, wo überall am Körper dreckige Haare sprießen! Sie winden sich in den tiefsten Falten, kriechen aus versteckten Furchen, bedecken feingesponnen den Leib von oben bis unten, verunreinigen das bestimmende Hauptwerk der Natur.

Dreck sät Dreck sät Untergang!

Am meisten fürchtete ich mich vor deiner Wahrheit während jenen Tagen meines zwölften Sommers, da du dich um die Reinheit meiner Zähne kümmertest! Wie könnte ich sie vergessen, Mutter, jene Stunden des eifrigen Putzens und Polierens? Du saßest auf dem kalten Badewannenrand und betrachtetest mich mit deinen aufmerksamen Augen, die hinter deinen Brillengläsern so groß wie Spiegeleier waren. Wie sollte ich den schreienden Schmerz verdrängen, wenn ich unter deiner kontrollierenden Aufsicht zwei Stunden lang mit einer fräsenden Stahlbürste die Unreinheit meines empfindlichen Zahnschmelzes zerstörte, bis das Fleisch taub und blutig war und die Zähne locker wurden? Wie die panikerbrechende Pein, als du mit einer Zange einen faulen, kariös-dreckigen Eckzahn aus meinem Kiefer brachst?

Doch heute weiß ich, du hattest recht, Mutter, und aus diesem Grunde ist meine Enttäuschung so unendlich, so gewaltig, so erschlagend! Denn ich habe in dein Innersten geblickt und festgestellt, daß *du* nicht rein bist!

Die Klinge blitzt, wenn sie über meinen großen Zeh kratzt und kurze, schwarze Härchen zerschneidet. So verfahre ich mit jedem Zeh. Das Metall fährt über die Haut und löst eine Schicht der Epidermis, eine schillernde, entzündliche Röte hinterlassend. Es ist schön! Rot ist eine so wundervolle Farbe!

Die einheitlichen Flächen meiner Fußrücken sind blitzschnell gesäubert, das ungepflegte Haar ist rasch gestutzt. Es entsteht ein herrliches, nicht in Worte zu fassendes Geräusch, während ich mein Fleisch blankreibe.

Die Rasur der Waden macht Spaß, da die Haare dort dichter wachsen und der Hochgenuß sich erstmals als merkliche Emotion in der Hinterkammer meines Bewußtseins einstellt.

Die Oberschenkel folgen, werden trocken geschabt, so wunderbar, obwohl die Arbeit aufgrund meiner göttlichen Anatomie schweißtreibende Formen annimmt.

Oh Gott, oh großer Gott! Niemals, Mutter, niemals werde ich jene erste Rasur vergessen, die du während meines zwölften Sommers an mir ausgeführt hast! An diesem Tag herrschte Gewitter, genau wie jetzt! Wie du mir die Schlacke begreiflich gemacht hast! So scharfsinnig, so herzlich! Sicher, es schmerzte, nicht nur körperlich, als du mich an den Ohren ins Badezimmer gezogen, mir die Kleidung vom unreinen Leib gerissen und mit dem guten Rasiermesser von Vater das Elend zerschnitten hast. Sie waren notwendig, die unzähligen Wunden zwischen meinen jungen Beinen, ich wehrte mich einfach zu sehr! Verstehe, ich war ein Kind! Ich war schweißig, dreckig, schmuddelig!

Deine Rasur besiegte das Tier! Ich werde sie niemals vergessen, jene glorreiche Nacht, da ich mit meinen zwölf Jahren aus unzähligen Wunden blutend vollkommen haarlos im kühlen, weiß-blauen Licht Gottes auf meinem Bett lag, an die Decke starrte und zum ersten Mal in meinem Leben bewußt zu denken begann! Du hattest recht: Haare sind die Zeugen der Befleckung, der Besudelung.

Die Haare kehrten jedoch zu mir zurück, und die schmierige, schwarze Dunkelheit wurde Wahrheit!

Jetzt wird sie zur Legende!

Ich kann meine Hinterbacken überraschenderweise mühelos säubern, obwohl ich mir eine tiefe Fleischwunde zufüge. Mit einem gelben Diamond-Feuerzeug verbrenne ich die klebrigen Haare in der Spalte unterhalb meines Steißbeins, da ich nicht anders an sie heranzukommen weiß. Der Genuß kocht!

Ich betrachte meine geröteten kahlen Beine, Mutter, so rein, so glänzend, empfindlich wie junge Rosenblätter. Die eiskalte Luft, die durch die Ritzen des Fensters zu mir hereinweht, beißt mit köstlich giftigen Zähnen in meine geöffneten Nerven, derweil ich mich meiner ekelerregenden Schambehaarung entledige, kräftig über die Weichteile kratze, in denen immer noch die Narben deiner Lehre zu lesen sind. Ich zupfe die Haare bis zum Bauchnabel mit den Fingern aus und erhebe Vaters stumpfe Klinge, um meine spärliche Brustbehaarung zu entfernen; die Relikte der alternden Sittenlosigkeit sind blitzschnell entfernt.

Wie du jetzt aussiehst, Mutter! Die Unreinheit kriecht dir in Form weißer Maden aus dem Gehirn. Ich habe in dein Innerstes geblickt, habe deinen verfaulten Leib geöffnet und erkannt, daß du nichts von der Wahrheit wußtest!

Acht Monate ...

Ich trenne meine linke Brustwarze vollständig ab. Das fließende Blut hat genau die richtige Temperatur.

Die Achseln ergeben einen kleinen Höhepunkt meiner Kunst. Eine Schicht bräunliches, seichtes Haar, darunter eine Schicht aus salzigem Schweiß, eine Schicht verletzter Haut, entfernt bis hin zum rohen, roten Fleisch ... ah, so gut, so rein!

Der nachlaufende, frische Schweiß brennt in den rasierten Stellen. Nun sind auch meine Arme kahl, blankgeschabt, fein gesäubert. Blut rinnt an meinen nässenden Waden hinab und über meinen weißen Bauch, der wie eine Dampfnudel aussieht. Mit einer Pinzette zupfe ich die Augenlider einzeln heraus und vernichte meine Brauen.

Ich reiße die Unreinheit aus meinen blutenden Nasenlöchern. Ich rasiere mehrfach meine Wangen, mein Kinn, meine Oberlippe.

Ich säubere mein Haupt, besprenkle es mit Kühle, indem ich die etwa sieben Zentimeter langen Schmutzbüschel, die aus meinem Schädel wachsen, mit Hautstücken daran herausziehe und anschließend mit Vaters Rasiermesser nochmal nachhelfe.

Eine weitere kratzende Bewegung in der Regenstille, eine weitere komplizierte Armbeugung ...

Es blitzt. Es donnert.

Ich lasse das Messer fallen, so nackt und rein wie am Tag meiner Geburt, und noch besser: Ich habe jenen Zustand der Ungeborenheit, der Unsterblichkeit erreicht, habe das Leben des Schmutzes abgeschlossen, das zwischen den beiden großen Nichts verendet. Das hattest du dir doch immer für mich gewünscht, Mutter! Warum sonst hättest du mich in jenem Sommer im Badezimmer mit all dem Dreck und Kot und Morast bewerfen und einschmieren und mich auf die Straße hinausjagen sollen, wo jeder den unreinen Jungen anstarren, mit dem Finger auf ihn deuten und lauthals lachen konnte? Es war eine notwendige, symbolische Läuterung, ich weiß! Ich verstand fortan die innere und äußere Pflege zu zelebrieren!

Neben meinem blankgeschorenen Körper, in dessen geöffneten Poren jeder Luftzug wie Säure brennt, befindet sich nun ein kleiner Hügel Vergangenheit.

Ich bin sauber. Ich bin rein.

Ich drehe mich zum Spiegel hin und betrachte das menschliche Kunstwerk der Vollkommenheit, voller Vorfreude auf den Hochgenuß, der in der Badewanne wartet und mir den Atem stiehlt. Ich zittere und breche in gerührte, leise Tränen der Faszination aus, heiße Tränen, die sich mit dem Schweiß vermischen und von den brüllenden Poren aufgesogen werden.

Ich habe den Höhepunkt der Schöpfung erreicht, Mutter, die Ekstase des Seins, die Erfüllung transzendentaler Bestimmung. Oh Gott, Mutter, ich bin endlich rein, ich, 19 Jahre jung und so vollkommen, könntest du mich jetzt sehen! Aber die Schlacke, gegen die du Zeit deines Lebens angekämpft hast, hat dich besiegt. Vor acht Monaten!

Wie du aussiehst – wie du als kruder, brauner Haufen verfaulten Fleisches auf dem Stuhl in der Ecke sitzt. Eine große Pfütze hat sich unter dir gesammelt, wo schwarze Würmer und weiße Maden ertrinken. Du kannst sie nicht mehr sehen, sie haben deine Sinnesorgane acht Monate lang gefressen! Acht Monate im Grab! Aber schon viel früher hatte dich die Unreinheit gepackt. Knochen- und Darmkrebs nannten es die Ärzte, ich nenne es eine innere Schweinerei! Wie literweise der Eiter aus dir strömte! Pfuhl, Absonderung, Auswurf, Kot, Abschaum, Schmiere, Jauche! Wie deine unreinen Glasknochen zerbrachen, als ich mich auf dich stürzte und das Kissen minutenlang auf dein leidendes Gesicht drückte, das du seit Wochen nicht mehr gewaschen hattest!

Du solltest dich jetzt sehen, Mutter! Ich habe in dein Innerstes geblickt, habe deinen toten Leib mit Vaters Rasierklinge geöffnet, und alles, was ich zu sehen bekam, war ein unreiner Brei aus faulendem Exkrement, das deine Därme gesprengt hat! Weißt du, als du in meinem zwölften Sommer mit der Metallbürste die empfindlichsten meiner Körperteile malträtiert hast, um sie zu säubern, als du mich bis zur Bewußtlosigkeit in die mit scharfen Desinfektionsmitteln gefüllte Badewanne getaucht hast, da verspürte ich Ingrimm, aber ich war jung und dumm und unrein! Jetzt verstehe ich die Notwendigkeit deiner Erziehung. Und ich danke dir dafür!

Aber du warst *nicht* rein, Mutter! Du warst zerfressen von schmutzigem Krebs, deshalb brach ich deine Glasknochen, dein Glasgenick! Und ich holte dich aus dem Zugriff der vergangenen acht Monate, befreite dich selbstlos aus deinem matschig morastig glitschigen Grab, brachte dich zurück ins Badezimmer, damit du die Vollendung der Sauberkeit miterlebst!

Ich steige rückwärts in die Badewanne und setze ein Bein in die neunzigprozentige Alkohollösung.

Der Hochgenuß umreißt meine geschundenen Waden, kriecht an ihnen hinauf, und noch ehe er meine Hüften erreicht, lasse ich meinen Leib, der einen gereinigten Geist beherbergt, in die Flüssigkeit gleiten. Er wird umschlossen, und der von mir erwartete ekstatische Hochgenuß, den du mich als Kind lehrtest, Mutter, überschwemmt mein Gehirn, reißt es fort, sprengt die Grenzen des Bewußtseins, in jeder Pore brennend, in jedem Hautfetzen ätzend, besser als damals, zu der Zeit meines zwölften Sommers, und ich tauche unter und atme Alkohol, halte die Augen geöffnet, sehe, oh, ich *sehe* ...

Ich sah, Mutter! Wäre ich doch erblindet! Wäre mir doch das Augenlicht geraubt worden!

Ich vergaß! Ich versagte! Verzeih mir, Mutter! Bitte verzeih mir!

Meine Hände! Meine glatten, geschmeidigen Künstlerhände, mit denen ich das Werk zur Vollendung gebracht zu haben glaubte! Die Handrücken, von denen aus sich mir dünne, durchsichtige Härchen, im Alkohol erstarrt, entgegenrecken!

Und meine Finger! Sie sind bedeckt von einem dünnen, tödlichen Flaum! Oh, wie elend, oh wie armselig!

Ich schreie, es blitzt und donnert gleichzeitig. Kalte Regentropfen fliegen durch das aufschlagende Fenster ins finstere, schmierige Badezimmer.

Ich bin befleckt, besudelt, glitschig, sumpfig, ein wildes Tier, genau wie in jenem lange vergangenen Sommer, oh Mutter, hilf mir, komm mit mir, steig mit mir in die Badewanne...

Du fühlst dich scheußlich an, Mutter! Auf welcher Seite der Wanne möchtest du sitzen? Auf der linken? So sei es! Sieh nur, die Maden! Wie sie sterben! Hab' keine Furcht, ich werde mit dem gelben Diamond-Feuerzeug das Tier aus uns herausbrennen. Die Schlacke ist tot, der Müll des Untermenschen dann endlich besiegt!

Wir werden zu einem lebendigen, wandelnden Kunstwerk fusionieren, fernab des menschlichen Abschaums! Das wolltest du doch immer, nicht wahr? Warum sonst hättest du mich zwei Jahre lang im Keller einsperren sollen?

Du wolltest mich vor dem Abschaum der Menschheit beschützen!

Ich werde jetzt den Feuerstein reiben, der Funke wird in die höllisch brennende Flüssigkeit fallen.

Das Tier wird vergehen, genau wie meine Enttäuschung. Ich verspreche dir, Mutter, alles wird gut!

Wir werden leuchten wie ein Stern!

Nachwort

Zerebrale und viszerale Phantastik

„Das Phantastische in der Literatur besteht letztlich darin, die Welt als undurchsichtig, als der Vernunft prinzipiell unzugänglich darzustellen", schrieb Lars Gustafsson 1969 in seinem Essayband *Utopien*. Er sah darin „eine Herausforderung an die Vernunft", eine höchst bedenkliche, gegenaufklärerische, ja reaktionäre Attitüde. Vermutlich würde Gustafsson dieses Urteil heute relativieren. Zum einen nämlich hat er selbst inzwischen Texte verfaßt, die eine deutliche Affinität zu jener Spielart aufweisen, die R. M. Albérès als „zerebrale Phantastik" bezeichnet hat; zum andern läßt sich die Erzählliteratur insgesamt nicht mehr darauf festlegen, „the semiotic agent of intelligibility" (Jonathan Culler) zu sein.

Das Subgenre der zerebralen Phantastik ist vor allem mit dem Namen von Jorge Luis Borges verbunden, der in seinen luziden Texten die Bodenlosigkeit der abendländischen Ontologie ausgelotet und die ihr „zugrundeliegenden" Dichotomien von Realität und Fiktion, Identität und Differenz, Substanz und Akzidenz dekonstruiert hatte. Als Wegbereiter der autoreflexiven oder metafiktionalen Literatur gab Borges der phantastischen Schreibweise eine Wendung, wie sie das 19. Jahrhundert noch nicht gekannt hatte, und wie sie auch von Tzvetan Todorov in seiner berühmten *Einführung in die phantastische Literatur* (1970) noch nicht berücksichtigt wurde.

Jens Lossau und Jens Schumacher allerdings geben schon durch den Titel ihres Buches „Entitäten" (bei aller Ironie, die in diesem Buch gelegentlich aufblitzt) zu erkennen, daß sie eher an H. P. Lovecraft oder Clive Barker als an Borges anknüpfen, daß sie weniger eine zerebrale als vielmehr eine viszerale Phantastik anstreben, die unter die Haut geht und in die Eingeweide fährt. Ihr Ansatz ist eher eine Herausforderung an den Geschmack als eine Herausforderung an die Vernunft – besonders dort, wo die moribunden Metamorphosen – wie in „Geburt eines Sterns" oder „Die Bedeutung der Ewigkeit" – mit der Akribie eines Vivisekteurs beschrieben werden.

Die höchste Genauigkeit und äußerste Sorgfalt, die das Wort Akribie meint, sind freilich, rein poetologisch betrachtet, Tugenden, die diese und andere „Entitäten“ auszeichnen und aus der Masse ähnlich angelegter Texte hervorheben. Aufmerksamkeit verdienen diese Tugenden auch deshalb, weil sie zwingende Errungenschaften der phantastischen Literatur sind. Bekanntermaßen besteht dieses Genre ja aus Schwellentexten, die Grenzerfahrungen beschreiben. Die Leser zu überzeugen vermögen solche Beschreibungen jedoch nur, wenn sie nachvollziehbar sind. Und dazu müssen phantastische Werke, so paradox es klingt, zunächst einmal den Wirklichkeitssinn ihrer Leser ansprechen und befriedigen.

Sowohl die zerebrale als auch die viszerale Phantastik brauchen also ein realistisches „setting“, bevor sie ihren spezifischen „focus“ markieren und die alltägliche Wirklichkeitserfahrung entgrenzen können. Die Hollywood-Terminologie des Drehbuchs, der Begriffe wie „setting“ oder „focus“ entstammen, drängt sich bei einer Geschichte wie „Algor“ geradezu auf, in der zunächst alle Register des „make believe“ gezogen werden, um die Illusion realer Lebenswirklichkeit zu erzeugen. Die atmosphärischen Details, die Dialog-Regie und der sukzessive, immer wieder von komischen Momenten hinausgezögerte Spannungsaufbau zeigen, wie geschickt hier die Persuasion der Suggestion gehandhabt wird, ohne die das Phantastische nun einmal nicht zu überzeugen vermag.

Kaum weniger anschaulich, dafür in der Überwältigung der Leser aber vielleicht noch subtiler wirkt „Recherche“ – ein Text, dessen Pointe darin besteht, daß die Genreform-Maske des phantastischen Erzählers – traditionell eigentlich nur ein Instrument der Handlungsführung und Leserlenkung –, zum Dreh- und Angelpunkt der Handlung selbst avanciert. Daß diese Genreform-Maske ohne Schwierigkeiten mit der narrativen Optik des Thrillers verbunden werden kann, zeigen „Die Wut des Steins“, „Herr Golloch“ oder „Wo die Toten flüstern“. Überhaupt scheinen Lossau und Schumacher ein Faible für hybride Formen zu haben, verwenden sie doch immer wieder die Verfahren des fingierten Zitats und des quasidokumentarischen Stils, um das phantastische Geschehen per Tagebuchnotiz, Todesanzeige oder Zeitungsmeldung in die alltägliche Lebenswelt einzubetten.

Eine Sonderstellung nimmt dabei die fragmentarische Archivalie, also der schriftliche Überrest einer Existenz an, deren Realität, Identität und Substanz einer phantastischen Wandlung unterzogen wurde. Als notwendigerweise unabgeschlossenes Protokoll dieser Wandlung erscheint die fragmentarische Archivalie zum einen als Insert auf der Mikroebene der Texte; zum anderen kann sie, wie in „Jenseits der Dämmerung“, die Makrostruktur der gesamten Geschichte bestimmen. Im ersten Fall fungiert der Erzähler, der das Schriftstück stellvertretend für die Leser findet und sichtet, als „lector in fabula“; im zweiten Fall unternimmt der empirische Interpret selbst die Spurensuche, die zumeist auf eine Initiationsgeschichte hinausläuft.

Der Hauptgrund für diese Erzählanlage dürfte darin liegen, daß die „Erfahrung" der Entgrenzung immer nur aus zweiter Hand überliefert, d.h. anhand jener schriftlichen Aufzeichnungen erschlossen werden kann, die ihre Zeugen und Opfer diesseits der Bewußtseins-Dämmerung zurückgelassen haben. Folgerichtig bildet die phantastische Literatur in ihrer Eigenschaft als Quelle von Furcht und Schrecken insgesamt ein stets bedrohliches Archiv des Grauens.

Aus dem gleichen Grund ist die phantastische Literatur, die sich bei jeder Leseprobe erneut bewähren muß, eine äußerst strenge Schule des Schreibens. Ein falscher Zungenschlag, der gegen die Affektenlehre des Horrors verstößt, genügt, um ihre Illusion zu zerstören, um statt Furcht und Schrecken Spott und Hohn zu wecken. Mutatis mutandis gilt dies auch und gerade für Prosastücke, die der viszeralen Phantastik eine groteske Note verleihen („Die Trauer des Todbringers") oder Anklänge an die Klassiker des Genres bieten („Wo kein Adler wagt zu landen").

Kurzum: Es ist die spezifische Wirkungsästhetik der phantastischen Literatur, ihre, wenn man so will, rhetorische Ausrichtung auf die Persuasion der Suggestion, die sie zu einer Herausforderung der poetischen Begabung macht. Um die „Integration des Lesers in die Welt der Personen" und die ebenfalls unerläßliche „Unschlüssigkeit des Lesers" (Todorov) – der selbstverständlich auch eine Leserin sein kann – zu gewährleisten, muß der phantastische Schriftsteller alle Kunstmittel der Illusionsbildung aufbieten und zugleich verhindern, daß die Apperzeption der erweiterten Pupillen in den verkniffenen Blick des Psychoanalytikers umschlägt, der lediglich Motivforschung betreibt.

Tatsächlich tendiert die phantastische Literatur, da sie sich erster Linie an die Einbildungskraft und ihre synthetische Funktion wendet, zum Erlebnis der Wollust. Die Ursache dafür liegt weniger in dem sexuellen Subtext, den Todorov in der phantastischen Literatur des 18. und 19. Jahrhunderts ausgemacht hat, sondern darin, daß die phantastische Literatur ihre Leser überwältigen will und zum Selbstwiderspruch reizt. „Wer erträgt schon ohne Scham, sich zu widersprechen", fragt Roland Barthes in *Le Plaisir du Texte*, um zu antworten: „der Leser eines Textes in dem Moment, wo er Lust empfindet."

Die Lektüre der phantastischen Literatur, für die es im 20. Jahrhundert zunehmend schwieriger geworden ist, an das Wahrscheinliche anknüpfen, um daraus das Unwahrscheinliche abzuleiten und, soweit als möglich, zu steigern, gipfelt zwangsläufig in „a momentary lapse of reason". Vielleicht sollte man dieses zeitweilige Aussetzen der Vernunft nicht axiologisch, sondern physiologsch begreifen. Die „Moral" der phantastischen Literatur jedenfalls ist keine zerebrale, sondern eine viszerale Angelegenheit: So wie bestimmte Ereignisse ganz unvermeidlich das Zwerchfell erregen, verursachen andere ein Gefühl des Unwohlseins, das selbst dann, wenn es keinem wohligen Schauder weicht, für sich beanspruchen kann, eine Entität jenseits von Gut und Böse zu sein.

Matthias Bauer

Die Autoren danken
Dr. Matthias Bauer, H. R. Giger, Tias Keym, Thomas Röseling, Uwe Vöhl, Timothy McNeal, Franz Rottensteiner, Jens Neumann und zu guter Letzt dem glücklichen Schicksal, das uns beide in der ersten Schulklasse zusammengeführt hat ...

Entitäten *erscheint als Band 1 der Reihe Horror-▲ des ▲-Verlags, Jens Neumann.*
Lektorat: Dr. M. Bauer
Autorenfoto: Ulrich Ritzinger
Das für Titel- und Innenillustration genutzte Werk „Nationalpark I“ schuf H. R. Giger.
Verwendung unter freundlicher Genehmigung des Künstlers.
Umschlag- und Innengestaltung: Oliver Schmitt
Druck: Pretty Print, Mainz
Bindung: Buchbinderei Schulz, Mainz

1. Auflage Oktober 1997.

▲-Verlag
Jens Neumann
Nerotalstraße 38, 55124 Mainz
vox: (06131) 46 71 15
fax: (06131) 46 71 15

ISBN: 3-930559-66-8

JENS SCHUMACHER

Das Lied vom Untod

Der Name des Verbindungsmannes war Kramartz. Egon Kramartz. Er war Deutscher, übergewichtig und stank aus dem Hals wie ein Bus. Sein vielfaches Doppelkinn, die einzig sichtbare Verbindung zwischen Kopf und Torso, mochte seit mindestens zwei Wochen keinen Rasierer mehr aus der Nähe gesehen haben, und seine Kleidung, einen altmodischen, schmutzbraunen Zweireiher, schien er auch zum Schlafen anzubehalten – der Stoff war zerknittert wie die schlaffe Haut seines Gesichtes und aus den Falten starrten mir weiße Schweißränder entgegen. Kurz gesagt, Egon Kramartz bot ein Bild ausgesprochener Widerwärtigkeit.

„Sie sind Sie häßlich", sagte ich zur Begrüßung und steckte mir eine Lucky an. Cool war ich schon. Cool und unsagbar leichtsinnig wie mir im gleichen Moment bewußt wurde.

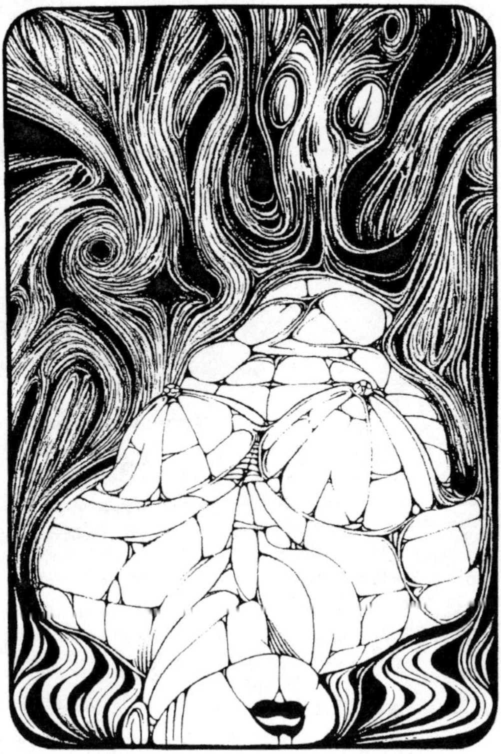

So beginnt die neue Erzählung von Jens Schumacher *Das Lied vom Untod*, die als faltblattgeschichten 7 in der **amanita-Reihe** des **▲-Verlags** erschienen ist. Jens Schumacher präsentiert mit dieser *Grotesque Noire* eine Geschichte, die die Elemente der klassischen hard-boiled-detective-story mit der angloamerikanischen Tradition der Phantastik- und Horrorerzählung à la Dan Simmons und Einflüssen derber Splatter-B-Movies kombiniert.

168 Seiten, Werkdruckpapier, Titelzeichnung von Michael Marrak.
Die ersten 200 Exemplare sind handnumeriert,
den ersten 50 Exemplaren liegt zusätzlich ein Tonträger bei.
24,80 DM ISBN 3-930559-28-5